咏物花鸟卷

万物生光辉

历代诗词分类鉴赏

周啸天　主编

天地出版社 | TIANDI PRESS

图书在版编目（CIP）数据

万物生光辉 / 周啸天主编. —成都：天地出版社，
2025.6
（历代诗词分类鉴赏）
ISBN 978-7-5455-7523-1

Ⅰ.①万… Ⅱ.①周… Ⅲ.①诗词—诗歌欣赏—中国
Ⅳ.①I207.2

中国版本图书馆CIP数据核字（2022）第250315号

WANWU SHENG GUANGHUI

万物生光辉

出 品 人	杨　政
著　　者	周啸天
责任编辑	燕啸波
责任校对	张思秋
封面设计	叶　茂
版式设计	张迪茗
内文排版	成都新和平文化传播有限公司
责任印制	王学锋

出版发行	天地出版社
	（成都市锦江区三色路238号　邮政编码：610023）
	（北京市方庄芳群园3区3号　邮政编码：100078）
网　　址	http://www.tiandiph.com
电子邮箱	tianditg@163.com
经　　销	新华文轩出版传媒股份有限公司

印　　刷	北京天宇万达印刷有限公司
版　　次	2025年6月第1版
印　　次	2025年6月第1次印刷
成品尺寸	710mm×1000mm　1/16
印　　张	22.75
字　　数	294千
定　　价	98.00元
书　　号	ISBN 978-7-5455-7523-1

先民从自然崇拜开始对世界的认知，他们一天的快乐，或始于昨夜的一阵花香，或发自清晨的数声鸟语。

晋陶渊明独爱菊，自李唐以来，世人甚爱牡丹。不是爱花即欲死，玩物未必即丧志。

诗人用玫瑰表达爱情，以莲花象征高洁，用雄鹰象征勇猛，用鸽子呼唤和平。香草美人，以譬君子。

居住在都市的我，多么希望像古人一样——晚上能看见满天的星星，早上被清脆婉转的鸣叫吵醒——而后幸甚至哉，歌以咏志。

目次

●《诗经》，我国最早的诗歌总集，本称《诗》，儒家列为经典，汉时独尊儒术，始称《诗经》。共收西周初年至春秋中叶的民歌和朝庙乐章歌辞305篇，另有笙诗6篇有目无诗。全书按音乐分风、雅、颂三类（一说分风、小雅、大雅、颂四体）。汉代传诗者有齐、鲁、韩、毛四家，今传《诗经》为"毛诗"。

◇周南·葛覃

葛之覃（tán）兮，施（yì）于中谷，维叶萋萋。黄鸟于飞，集于灌木，其鸣喈喈。

葛之覃兮，施于中谷，维叶莫莫。是刈是濩（huò），为絺（chī）为绤（xì），服之无斁（yì）。

言告师氏，言告言归。薄污我私，薄浣我衣。害浣害否？归宁父母。

诗以"葛覃"（长长的葛藤）起兴。方玉润说系"因归宁而浣衣，因浣衣而念绤，因绤而想葛之初生"（《诗经原始》）。不仅如此，《诗经》中以树木起兴者还有关乡里之思和福禄观念，而以葛起兴者特与婚恋有关（如《周南·樛木》《王风·采葛》《唐风·葛生》等）。此诗"葛之覃兮，施于中谷"亦有取义，当象征女子的出嫁，而"维叶萋萋""维叶莫莫"的盛况,则意味婚后生活的和谐。"黄鸟"以下三句亦属兴语,群鸟鸣唱,与将和家人团聚的快乐心情是融洽的。盖全诗表现婚后女子就要回娘家见爹妈的喜悦心情,极富生活情趣。

二章重复前章"葛覃"的兴语,由治葛为服的联想,说到衣服告成的称心,仍是心情愉快的表现。三章通过将告假归宁之事说给傅姆,及换洗内外衣裳,准备动身的情景,写出一种愉悦而兴奋的归心。"害浣害否"一句,细玩味之,当为抒情。主人公自问自答,"害"解为"为何",此句翻译为:"为什么浣衣?为什么不?"于此逼出末句,乃为"归宁父母"故也。

整首诗的写法是逐层渲染愉悦的气氛,即于准备归宁的情事,先设悬念,最后点题、点睛。手法上很有特色。《诗经》多数篇章为两句一韵或一意群;此诗前两章均三句一群,采用隔韵,与第三章异。首章由舒徐转而促迫,形式内容结合极好。

（周啸天）

◇周颂·潜

猗与漆沮,潜有多鱼。有鳣(shàn)有鲔(wěi),鲦(tiáo)鲿鰋鲤。以享以祀,以介景福。

这是一首以鱼献祭于宗庙的乐歌。漆、沮是两条水的名称,分别源于陕西大神山与分水岭,至耀县(今铜川市耀州区)合流。

西安半坡村出土陶器有人面鱼纹,画中人面嘴角各含一鱼,似有闭目愉悦之表情。它生动表明，具有强大繁殖力的鱼类，系先民赖以生存的重要食物。先民对鱼由依赖转而崇拜，进而以鱼祭献祈福。"鱼"出现在原始文艺中便被赋予一定观念意义，即生命之两大本能——生存（丰衣足食）和生殖（多子多福）的象征。旧时年画绘小儿抱鱼，题为"连年有余（鱼）"，就有这样的寓意。

　　这首短诗提到鳣、鲔、鲦、鲿、鰋、鲤六种鱼的名称，可视为漆、沮水产史料，是先民生产知识的积累。孔子说"诗可以观"，可以"多识于鸟兽草木之名"，是不假的。

（周啸天）

●屈原（约前340—约前278），名平，战国楚人。怀王时曾任左徒、三闾大夫，主张联齐抗秦。于怀王、顷襄王时两遭佞臣进谗，而被放逐汉北、江南。因国事不堪，而自沉汨罗江。他根据楚声楚歌而创制楚辞，著有《离骚》《天问》《九歌》《九章》等。

◇九章·橘颂

　　后皇嘉树，橘徕服兮。受命不迁，生南国兮。深固难徙，更壹志兮。绿叶素荣，纷其可喜兮。曾枝剡（yǎn）棘，圆果抟（tuán）兮。青黄杂糅，文章烂兮。精色内白，类任道兮。纷缊宜修，姱而不丑兮。嗟尔幼志，有以异兮。独立不迁，岂不可喜兮？深固难徙，廓其无求兮。苏世独立，横而不流兮。闭心自慎，终不失过兮。秉德无私，参天地兮。愿岁并谢，与长友兮。淑离不淫，梗其有理兮。年岁虽少，可师长兮。行比伯夷，置以为象兮。

这是一首咏物诗，又是一首言志诗。

上段主要对橘的本性和外美作描绘说明，是体物寄情。"后皇嘉树"六句，写橘天生适应南国，有不可迁移性。象征志士扎根祖国，以求发展。"绿叶素荣"十句，从花叶、枝干、果实各部分对橘进行描写。诗人称赞橘树颇具锋芒、富于文采、内质有用，都是有所寄托的，咏橘即咏人也。

下段进一步突出橘的品性，托物言志。"嗟尔幼志"六句，承篇首赞橘树"受命不迁"的品性，把橘树比作一个从小立有与众不同的志向的少年。"苏世独立"二句，谓其处世清醒，坚持独立思考。"秉德无私"二句，谓其忠诚无私，德参天地。"淑离不淫"二句，谓其美而不淫，耿直有理。这与其说是咏橘本身，还不如说是作者托橘树以自抒矢志不渝、独立思考、忠诚无私、耿直有理等高尚志向。末四句承"嗟尔幼志"的拟人，表明愿意向"橘树少年"学习，言志之意甚明。

全诗头绪似多，但根本之点是赞橘的独立不迁。根据之一是橘的特性——"生于淮南则为橘，生于淮北则为枳"（晏子）；根据之二是作者的思想感情——楚国是屈原出生之地，他的事业只能在楚国，他永远忠于楚国。故诗前言"受命不迁，生南国兮。深固难徙，更壹志兮"，后言"独立不迁，岂不可喜兮？深固难徙，廓其无求兮"，不惜反复强调。

好的咏物诗应做到不即不离。"不离"就是要切合于所咏之物的特点，"不即"就是在咏物外应有寄意。本篇就做到了这一点。一篇小小物赞，说出许多道理，看来句句是咏橘，句句又不是咏橘，但见人与橘，分不开来，彼此互映，有镜花水月之妙。前人或据诗中"嗟尔幼志""年岁虽少"等语，猜测此诗乃屈原少作；郭沫若则认为此诗是赠给一位年轻人的。

（周啸天）

●贾谊（前200—前168），洛阳人，文帝初召为博士，一岁中超迁至太中大夫。为朝廷议立仪法、更定律令，多所创草。后遭权臣谗毁，左迁长沙王太傅，四年后征为梁怀王太傅。怀王堕马死，谊哀伤过度而卒。以政论、辞赋擅名汉初，有《贾谊集》。

◇鵩鸟赋

单阏（chányān）之岁兮，四月孟夏。庚子日斜兮，鵩集予舍。止于坐隅兮，貌甚闲暇。异物来萃兮，私怪其故。发书占之兮，谶言其度，曰："野鸟入室兮，主人将去。"请问于鵩兮："予去何之？吉乎告我，凶言其灾。淹速之度兮，语予其期。"鵩乃叹息，举首奋翼；口不能言，请对以臆：

"万物变化兮，固无休息。斡流而迁兮，或推而还。形气转续兮，变化而蟺。沕穆无穷兮，胡可胜言！祸兮福所倚，福兮祸所伏；忧喜聚门兮，吉凶同域。彼吴强大兮，夫差以败；越栖会稽兮，勾践霸世。斯游遂成兮，卒被五刑。傅说胥靡兮，乃相武丁。夫祸之与福兮，何异纠缠；命不可说兮，孰知其极！水激则旱兮，矢激则远；万物回薄兮，振荡相转。云蒸雨降兮，纠错相纷；大钧播

物兮，块圠无垠。天不可预虑兮，道不可预谋；迟速有
命兮，焉识其时！且夫天地为炉兮，造化为工；阴阳为炭
兮，万物为铜。合散消息兮，安有常则？千变万化兮，未
始有极！忽然为人兮，何足控抟；化为异物兮，又何足
患！小智自私兮，贱彼贵我；达人大观兮，物无不可。贪
夫徇财兮，烈士徇名。夸者死权兮，品庶每生。怵迫之徒
兮，或趋西东；大人不曲兮，亿变齐同。愚士系俗兮，窘
若囚拘；至人遗物兮，独与道俱。众人惑惑兮，好恶积
亿；真人恬漠兮，独与道息。释智遗形兮，超然自丧；寥
廓忽荒兮，与道翱翔。乘流则逝兮，得坎则止；纵躯委命
兮，不私与己。其生兮若浮，其死兮若休；澹乎若深渊之
静，泛乎若不系之舟。不以生故自宝兮，养空而浮；德人
无累，知命不忧。细故蒂芥，何足以疑！"

汉初赋家承楚辞余绪，仿楚辞而为赋。骚体赋形式上与楚辞没有显
著变化，往往两句一组，而奇句末加"兮"字，有规律地用韵。骚体赋
更多使用排句、尚铺陈，然篇幅不大，有浓厚的抒情色彩，代表作家为
贾谊、淮南小山等。

单阏系古代纪年名称，本篇所指为汉文帝六年丁卯（前174）。时
贾谊谪居长沙，以长沙卑湿，每自伤悼，以为寿不得久，作《鵩鸟赋》
以自遣。贾谊颇通诸子百家之书，思想上也能融会贯通，其政论多宗
儒、法，而本篇思想则本于老庄。

鵩鸟即猫头鹰，楚人以为不祥之鸟。开篇六句交代鵩鸟入室的时间
和状况。猫头鹰是夜间活动的鸟类，天尚未黑则看不清楚，所以它闯入
人家，并不十分惊慌，貌若闲暇。作者因惊疑，占卜得谶，谓"野鸟入

室兮，主人将去"。对同一谶语，可有不同解释。一个"去"字，既可理解为死，也可理解为迁。所以作者问道："予去何之？吉乎告我，凶言其灾。淹速之度兮，语予其期。"从而引起本篇的议论。

先从宇宙万物的运动变化说起，重在"形气转续兮，变化而嬗"两句。这里吸取了稷下道家学派的精气说和易系辞的阴阳二气学说，认为人的形体是由天地之气化生，死后仍化而为气。故形虽有尽，气则无穷，彼此变化蝉联。"冯穆无穷"即精微深远无穷，乃对形气而言。紧接着针对所问，专申吉凶祸福相互转化的问题，则主要发挥老子思想。所谓"祸福""忧喜""吉凶"实同出而异名，各为对立面的统一，各在一定条件下相互转化。赋中征之史实，用了夫差、勾践、李斯、傅说等人的事迹来说明"命不可说"，取消了"吉乎告我，凶言其灾"的问题。

作者认为生命的长短取决于生命力，"水激则悍兮，矢激则远"，但生命力的源泉乃在造物，天地好比大的洪炉，造物就用它来熔铸万物，造物的意志不可知，"天不可预虑兮，道不可预谋；迟速有命兮，焉识其时！"人之所以为人，原是偶然（"控抟"一词，或谓出于女娲造人的神话），而其化为异类，自属必然。值不得忧喜。这又取消了"淹速之度兮，语予其期"的问题。

从"小智自私"到篇末，对比了狭隘和通达——两种截然不同的人生态度：小智自私，贪生怕死（"贱彼贵我"）；而达人大观，生死无可无不可，此其一。俗人死财殉名、奔竞西东；大人无欲，亿变齐同，此其二。众庶动辄得咎、心态失衡；而至人、真人拥抱大道（超越时空的绝对精神），获得了真正的自由，此其三。

作者从而抒写得道的快乐，那就是做到去智（释智）、忘形（遗形）、无我（自丧），从小我、从功利中跳出来，对人生持一种静观的、审美的态度，达到随缘自适的精神境界——"乘流则逝兮，得坎则止；纵躯委命兮，不私与己。其生兮若浮，其死兮若休；澹乎若深渊之静，泛乎若不系之舟。"这不是动物式的浑浑噩噩，而是静思后的大彻大悟，在庄子、在陶潜、在苏轼，都曾是或将是一种活生生的生命实践。最后以"细故蒂芥"两句收住全篇，谓鹏鸟入室，小事一桩，不足为凶兆。

向往达人、大人、至人、真人、德人，渴求"独与道俱""独与道息""与道翱翔"，以期"无累""无忧"，发挥老庄思想，与汉初崇尚黄老之学的时代风气不无关系，是作者在现实政治中找不到出路时的自我排遣。而赋中关于宇宙充满运动变化、吉凶福祸死生互相转化、人应该从一己的忧乐中跳出来放眼世界等观点，或闪烁着思想的火花，或含有人生的智慧。

作为哲理赋，本篇在写作上颇具特色。一是采用禽言问答的形式，将《诗经·豳风·鸱鸮》的禽言手法，和《楚辞》《孟子》开始的问答体结合起来，在内容上寓抒情于哲理性的论述之中，这在辞赋中尚无先例。其所采用的问答形式，为后来赋家广泛运用。

二是多巧比妙喻，使所发的议论、哲理形象化，如"天地为炉兮，造化为工；阴阳为炭兮，万物为铜"等，甚有创意，"寥廓忽荒兮，与道翱翔。乘流则逝兮，得坻则止。……其生兮若浮，其死兮若休；澹乎若深渊之静，泛乎若不系之舟"等，极其生动，是其得力于《庄子》的所在。

三是多格言警句，即使一些纯说理的句子格言化，耐人寻味，如"万物变化兮"以下二十多句，及"小智自私兮"以下二十句中，即颇多警策之句，是其得力于《老子》的所在。

（周啸天）

●谢庄（421—466），字希逸，陈郡阳夏（今河南太康）人。曾任吏部尚书，官至金紫光禄大夫。有辑本《谢光禄集》。

◇月赋

陈王初丧应、刘，端忧多暇。绿苔生阁，芳尘凝榭。悄焉疚怀，不怡中夜。乃清兰路，肃桂苑；腾吹寒山，弭盖秋阪。临浚壑而怨遥，登崇岫而伤远。于时斜汉左界，北陆南躔；白露暧空，素月流天。沈吟齐章，殷勤陈篇。抽毫进牍，以命仲宣。

仲宣跪而称曰："臣东鄙幽介，长自丘樊，昧道懵学，孤奉明恩。臣闻沉潜既义，高明既经；日以阳德，月以阴灵。擅扶光于东沼，嗣若英于西冥。引玄兔于帝台，集素娥于后庭。朒朓（nùtiǎo）警阙，朏（fěi）魄示冲。顺辰通烛，从星泽风。增华台室，扬采轩宫。委照而吴业昌，沦精而汉道融。

"若夫气霁地表，云敛天末；洞庭始波，木叶微脱。菊散芳于山椒，雁流哀于江濑。升清质之悠悠，降澄辉之蔼蔼。列宿掩缛，长河韬映；柔祇雪凝，圆灵水镜；连观霜缟，周除冰净。君王乃厌晨欢，乐宵宴；收妙舞，弛清县；去烛房，即月殿；芳酒登，鸣琴荐。

"若乃凉夜自凄，风篁成韵。亲懿莫从，羁孤递进。聆皋禽之夕闻，听朔管之秋引。于是丝桐练响，音容选和；徘徊《房露》，惆怅《阳阿》。声林虚籁，沦池灭波。情纡轸其何托？愬皓月而长歌。"

歌曰："美人迈兮音尘阙，隔千里兮共明月。临风叹兮将焉歇？川路长兮不可越。"歌响未终，余景就毕；满堂变容，回遑如失。又称歌曰："月既没兮露欲晞，岁方晏兮无与归；佳期可以还，微霜沾人衣。"

陈王曰："善。"乃命执事，献寿羞璧。"敬佩玉音，复之无斁。"

月与中国文学有不解之缘，月在古代诗文中是长盛不衰的意象。本篇是第一篇专门写月的骈赋，与谢惠连《雪赋》为联璧之作。或许是因为西汉梁园文士与建安时期的邺下文士，是赋史上重要的作家群体，《雪赋》便借梁园主客置酒赏雪为叙事外壳，《月赋》则借曹植、王粲赏月吟诗的活动为叙事外壳。将人物安排在伤逝的氛围中，有利于表现月夜凄清的意境，是作者的一个创意。

本篇的一个写作特点，是不直接描绘对象，而更多地采用了侧面烘托的手法。作者托王粲以赋月，前一段文字多穿插神话、典故及历史传说，较为质实，其作用在于深化月的历史背景，展示其文化意味；后两段文字多着眼于景物，表现月的影响与神韵，以及人的情思，较前段空灵得多，也重要得多。清人许梿谓"无一字说月，却无一字非月，清空澈骨，穆然可怀"（《六朝文絜》），就是针对这两段而言的。

不过，使这篇赋得以传世不朽，还是滥觞自《楚辞》乱辞的系歌——歌分作两首，合为一诗，"美人迈兮音尘阙，隔千里兮共明月"两句，尤为脍炙人口，为历代文士所通赏、所共羡；"佳期可以还，微霜沾人衣"的结尾，亦余音袅袅，启人遐思。从张若虚《春江花月夜》的"此时相望不相闻，愿逐月华流照君"、"不知乘月几人归，落月摇情满江树"，到苏轼《水调歌头》"但愿人长久，千里共婵娟"，不知激发过多少诗人词客的灵感与共鸣。

关于月的几个僻字：夏历月初月亮在东方出现称"朒"，月底月亮在西方出现称"朓"，新月的光亮称"朏"。

（周啸天）

●鲍照（约414—466），字明远，东海（郡治今山东郯城北）人。出身贫贱，宋文帝元嘉中，任临川王、始兴王王国侍郎。孝武帝时，任海虞令、太学博士兼中书舍人、秣陵令、永嘉令。后入临海王刘子顼幕府，为前军刑狱参军，掌书记。宋明帝立，子顼反，兵败，照为乱军所杀。有《鲍参军集》。

◇梅花落

中庭杂树多，偏为梅咨嗟。问君何独然？念其霜中能作花，露中能作实。摇荡春风媚春日，念尔零落逐寒风，徒有霜华无霜质。

此诗咏梅言志。作者尝大言："千载上有英才异士沉没而不闻者，安可数哉！大丈夫岂可遂蕴智能，使兰艾不辨，终日碌碌与燕雀相随乎？"话中自比为兰，而比庸人为艾，有助于理解这首托物言志的诗。

这首诗在写法上最显著的特色一是拟人，二是反衬，三是设为问答，四是杂言。题面是咏梅，而以杂树为反衬，而梅和杂树都被人格化了。问答的双方则是诗人和杂树。问答起因，是园树虽多而诗人独叹赏梅花，从而引起杂树的质问，共三句。以下五句则是诗人的回答，赞梅花而贬杂树，歌颂了其不惧苦寒、华实并茂的高尚品格。诗用杂言，句有奇偶，韵调别具错综之美。

　　"摇荡春风媚春日"句，或按韵脚属上，然而用来形容梅花，与上文"霜中能作花，露中能作实"，总觉格格不入。所以此按意属下，标为逗号。

（周啸天）

●沈约（441—513），字休文，吴兴武康（今浙江德清）人。少孤贫好学，历仕宋、齐、梁三代。齐时竟陵王萧子良开西邸招士，约为"西邸八友"之一。梁时任尚书仆射，封建昌侯，官至尚书令、太子少傅，卒谥曰隐。为诗讲究声律，首创四声八病之说，为齐永明诗体代表人物之一。有明辑本《沈隐侯集》。

◇石塘濑听猿

嘤嘤夜猿鸣，溶溶晨雾合。不知声远近，惟见山重沓。既欢东岭唱，复伫西岩答。

诗为即景之作，但不是写观赏之趣，而是写听觉之美。

诗仅六句，然而在造境方面，却有多层刻画。诗中将"听猿"的时间，安排在昼夜之交（既称"夜猿"，又有"晨雾"），这是在山中寂静一夜之后，随着朝暾将启，万物皆从睡梦中醒来，群动伊始，这山中之猿声，犹如村野之鸡鸣，便是清晨来临的信息。而昼夜交替，景色朦胧，又是听觉最敏锐的时候。这时节的声声猿鸣，该是多么的清亮！

这时还看不清更多的景物，只见屏障般重沓的群山之轮廓，峰峰之间又弥漫着雾气，空气清澈极了。在这种景色中，于猿只闻其声，不见其形，令人心旷神怡。

　　山中的猴子是群居的动物，清晨醒来，开始一天的活动，猴群遍布诸峰，东岭有唱，西岩必答，组成一部交响乐，几令人耳不暇接。有一层诗人未显言，而读者可悟会的，那便是山中回声的奇趣。近处的猿声，远处的回声，交织一片，响彻山间，令人莫测其虚实真幻，极有生趣。

　　最后是诗人写出了自己听猿的独特感受，那是通过"欢""伫（听）"二字显示出来的。在古代诗文中，猿声总是与"哀"字结缘的，最有代表性的是郦道元《水经注》中的著名文字："每至晴初霜旦，林寒涧肃，常有高猿长啸，属引凄异，空谷传响，哀转久绝。故渔者歌曰：'巴东三峡巫峡长，猿鸣三声泪沾裳'。"而此诗中的群猿唱答，却给人一种生气勃勃、欢快愉悦之感。

（周啸天）

————————

●吴均（469—520），字叔庠。吴兴故鄣（今浙江安吉）人。官奉朝请。其文工于写景，尤以小品书札见长，时称吴均体。有《续齐谐记》《吴朝请集》等。

◇咏宝剑

我有一宝剑，出自昆吾溪。
照人如照水，切玉如切泥。
锷边霜凛凛，匣上风凄凄。
寄语张公子，何当来见携？

从结尾两句看，此诗所咏之宝剑是准备送给一位张姓公子的，能使人联想起《史记·吴太伯世家》里那个著名的延陵许剑的故事。

开篇从宝剑说起，"昆吾"二字说明宝剑身世不凡，来自昆吾山，用清冽的涧水磨砺而成，寒光凛凛。由此而引出下句，更让人惊喜。

"照人如照水，切玉如切泥。"典出《列子·汤问》："周穆王大征西戎，西戎献锟铻之剑，火浣之布。其剑长尺有咫，练钢赤刃，用之切玉如切泥焉。"昆吾，山名，传说中太阳正午所经处。《淮南子·天文训》云："日出于旸谷，……至于昆吾，是谓正中。"《云笈七签》又称："上多山川积石，名为昆吾。冶其石成铁作剑，光明洞照如水精状，割玉如泥。"后昆吾成为宝剑的代称，如："怒拔昆吾坏文丑"（关汉卿《单刀会》）。吴均将枯燥的古书记载提炼成诗句，语言精粹、生动。"如照水"，喻宝剑之光亮度，像澄静的水面一样可以照见人的容颜；"如切泥"形容宝剑锋利无比，切玉犹如切泥一般。仅此两句，宝剑的形象已是十分鲜明。

如果说颔联是对宝剑进行中景式展现，那么颈联则是"大特写"。"锷边霜凛凛，匣上风凄凄。"诗人将"镜头"对准宝剑的刀刃和锋芒，寒光闪闪、冷气浸人。锷，即刀刃。《西京杂记》载，汉高祖刘邦有一宝剑，剑刃上常若有霜雪，曾以之斩杀白蛇。意思是指剑刃太过锋利，冰冷的锋刃上常凝集有一层寒霜。"匣上风凄凄"更是将宝剑写活了，而且透出一种气势和灵气。也许是爱屋及乌，因为爱宝剑，诗人觉得匣子也具有神性，匣子上面时时凉风凄凄。其实，写匣子也是在写宝剑。凄风不是匣子引来的，而是匣中寒光闪烁的宝剑生成的。倘若没有宝剑，匣子又何足道哉？

《南史》称吴均诗"清拔有古气"，本篇写宝剑，语言平白如话，以清词而成就丽句，读来晓畅清润，如饮甘露，自是独标一格。

（秦岭梅）

●宋之问（约656—713），一名少连，字延清，汾州（今山西汾阳）人。上元二年（675）登进士第。天授元年（690）以学士分直习艺馆，历洛阳参军，参与编修《三教珠英》，迁左奉宸内供奉。神龙元年（705），中宗复辟，坐谄事张易之贬泷州参军。三年贬越州刺史。景龙中以户部员外郎兼修文馆直学士，再转考功员外郎。睿宗立，流于钦州（今属广西），后赐死。有《宋之问集》。

◇明河篇

　　八月凉风天气清，万里无云河汉明。昏见南楼清且浅，晓落西山纵复横。洛阳城阙天中起，长河夜夜千门里。复道连甍共蔽亏，画堂琼户特相宜。云母帐前初泛滥，水晶帘外转逶迤。倬彼昭回如练白，复出东城接南陌。南陌征人去不归，谁家今夜捣寒衣？鸳鸯机上疏萤度，乌鹊桥边一雁飞。雁飞萤度愁难歇，坐见明河渐微没。已能舒卷任浮云，不惜光辉让流月。明河可望不可亲，愿得乘槎一问津。更将织女支机石，还访成都卖卜人。

　　诗咏银河。唐代孟棨《本事诗·怨愤》载："宋考功（按即宋之问），天后（按即武则天）朝求为北门学士，不许，作《明河篇》以见其意，末云：'明河可望不可亲，愿得乘槎一问津。更将织女支机石，还访成都卖卜人。'则天见其诗，谓崔融曰：'吾非不知之问有才调，但以其有口过。'盖以之问患齿疾，口常臭故也。之问终身惭愤。"不过，这条记载颇类小说家言，似未必可靠。诚如金人王若虚所说，"大抵诗话所载，不足尽信"（《滹南诗话》卷一），是很有道理的。

但是，认真玩味，诗中也的确蕴含着某种怨愤情绪。诗人以神奇瑰丽的笔调，倾心赞美了秋夜银河的美好，在扑朔迷离的氛围中，描写了天上、人间的离愁别恨。全诗充满着浓厚的浪漫主义色彩，流露出凄迷、伤感的情调，隐隐透露出有所追求而又落空的怅惘。

开始四句，以写景入题。仲秋之夜，风柔气清，在万里无云的高朗的空中，那条横贯中天的云状的光带——银河（即明河），显得分外明亮。傍晚，它出现在"南楼"上空，像一条清浅的河流；清晨，它斜挂在"西山"之上，似纵却横。这里，"南楼""西山"暗用了两个典故。《世说新语·容止》："庾太尉在武昌，秋夜气佳景清，使吏殷浩、王胡之之徒登南楼理咏。音调始遒，闻函道中有屐声甚厉，定是庾公。俄而率左右十许人步来，诸贤欲起避之。公徐曰：'诸君少住，老子于此处兴复不浅！'因便据胡床，与诸人咏谑，竟坐甚得任乐。"又《世说新语·简傲》："王子猷作桓车骑参军。桓谓王曰：'卿在府久，比当相料理。'初不答，直高视，以手版拄颊云：'西山朝来，致有爽气。'"通过这两个典故，作者暗示自己希望像魏晋名士那样，纵情地流连光景，来领略"秋夜气佳景清"和西山朝来爽气的美景，寄寓着对美好事物的向往和追求。这短短的四句诗中，先是用烘托的手法，以风凉、气清和万里无云，来衬托河汉的"明"；接着，用比喻的手法，把银河比作一条清浅的河流，还赋予它以"纵复横"的动势，更觉清莹可爱，成为清秋夜景中最为突出也最令人倾倒的景物。而典故的运用，又使得诗意更为深厚，把自己的意思表达得更加含蓄、婉转。

接着八句，作者描写了在洛阳城中观看明河的情景。洛阳城中高大的宫殿直冲霄汉，长长的银河照临宫室。但是，由于天桥（复道）和屋脊（甍，méng）的遮蔽，却看不见完整的银河，只有在另外的精美的居室（画堂琼户）中观看，才最为相宜。那银河的柔光照着以云母片装饰的帷幔，闪动着银光点点，好像天上之水流淌到了人间；走到"水晶帘"（也作"水精帘"，形容质地精细而色泽莹澈的帘子）外，举头一望，啊，那耿耿银河显得更加明亮，在空中弯曲而延续不断，与满天星斗相辉映。它像一条白色的熟绢，从东城一直连接着辽远的南郊。在这八句中，作者使用了"画堂琼户""云母帐""水晶帘"等精美的辞藻，使各种富丽堂皇的景象递相呈现，既表现了帝都特有的风物，也与明澈的银河相映照，在一片柔光中，给帝都蒙上了一层朦胧、幽深而又神秘的色彩，把天上、人间连为一片。

然后，作者在以下的八句中，想象在银河的映照下，"南陌"思妇对于征人的思念，并表现了作者的感慨。诗人从万户捣衣声中，想到了一去不归的征人，并进而想到了正在"鸳鸯机"（也叫鸳机，一种绣具）上刺绣的女子，从点点萤火的亮光中，抬头看到了空中明亮的银河，勾起对于征人的无尽的思念。此时，一只孤雁正从牛郎、织女相会过的"乌鹊桥"边飞过，发出哀怨的叫声，更使思妇的离愁难以平息，她痴痴地坐望着天河，想着情人，直到银河渐渐地隐没在晓天之中。啊，这明河似乎懂得舒卷屈伸、出处进退之道（《关尹子·三极》："云之卷舒，禽之飞翔，皆在虚空中，所以变化无穷，圣人之道则然。"），在将晓之时，它任由浮云的遮蔽，毫不吝惜地将自己的光辉让给那晓月的流光悄然隐去。而思妇的眷恋之情，却是永无休止的啊！这一段是对上八句的转折和深入，它由单纯对明河的赞美，转换到对人事的感叹，进一步把人间、天上融为一体。那捣衣之声与雁飞萤度相交织，一片冷清、凄切之感，无穷的相思之情，将伴着耿耿长河，无终无了。特别是作者在"已能舒卷任浮云，不惜光辉让流月"两句中，采用拟人化的手法，使明河具有人的崇高感情，这就使得它的本来就美好的风采更为美好。作者在这里采用十分婉曲的手法，进一步赞美了明河，也为最后四句埋下伏笔。

最后四句，作者运用神话故事，做了精彩而又富有深意的结束。看来好像是忽发奇想，但却是上面层层推进的必然结果。由于如此美好的明河"可望不可亲"，所以，他要到天上去。晋张华《博物志》卷十载："旧说云天河与海通。有人乘槎而去。遇一丈夫牵牛而饮。遂问此是何处。牵牛人答曰：'君还至蜀郡访严君平（按：严是汉代术士）则知之。'竟不上岸，因还如期。后至蜀，问君平，曰：'某年月日有客星犯牵牛宿。'计年月，正是此人到天河时也。"又据《太平御览》卷八引刘义庆《集林》："昔有一人寻河源，见妇人浣纱，以问之，曰：'此天河也。'乃与一石而归。问严君平，云：'此支机石也。'"作者把这两个故事糅合到一起，用在这里十分自然，表明了自己执着地追求美好明河的强烈意愿。同时，诗情几经曲折，终于从地下跃升到了渺远的空中，把篇首的从地下遥望银河，变为从银河俯瞰人间，天上、人间，到此合而为一，使诗歌充满了神奇、幽远的艺术魅力。另外，作者也暗自表示，自己终究希望离开那城阙阻障、复道蔽空的帝都洛阳，到自己向往的地方去，这里面，深深地隐含着作者难以言喻的怨愤。

这首诗的境界写得十分阔大，充分体现了作者"陡健豪举"（上官昭容评语，见《全唐诗话》卷一）的笔力，天上、人间，驱驰如风，神话、现实，想落天外。但在有的地方却又十分精微，"南陌"一段，写思妇对征人的眷念，鸳机萤度，离愁难歇，细致而又生动。这样，阔大与精微相结合，对比变化，更显出诗篇的摇曳多姿。在结构上变化波澜，层层调换，而又步步推进。作者恰到好处地使用了顶真的修辞手法，比如"复出东城接南陌。南陌征人去不归"，"乌鹊桥边一雁飞。雁飞萤度愁难歇"，使得转接自然，气势流走，如长江大河，虽极曲折，却奔泻不断，气脉贯通。另外，全诗以散行为主，但却穿插了一些对句，如昏见晓落、云母水晶、鸳鸯乌鹊数句，在自然中表现出精工，显得从容整练，体现了作者的艺术技巧。

（管遗瑞）

●骆宾王（约638—684），婺州义乌（今属浙江）人。"初唐四杰"之一。其父为青州博昌令，早卒。唐高宗朝初为道王府属，后历任奉礼郎、东台详正学士、武功主簿、长安主簿，迁侍御史。为奉礼郎时曾从军西域，又曾宦游蜀中。仪凤三年（678）冬因数上疏言事获罪下狱，调露二年（680）秋出除临海（今属浙江）丞。睿宗文明中随徐敬业起兵讨武后。敬业兵败，骆不知所终。有清陈熙晋《骆临海集笺注》。

◇咏鹅

　　鹅鹅鹅，曲项向天歌。
　　白毛浮绿水，红掌拨清波。

　　这首儿童诗好处何在？它何以能够在唐诗中占有一席地位，而至今脍炙人口呢？一般人往往会拈出后两句，认为它对仗得好，色彩字用得好。

　　其实，后两句的好，只是初级水平的好。因为它是更多地运用技巧的结果。对仗的基本技巧是什么呢？是增字法——先写"白毛"，对上"红掌"；再加"绿水"，对上"清波"；上句添动词"浮"，下句对上一个"拨"。旧时代私塾先生教学生对课，就教这个技巧。这两句在声律上（仄仄平仄仄，平平仄平平）也过得去。其中"浮""拨"两个

动词尤其妙，很到位，不能替换。对一个七岁孩子来说，能对成这样，也难能可贵。

　　然而，这首诗最妙的，还是前面两句："鹅鹅鹅，曲项向天歌。"给人的第一个感觉，是不整齐。如果遇到颟顸的、自以为是的老师或家长，可能会给他改得整齐一些，可能改成："湖中一只鹅，曲项向天歌"，可能还很得意。然而，这样做，整是整齐了，但这首诗原来所具有的童趣和奇趣，就被破坏了。

　　何以这样说呢？因为原作前两句虽不整齐，却很天真，出口成章，纯乎天籁。一改，那点儿天真、那点儿童趣、那点儿特色就没有了，很生动的句子，变得很老套，就把一个可爱的儿童，变成了一个小大人。此外，"曲项向天歌"这句，活画出鹅的长脖子和鹅叫的样子，而且纯凭观察灵感悟得，没有技巧成分，所以更好。

　　而"鹅鹅鹅"三字重复，也不能简成一个"鹅"字（像词中《十六字令》的首句），为什么呢？因为这里不仅是在说家禽的名称，而且是在拟声，也就是描摹它"曲项向天歌"的叫声（喔喔喔），这也是七岁孩子根据他的感觉所得的神来之笔。这里的诗歌意象，就是诉诸听觉的有声意象，这首诗就是一首绘声绘色的诗。首句改作一个"鹅"字，或改成"湖中一只鹅"，这首诗一下子就"哑"了，失去它原来的生动性。

所以这首儿童诗在唐诗中占有一席地位，是有充足理由的。这也表明，在诗化的社会氛围中，唐代儿童受到潜移默化的影响。

（周啸天）

●贺知章（659—约744），字季真，越州永兴（今浙江杭州市萧山区西）人。武后证圣元年（695）登进士第，授国子四门博士，迁太常博士。玄宗开元十年（722）入丽正殿修书，十三年迁礼部侍郎，后为太子宾客，秘书监。晚号四明狂客。《全唐诗》存诗1卷。

◇咏柳

碧玉妆成一树高，万条垂下绿丝绦。
不知细叶谁裁出，二月春风似剪刀。

这是一首写景诗，也是一首咏物诗，咏物写景有一个不二法门，叫作拟人。就是把物当成人来写，赋无情以有情。这首诗就是一个成功的例子。

开头的"碧玉"两字，就是一个人名，一个姑娘的名字。南朝乐府有《碧玉歌》，"碧玉破瓜时"，就是说碧玉姑娘长到十六的时候，南朝诗人萧绎的《采莲赋》则说"碧玉小家女"。直到今天，人们称一位民间女子，还喜欢用"小家碧玉"这样的说法。"碧玉妆成一树高"，这句实际上是个倒装，是说一棵高挑的柳树，好像梳妆既毕的小家碧玉。当然，还有用"碧玉"来形容柳树枝青叶绿的颜色的意思。也可以讲成，这棵柳树就像是用碧玉妆成的一样。这叫"诗无达诂"。也就是说，诗不是法律文本。法律文本不可以有歧义，而诗则相反，可以一诗多义。

"万条垂下绿丝绦"，写柳条。柳树的婀娜多姿，是因为其披拂的柳条。就像小姑娘梳成许多的辫子，比维吾尔族姑娘的辫子还要多，又像垂下了万条绿色的丝带。"绦"，是用丝线编织成的带子。女性最具女人味的动作，莫过于撩头发或甩辫子。而"春风杨柳万千条"（毛泽东），就像妙龄姑娘摆动她的辫子，真有万千的妩媚。

第三句说柳叶。柳叶形态精致、漂亮，诗人一般会用它比作画眉，此诗却从总体上把它比作一件精心裁剪的衣裳（初民曾用树叶做过衣裳）。"不知细叶谁裁出"，是设问，这么漂亮的衣裳是谁裁成的呀？"谁裁出"这是追问裁缝、服装设计师。绝句以第三句为主，这是转折、是蓄势，为了逼出最后的也是最出彩的一句。

"二月春风似剪刀"，诗人不直接回答裁缝是"谁"。他拐了个弯儿，似乎是自言自语，只说"剪刀"是什么。这就是"二月春风"，因为是春风把柳叶吹绿的。谁是使用剪刀的人呢？诗人没说，而读者可以意会到了。剪刀是工具，而心灵手巧的裁缝，除了春天，还能是谁呢！所以，此诗看似咏柳，其实是一首春天的赞歌。

这首诗两度使用了拟人法。一度是将柳树比作美丽的姑娘，因为柳树具象，所以这个比拟容易想到。另一度是将春天比作能工巧匠，而春天并不具象，所以这个比拟不容易想到。而且这个拟人还拐了个弯儿，只说到"二月春风似剪刀"为止。这首诗妙就妙在这里，即写出了想不到的好。

（周啸天）

●张九龄（673或678—740），字子寿，韶州曲江（今广东韶关西南）人。武后神功元年（697）登进士第，授校书郎。玄宗先天元年（712）中道侔伊吕科，授左拾遗。后历官司勋员外郎、中书舍人、桂州都督、集贤院学士、中书侍郎等职。开元二十一年（733）拜中书侍郎，同中书门下平章事，次年迁中书令，兼修国史。后受李林甫排挤，罢相，被贬为荆州长史。有《曲江集》。

◇感遇十二首（录二）

　　兰叶春葳蕤，桂华秋皎洁。欣欣此生意，自尔为佳节。
谁知林栖者，闻风坐相悦。草木有本心，何求美人折！

　　诗歌采用比兴手法的很多，特别是那些不能直言的隐情，往往通过比兴手法来托物言志，以抒发自己的一腔隐衷。而这种抒发，婉转曲折，更加耐人寻味，特别具有诗歌的艺术美。张九龄这首诗就是这样。张九龄是有胆识、有才华的政治家，是玄宗朝贤明正直的宰相，辅佐玄宗实现了"开元之治"，但晚年在朝遭受口蜜腹剑的李林甫的忌恨，被其诽谤中伤，由尚书右丞相贬荆州长史，这对他来说是很沉重的政治打击。到了荆州以后，他忧愤交集，"每读韩非《孤愤》，泣涕沾襟"（徐浩《唐尚书右丞相中书令张公神道碑》）。在苦闷中他写了十二首

《感遇》，是一组五言古诗，用以表达自己的复杂心情。

这里所选的是其中第一首。诗歌以兰、桂自比其高洁，用隐晦曲折的比兴手法，抒发了孤芳自赏、不求人知的情怀。诗一开始用整齐的对偶句领起，以春兰、秋桂对举，点出了这两种美好植物生机勃勃和清雅高洁的特征。这是从屈原《九歌·礼魂》中的句子"春兰兮秋菊，长无绝兮终古"化用而来的，这里把菊花改为了桂树，是因为荆州向来多桂，和当地的实际紧密结合。而且，一草本，突出的是茂盛的叶子（葳蕤，音wēiruí，茂盛之意）；一木本，突出的是馥郁纯洁的花蕊。前后两句互文见义，葳蕤的叶子和纯洁的花蕊互相映衬，草木交辉，更加具有概括力，显得分外生动形象。笔墨也精练简洁，一开始就给人以精警的感觉，引起人们对兰、桂美好而深刻的印象。

如果说开始两句还是客观描写的话，那么以下六句，就是一步步深入发挥，含蓄地表达对兰、桂高洁品格的深情礼赞了。"欣欣"二句，写出了兰、桂欣欣向荣、生机盎然的生命活力。而这种生命的活力，乃是它们自身固有，而不假外求的，这正是自身高洁的体现。这里一个"自"字，用得很精到，不但写出了兰、桂适应佳节的特性，而且还表明了兰、桂荣而不媚、不求人知的高贵节操，很耐人品味。到此，诗人顺笔而下，写到了人。对于这样美好的草木，栖息于山林的隐者，有什么样的感想呢？——只是因为闻见了它们的芬芳，就禁不住深深地慕悦了！"闻风"二字本于《孟子·尽心篇》："圣人，百世之师也，伯夷、柳下惠是也。故闻伯夷之风者，顽夫廉，懦夫有立志；闻柳下惠之风者，薄夫敦，鄙夫宽。奋乎百世之上，百世之下，闻者莫不兴起也。"这里化用得毫不费力，一点也不着痕迹，非常巧妙，大大深化了诗句的内涵。其实，这两句诗也是换了一个角度，从隐者的内心来对兰、桂的品格进行赞美，诗意又深入了一层。那么，对于隐者的慕悦，兰、桂又是怎样的态度呢？——"草木有本心，何求美人折！"这就是兰、桂的回答。这里的"美人"也就是前面的"林栖者"。兰、桂表示，我自有逢春而葳蕤，遇秋而皎洁的本性，并非为了博得人们的折取、欣赏。很显然，这是以此来比喻贤人君子的洁身自好，不过是作为一个人的本性而已，并不是要借此来博得谁的称誉赏识，以求富贵利达。全诗的主旨，经过几番曲折，到此终于点明，而诗意的脉络却是一贯到底，在质朴简劲中显得自然流畅，表现出了诗人坚贞耿介的品格和诗歌独具的个性。前人曾经评论说："曲江公（即张九龄）诗雅正沉郁，言多造道，体含风骚，五言直追汉魏深厚处。"（周珽《唐诗选脉会通评林》）这首诗看来只是平平道来，雅正冲淡，委婉含蓄，好像是毫不经意，但是，通过比兴，浓郁的诗思和深刻的思想自然蕴含其中，让人从中得到深刻的启发。

（管遗瑞）

江南有丹橘，经冬犹绿林。岂伊地气暖，自有岁寒心。可以荐嘉客，奈何阻重深。运命唯所遇，循环不可寻。徒言树桃李，此木岂无阴。

唐开元二十四年（736），张九龄为李林甫所谮，罢相，开元二十五年（737）被贬荆州长史。《感遇诗》十二首即作于贬谪期间，本诗为其第七首。张九龄的《感遇诗》托物言志、抒怀感事，以格调刚健、和雅高洁、婉而多讽见称。本诗则尤显淡定沉静、含蓄冷峻，寄意遥深又暗藏讽谕。

楚辞中有千古传颂的《橘颂》，唐诗中则有婉而多讽的《江南有丹橘》。读此诗，如品屈子之《橘颂》而别有情味。《橘颂》开篇即赞美橘树扎根故土、矢志不移的高风亮节。"后皇嘉树，橘徕服兮。受命不迁，生南国兮。深固难徙，更一志兮。"《周礼·考工记》曰："橘逾淮而北为枳。"《晏子春秋·内篇杂下》载晏子语："橘生淮南则为橘，生于淮北则为枳。叶徒相似，其实味不同。"张九龄笔下的"丹橘"即是这样伟岸、坚定的橘树。"江南有丹橘，经冬犹绿林。"它长于南方，眷恋故土，一往情深；它生命力旺盛，根深叶茂，不畏严寒，四季常青。这里，"犹"字起到强调作用，同时显示出诗人对丹橘的偏爱与颂扬之意。

《橘颂》写在屈原被流放，启程告别郢都之际。而此时张九龄也恰好谪居荆州治所江陵，即昔日楚国国都郢。相似的遭遇，相似的情感，又脚踏在同一块土地上，诗人的心灵能够跨越时空而激荡、共鸣，自是在情理之中。张九龄的故乡在今之广东韶关，诗人生于南方，橘树也生于南方，因而，诗人写丹橘，其实也是自喻，借丹橘而暗陈心迹。诗人明白地告诉世人：丹橘之所以经冬常绿，不在于其所处的土地和暖，而是在于它秉性刚强，拥有一颗像松柏一样的高洁心灵。"岁寒心"典出自《论语·子罕》："岁寒然后知松柏之后凋也。"此处反诘语句的运用，一擒一纵，收放自如，跌宕生姿。在诗人的心目中，丹橘和"岁寒三友"中的松柏可以媲美，而且比松柏略胜一筹，她不仅品格坚贞高洁，而且还把甘美的果实献给嘉客，与人分享，胸襟宽阔，秉德无私。然而，"奈何阻重深"，可叹山重水复、路途迢递，自荐嘉客的愿望终究落空。这一转折，诗人以丹橘比拟自己的满腹经纶、一腔抱负得不到当朝赏识、重用，抒发报国无门的愤懑和不平。诗人不禁在心底发出一声重重的叹息，继而由丹橘的遭遇展开一番哲学思考。原来，一切都是命运！个中得失，有如天地运转，周而复始，无定数可循，也探不出究竟，只能像圣人一样——"人不知而不愠"，泰然处之。诗语中有悲鸣、有无奈，但更多的则是洒脱、是旷达。情感复杂而深沉，读来令人感慨。

在中国古典诗文中，"桃李"有时近似香草美人，是美好事物的象征，如"桃李不言，下自成蹊"（司马迁）；但也常常被当作是谄媚与鄙俗的代表，又如"轻薄桃花逐流水"（杜甫）。此皆诗人一己之好恶。"徒言树桃李，此木岂无荫。"此处的"桃李"显见是后者，是与丹橘品性相反相对的。诗人以反诘句作结，言辞直指世弊，同时也揭示出丹橘命乖时舛的根源所在——桃李满园，丹橘将栖身何处？人爱桃李，谁又识得丹橘的佳实与浓荫？

比之《橘颂》，张九龄不及屈子之文采粲然、俊朗飘逸，但用笔深沉，含蓄洗练，同样堪称咏物诗之上乘佳作。明代诗人高棅称赞《感遇》诸篇："雅正冲淡，体合《风》《骚》，骎骎乎盛唐矣。"或许便是此意。

（秦岭梅）

●李白（701—762），字太白，号青莲居士，自称祖籍陇西成纪
（今甘肃静宁西南）。玄宗开元十三年（725）出蜀漫游，先后隐居安陆
（今属湖北）与徂徕山（今属山东）。天宝元年（742）奉诏入京，供奉
翰林，后赐金还山。安史乱中因从永王李璘获罪，陷身图圄，一度流放。
有《李太白集》。

◇清平调词三首

　　云想衣裳花想容，春风拂槛露华浓。
　　若非群玉山头见，会向瑶台月下逢。

　　一枝红艳露凝香，云雨巫山枉断肠。
　　借问汉宫谁得似，可怜飞燕倚新妆。

　　名花倾国两相欢，长得君王带笑看。
　　解释春风无限恨，沉香亭北倚阑干。

　　此诗系李白在长安供奉翰林时应诏而作。关于此诗的笺评，历代
不胜枚举，评价有褒有贬，褒扬者占绝大多数。对某些诗句的理解也歧
异互出，有歧异的诗句主要集中在"云想衣裳花想容""可怜飞燕倚新

妆""解释春风无限恨"三句。

从整体结构上看，有人认为第一首写妃子，第二首写名花，第三首合写妃子与名花；有人认为三首皆咏妃子，而以名花作映衬；有人认为三首都是花与人的合写。从实际情况看，诗的确既描绘了牡丹的国色天香，富艳华美，也形容了杨贵妃的姿容美丽，绝代风华。花光人面，两相映照，"名花倾国两相欢，长得君王带笑看"是纲领性的两句。但为什么会产生不同的看法呢？原因在于花与人的跳跃交叉。一般情况，绝句一、二句起承，为一层意思；三、四句转合，为一层意思。具体情况容有分别，但语意要连贯，不宜突兀跳跃。前两首诗的一、二句之间的关系便是跳跃性的。"云想衣裳花想容，春风拂槛露华浓。"第一句或理解为云想妃子的衣裳，花想妃子的容貌，想象入妙；或理解为玄宗见云即想妃子之衣裳，见花即想妃子之容貌。前一解为胜。无论何解，第一句均写妃子之美貌。第二句忽又写花之娇艳。三、四句又写妃子，把杨妃比作仙山瑶台的仙子。第二句插在中间便觉突兀。"一枝红艳露凝香，云雨巫山枉断肠。"第一句咏花，第二句用宋玉《高唐赋序》之典故，言楚怀王只能在梦中与神女相会，醒后不复见而枉自断肠。言下之意，不如唐玄宗能与杨贵妃朝夕相对也。三、四句又借汉皇后赵飞燕以喻杨妃之美，或云结句贬低飞燕以崇杨妃，不似。后三句咏妃子兼及玄宗，第一句咏花落单，第二句迂回转折写妃子也有断裂之感。

第三首诗确是人花合写。但第三句"解释春风无限恨"难以理解。"解释"，解除，消释。"春风"，有人以为代指玄宗，句谓赏名花，对妃子，消除了玄宗的无限怅恨。或以为系"春风解释无限恨"之倒装，谓妃子无恨。试想，杨贵妃得宠，赏花欢心，"名花倾国两相欢，长得君王带笑看"，杨贵妃、玄宗正沉浸在幸福之中，有何恨（且"无限"）可言？即使有恨，也属来历不明，说得突兀。自然界的"春风"

也无恨可言。刘学锴先生以为：花苞似结，如女子之脉脉含愁，和煦的春风使牡丹怒放，似解开花苞中的情结（《唐诗选注评鉴》上卷）。亦觉牵强。如此看来，这一句无厘头的话实在突兀。

　　三首诗都有跳跃突兀之不足，由此也导致理解的分歧。纵观李白七绝，除这三首外，似无诗句跳跃突兀的现象。所以然者何？我想，可以从李白写作时的精神状态中找到答案。据唐李濬《松窗杂录》载此诗本事云：天宝中，兴庆池东沉香亭前，木芍药（即牡丹）盛开，唐玄宗乘月夜召杨妃赏花。又命歌手李龟年歌曲助兴。唐玄宗说："赏名花，对妃子，焉用旧乐词为？"遂命李龟年召翰林学士李白，进《清平调》词三章。"白欣承诏旨，犹苦宿醒未解，因援笔赋之。"请注意："犹苦宿醒未解"。李白承旨作诗，此时醉酒还没有完全醒来，意识还有些惝恍迷离。虽说"李白斗酒诗百篇"，没有喝醉的情况下有助诗兴，烂醉如泥则不可能写诗。半醉半醒或仍有醉意，写诗更会流露真情，但也难免信手拈来，思虑不周。此时，李白醉眼蒙眬作诗，因想着杨妃、牡丹是赞美对象，一忽儿杨妃，一忽儿牡丹，思绪便有些不连贯，发而为诗，就像意识流一样地跳跃，自然不够缜密。

（张应中）

●杜甫（712—770），字子美，原籍襄阳（今属湖北），迁居巩县（今河南巩义西南）。玄宗开元二十三年（735）举进士不第。天宝间困守长安十年，天宝十四载（755）授河西尉不赴，改右卫率府兵曹参军。安史之乱发，长安陷落，身陷贼中。至德二载（757）自贼中奔赴凤翔行在，授左拾遗。乾元元年（758）贬华州司功参军，次年弃官赴秦州，经同谷，到成都，于西郊建草堂。广德二年（764）剑南节度使严武荐为检校工部员外郎。永泰元年（765）离成都，至夔州（今重庆奉节）。大历三年（768）出三峡，辗转湘江，死于舟中。有《杜工部集》。

◇房兵曹胡马

胡马大宛名，锋棱瘦骨成。
竹批双耳峻，风入四蹄轻。
所向无空阔，真堪托死生。
骁腾有如此，万里可横行。

此诗约作于开元二十八九年间（740—741）。唐诸卫府州设有兵曹参军之职，以参佐军事。

在所有的动物中，马有着极其高贵的地位。不同时代、不同地域的人，尤其是艺术家和战士，常常将骏马与美人相提并论。项羽不惜死，

所惜者虞姬与乌骓马耳；欧洲的骑士祝酒词常常是"为骏马与美人——干杯"；骏马和美人，无论在西方还是中国都是绘画的主题。车尔尼雪夫斯基《生活与美学》、布封《动物素描》这样的大师的名著中，给人印象最深刻的就是他们笔下的马。"在所有的动物当中，马身材高大，而身体各部分配合匀称。和马相比，狮头太大，牛腿太短太细，与其粗大的身躯不相称，骆驼是畸形的，犀牛、大象体积虽大，可惜只是些未成形的肉团。颚骨过分伸长，本来是动物卑贱的标志，然而马却没有驴的那副呆相，别有一种轻捷的神情，它一抬头仿佛就要超出四足兽的地位，而与人面对面地站立。就连鬃毛与马尾在动物中也显得与众不同，它是飘柔的青丝，而别的动物（如前所述）不是短尾就是秃尾，相形之下也就难看了。"

杜甫写马和写到马的诗篇很多，颇有脍炙人口的名句，本篇是写作最早的一篇。汉唐时代的西域，水草丰茂、原野辽阔，是马群生活的天然牧场，大宛（yuān）国产的天马（汗血马）最为名贵，曾是汉武帝发动战争的主要动机。所以首句说"胡马大宛名"。

在古代，相马是专门的学问。《列子·说符》有一个九方皋相马的故事，说的是九方皋这人为秦穆公物色到一匹好马，寄放在沙丘，复命时穆公问他马的性别和颜色，九方皋记不上来，说是黄色的母马，牵回来才是匹纯黑的公马，使得秦穆公大不高兴，怀疑九方皋是个骗子，并责怪推荐九方皋的伯乐。伯乐回答说，马的颜色和性别并不重要，九方皋是得其精而忘其粗。后来证明这匹马果然是上乘的骏马。由此产生了一个成语叫"索之骊黄牝牡之外"。而杜甫此诗亦不着意于胡马之雄雌毛色，专注于其骁腾，亦可谓诗中之九方皋也。

盖诗人早年浪迹，少不了与马打交道，所以他也多少有点相马的经验。首先，善于驰突的良马，骨骼较大，筋肉结实，看上去不肥，所谓"此马非凡马，房星本是星（《晋书·天文志》载房星四，又称天驷）；向前敲瘦骨，犹自带铜声"。所以杜甫夸胡马"锋棱瘦骨成"，是很内行的话。一个"成"字，须要重读——这是杜甫论诗、品物、衡人偏爱的概念，往往与"老"字连文曰"老成"，用来指一种无可挑剔的境界。

古代相马忌头大耳缓，《齐民要术》载相马法说"马耳欲小而锐，状如斩竹筒"，眼前胡马就符合这条标准，所以杜甫要夸它"竹批双耳峻"。古今有骑马经验的人都说，好马驰骋的时候，马背上人是只觉耳边风声呼呼，而感觉不到马足点地，所谓"马似流星人似箭"，就像骑着神鹰在飞，全不似骑驴那样的颠簸。而"风入四蹄轻"正好写出了这种感受。

布封还不无夸张地说，驾驭马是人类所能做到的最高征服。从此马和人分担着疆场的劳苦，同享战斗的光荣，所谓"此马临阵久无敌，与人一心成大功"。马天生具有一种舍己从人的无畏精神，越是危险当前越来劲。《三国演义》写刘备在被刘表的部将追杀时，乘的卢逃到檀溪湖边，不是在关键时刻一跃而突围吗？"所向无空阔"就是想象这匹胡马跑起来，没有飞越不了的空阔，所谓"关山度若飞"是也。所以房兵曹可以放心地将生命安全托付给它。

与《望岳》一诗相同的是，这里所有的咏马，都是为了通向篇末的抒情："骁腾有如此，万里可横行！"这不仅是在赞美胡马，简直是在祝愿马主人早日建立功名于马上了。当然，这也是杜甫本人的心情。元人赵汸评："前言胡马骨相之异，后言其骁腾无比，而词语矫健豪纵，飞行万里之势，如在目中，所谓索之于骊黄牝牡之外者。区区模写体贴以为咏物者，何足语此。"

（周啸天）

◇舟前小鹅儿

鹅儿黄似酒，对酒爱新鹅。

引颈嗔船逼，无行乱眼多。

翅开遭宿雨，力小困沧波。

客散层城暮，狐狸奈若何？

要想读懂此诗，须先了解杜甫笔下的鹅儿是谁家的鹅儿，所乘小舟又置于何处。在原诗的题下有一小注："汉州城西北角官池作。官池，即房公湖。"汉州即今之四川广汉，房公指曾在肃宗时任宰相的房琯。

由于陈涛斜兵败，房琯受到牵连，于至德二年（757）罢相外放，公元760年8月任汉州刺史。在汉州期间，房琯于小城西北开凿一荷花池，时称房公湖。湖岸楼台巍峨、花木葱茏，湖中禽鸟嬉戏、鱼虾追逐，吸引不少文人名士前来聚会，赋诗唱和。唐肃宗宝应二年（763）初春，杜甫到汉州探望被贬的房琯，相携游湖。两位阔别多年且落拓江湖的好友荡舟湖上，一边品尝鹅黄酒，一边欣赏沿湖美景。杜甫当即被水面上一群玲珑可爱的小鹅儿吸引，伤时感事，赋得此诗。

开篇四句，诗人直写雏鹅漂亮的绒毛和娇憨的神态，用手中鹅黄酒的色泽比拟小鹅儿身上的毛色。鹅黄酒始酿于玄宗时期，据《方舆胜览》载："鹅黄酒乃汉州名酒，蜀中无能及者。""得钱即相觅，沽酒不复疑"（《醉时歌》）的杜甫，爱酒亦爱鹅，黄澄澄的美酒与毛茸茸的新鹅相互映衬，"爱"意跃然纸上。小鹅儿可视为房公饲养的"宠物"，本来就是供人游戏、赏玩，与人亲近的。但初生的鹅儿缺乏生活经验，不怕人却畏惧舟楫。小船逼迫之下，"曲项向天歌"（骆宾王《咏鹅》）的鹅儿立即失了风度，乱了阵脚，吓得四处逃窜，同时以愤怒的叫声以示"抗议"。一个"嗔"字将小鹅儿忽然被惊起之后双翅胡乱扑腾犹自嘎嘎乱叫的情形刻画得惟妙惟肖。小鹅儿于惊慌中散成一大片，令人眼花缭乱，一时看不过来，因而"多"，因而"乱"。诗人笔下的小鹅儿如同一群止在嬉戏玩耍、无忧无虑的小孩，突然被惊扰，让人心生怜爱。然而，与其说小鹅儿充满了童趣，逗人喜爱，还不如说诗人杜甫像个"老顽童"，虽已是白头老夫却不失天真与稚气。试想，像杜甫这样的大诗人，满脸的沧桑，却兀自对着一群嫩黄、活泼的雏鹅乐不可支、兴味盎然，该是怎样的一番情景和意趣呢？

杜甫与房琯感情深笃，私交极好，而且政治上两人也有着密切的关联。当年（757），杜甫因仗义执言，力谏搭救房琯，触怒肃宗，几遭刑戮，从此流寓在外，一度客居蜀中。因而杜甫对房琯的荣辱、沉浮备为关切。"翅开遭宿雨，力小困沧波。"表面上是诗人怜惜新鹅，突然联想到昨夜遭受风雨侵袭时鹅儿张开湿润的翅膀奋力抖落雨水的举止动作，以及湖水上涨之后，乳毛未褪的雏鹅被风浪所困，嫩翅乏力，拼命挣扎的情形。然而，更深层的意义，却是在表达诗人对房琯政治前途和人生命运的担忧。作为封建时代的知识分子，一介书生的个人力量是极其弱小的，政治黑暗、世道险恶，又身逢乱世，就好比是困于沧波中的新鹅，际遇堪忧。更何况，还有隐藏于暮色之中，狡猾凶残、别有用心的"狐狸"呢？就在同年二月，杜甫离开汉州不久，代宗招房琯入朝，终得重新启用，然而八月房琯却于半道上病逝于四川阆中。如果没有贬谪之祸，没有颠沛流离之苦，或许房琯不会染病，也就不会早逝。杜甫的担忧终究还是不幸成为现实。

此诗的妙处有三：其一，笔触老练圆熟，却又流转畅达，寥寥数笔即将雏鹅的形、神描摹得栩栩如生，呼之欲出；其二，无论是感物伤怀，还是表达对挚友命运的真切忧虑，落笔皆巧妙而自然，不着痕迹；其三，诗人以一颗纯净的童心去观察生活、感悟人生，透露出浓郁的生活气息和盎然的诗意，耐人寻味。

（秦岭梅）

◇花鸭

花鸭无泥滓，阶前每缓行。

羽毛知独立，黑白太分明。

不觉群心妒，休牵众眼惊。

稻粱沾汝在，作意莫先鸣。

这首咏物诗作于成都草堂，属《江头四咏》之一，原列第三。草堂邻近溪水，诗人养了不少鹅鸭，时有"鹅鸭宜长数，柴荆莫浪开"之句。这首诗所咏"花鸭"，就是指诗人所养的一只毛色特别的鸭子。诗是托物言志，借题发挥。非知人论世，是读不懂这首诗的。

首句说"花鸭"爱惜羽毛，"无泥滓"是羽毛干净。而爱惜羽毛，正是爱惜名誉常见的譬喻，无形中诗人就把自己放了进去。"阶前每缓行"，是说"花鸭"常常离群。为什么会这样呢？三、四句是解释："羽毛知独立，黑白太分明。"因为毛色与别的鸭子不同，不是常见的麻鸭，而是毛色黑白相间的"花鸭"。

"黑白太分明"以及"知独立"这样的用语，可谓一语双关，同时隐喻作者个人的禀性。读者须知，杜甫来成都之前曾弃官——即辞去华州司功参军之职；而在任华州司功参军之前，杜甫曾在皇帝身边做过左拾遗（即谏官），因为直言极谏，得罪了皇帝，后果严重——被贬出了朝廷。所以总结起来，"黑白太分明"还是不好。

"不觉群心妒，休牵众眼惊"，这两句表面还说"花鸭"，说它受

鸭群的排挤。然而"群心""众眼"这样的用语，十分扎眼，并非只说"花鸭"，别具拟人的意味，是言在此而意在彼。看来，杜甫被逐出朝廷，谗言也起到一定的作用，不然回想往事时，不会这样说。

全诗最后两句自嘲的意味更浓。"稻粱沾汝在"，是说待遇好好的，只要管住嘴巴，不乱发言，不抢先发言，不发逆耳之言，什么事都不会有。谁教你"黑白太分明"，忍不住"作意""先鸣"了，怎么会不惹祸呢。"作意莫先鸣"，表面上是告诫"花鸭"，其实是检讨自己，揭露现实。

这首诗之妙，全在借题发挥。作者写"花鸭"，却把自己放进去；写人生，却又从自己跳出来。自嘲，实际上是一种洒脱的人生态度，作者戏说花鸭，实是揶揄人生，嘲讽官场。既释放个人的负面情绪，也完成了对现实人生的一次针砭。

（周啸天）

◇江畔独步寻花

> 黄四娘家花满蹊，千朵万朵压枝低。
> 留连戏蝶时时舞，自在娇莺恰恰啼。

肃宗上元元年（760）杜甫寓居成都西郭草堂，在饱经离乱之后，开始有了安身的处所，诗人为此感到欣慰。春暖花开的时节，他独自沿江畔散步，情随景生，一连成诗七首。此为组诗之六。

首句点明寻花的地点，是在"黄四娘家"的小路上。此句以人名入诗，生活情趣较浓，颇有民歌味。次句"千朵万朵"，是上句"满"字的具体化。"压枝低"，描绘繁花沉甸甸地把枝条都压弯了，景色历历在目。"压""低"二字用得十分准确、生动。第三句写花枝上彩蝶翩跹，因恋花而"留连"不去，暗示出花的芬芳鲜妍。花可爱，蝶的舞姿亦可爱，不免使漫步的人也"留连"起来。但他也许并未停步，而继续前行，因为风光无限，美景尚多。"时时"，则不是偶尔一见，有这二字，就把春意闹的情趣渲染出来。正在赏心悦目之际，恰巧传来一串黄莺动听的歌声，将沉醉花丛的诗人唤醒。这就是末句意境。"娇"字写出莺声轻快的感觉。"恰恰"与"时时"对举，是个时间副词，它把诗人感受确定在莺歌初起的时刻，全是一种新鲜的感觉。诗在莺歌中结束，饶有余韵。读这首绝句，仿佛自己也走在千年前成都郊外那条通往"黄四娘家"的路上，和诗人一同享受那春光给予视听的无穷美感。

　　此诗写的是赏景，这类题材，盛唐绝句中屡见不鲜。但像此诗这样刻画十分细微，色彩异常瑰丽的，则不多见。如"故人家在桃花岸，直到门前溪水流"（常建《三日寻李九庄》），"昨夜风开露井桃，未央前殿月轮高"（王昌龄《春宫曲》），这些景都显得"清丽"；而杜甫在"花满蹊"后，再加"千朵万朵"，更添蝶舞莺歌，景色就瑰丽了。这种写法，可谓前无古人。

　　其次，盛唐人很讲究诗句声调的和谐。他们的绝句往往能被诸管弦，因而很讲协律。杜甫的绝句不为歌唱而作，纯属诵诗，因而常常出现拗句。如此诗"千朵万朵压枝低"句，按律第二字当平而用仄。但这种"拗"绝不是对音律的任意破坏，"千朵万朵"的复叠，便具有一种口语美。而"千朵"的"朵"与上句相同位置的"四"字，虽同属仄声，但彼此有上、去声之别，声调上仍有变化。诗人也并非不重视诗歌的音乐美。这表现在三、四两句双声词、象声词与叠字的运用。"留连""自在"均为双声词，如贯珠相连，音调婉转。"时时""恰恰"为叠字，既使上下两句形成对仗，使语意更强，更生动，又更能表达诗人迷恋在花、蝶之中，忽又被莺声唤醒的刹那间的快意。这两句除却"舞""莺"二字，均为舌齿音，这一连串舌齿音的运用造成一种喁喁自语的语感，惟妙惟肖地状出看花人为美景陶醉、惊喜不已的感受。声音的效用极有助于心情的表达。

在句法上，盛唐诗句多浑然天成，杜甫则与之异趣。比如"对结"（后联骈偶）乃初唐绝句格调，盛唐绝句已少见，因为这种结尾很难做到神完气足。杜甫却因难见巧，如此诗后联对仗工稳，又饶有余韵，使人感到用得恰到好处：在赏心悦目之际，听到莺歌"恰恰"，不是更使人陶然神往么？此外，这两句按习惯文法应作：戏蝶留连时时舞，娇莺自在恰恰啼。把"留连""自在"提到句首，既是出于音韵上的需要，同时又在语意上强调了它们，使含义更易为人体味出来，句法也显得新颖多变。

（周啸天）

◇绝句·两个黄鹂

两个黄鹂鸣翠柳，一行白鹭上青天。
窗含西岭千秋雪，门泊东吴万里船。

公元762年，成都尹严武入朝，蜀中发生动乱，杜甫一度避往梓州，

翌年安史之乱平定，再过一年，严武还镇成都。杜甫得知这位故人的消息，也跟着回到成都草堂。这时他的心情特别好，面对这生气勃勃的景象，情不自禁，写下了这一组即景小诗。兴到笔随，事先既未拟题，诗成后也不打算拟题，干脆以"绝句"为题。

　　诗的上联是一组对仗句。草堂周围多柳，翠绿的柳枝上有成对黄鹂在欢唱，一派愉悦景象，有声有色，构成了新鲜而优美的意境。"两个黄鹂"，成双成对，呈现一片生机，具有喜庆的意味。次句写蓝天上的白鹭在自由飞翔。这种长腿鸟飞起来姿态优美，自然成行。晴空万里，一碧如洗，白鹭在"青天"映衬下，色彩极其鲜明。两句中一连用了"黄""翠""白""青"四种鲜明的颜色，织成一幅绚丽的图景；首句还有声音的描写，传达出无比欢快的感情。

　　诗的下联也由对仗句构成。上句写凭窗远眺西山雪岭。岭上积雪终年不化，所以积聚了"千秋雪"。而雪山在天气不好时见不到，只有空气清澄的晴日，它才清晰可见。用一"含"字，此景仿佛是嵌在窗框中的一幅图画，近在目前。观赏到如此难得见到的美景，诗人心情的舒畅不言而喻。下句再写向门外一瞥，可以见到停泊在江岸边的船只。江船本是常见的，但"万里船"三字却意味深长，因为它们来自"东吴"。当人们想到这些船只行将开行，沿岷江、穿三峡，直达长江下游时，就会觉得很不平常。因为多年战乱，看到来自东吴的船只，诗人也可"青春作伴好还乡"了，怎不叫人喜上心头呢？"万里船"与"千秋雪"相对，一言空间之广，一言时间之久。诗人身在草堂，思接千载，视通万里，胸次何等开阔！

　　全诗看起来是一句一景，是四幅独立的图景。而一以贯之，使其构成一个统一意境的，正是诗人的内在情感。一开始表现出草堂的春色，诗人的情绪是陶然的，而随着视线的游移、景物的转换，江船的出现，便触动了他的乡情。四句景语就完整表现了诗人这种复杂细致的内心思想活动。

（周啸天）

◇春夜喜雨

好雨知时节，当春乃发生。
随风潜入夜，润物细无声。
野径云俱黑，江船火独明。

晓看红湿处，花重锦官城。

上元二年（761）春作于草堂，是咏春雨之作。

春天是万物复苏的季节，雨最可贵，故俗谚有"春雨贵如油"之说。全诗以"好"字领起，是喜之也。春雨好在何处，好就好在需要它它就来，该来的时候才来，如善解人意然。这就写出了一种性格。

次联为流水对，进一步展开描绘春雨的性格。春雨和夏雨性格不同，就在于它不作声势，偏在无人知道的夜里随风悄然而来，滋润着万物，却不表功，一点声音都听不到。这是拟人，也可用来喻人，表现了诗人所崇尚的一种为人的准则，所以耐人涵泳。

三联转而写春夜雨景。平常在夜间，由于路面有微弱反光，故小路比田野容易分辨。但雨夜的天空布满乌云，野外一片漆黑，伸手不见五指，所以连小路也看不见了；于是江船上的一点火光就显得特别显眼——那是雨中的火光，朦朦胧胧地带着光晕，既神秘又好看。"俱黑"与"独明"形成对比，写景入神。

末联写清晨雨霁，是雨夜的尾声，然而是何等鲜明的一夜尾声：经过一夜春雨，江上的花都开放了，带着晶莹的水珠，红艳艳的、沉甸甸的，古老的锦官城的景色也为之焕然一新了。"重"字妙，"红""湿"字尤妙，完全是写一个印象，红是一种感觉，湿也是一种感觉，表现出一种绘画的美。诗中并无一个"喜"字，喜意都从诗句的隙缝里迸出。

（周啸天）

◇归雁

春来万里客，乱定几年归？
肠断江城雁，高高向北飞。

此诗作于广德二年（764）春暮，在成都草堂。诗中寄托了深切的乡思，并隐含着对朝廷的系念和对国事的关心。

"春来万里客，乱定几年归？"点明了时间和客居情况，表现了急切希望回归故乡的心情。安史之乱以后，几年来，杜甫挈妇将雏，背井离乡，从长安、洛阳、秦州一直流离转徙到四川成都。所以诗中"春来"二字，亦作"东来"。这年初春，他在川北阆州漂泊时，就已经做好了一切准备，决计由水路下渝州出峡，以便回归河南老家。但由于老朋友严武第二次到成都任东西川节度使，邀请杜甫到成都，于是临时打消了出峡的念头，举家重新迁回成都草堂居住。"万里客"三字，有着十分丰富的内涵，满含着频年奔波的凄楚况味，饱含着浓烈的乡思之情。此时，安史之乱已经平息，按说应当回家了。他在不久前写的"生平第一首快诗"（浦起龙语）《闻官军收河南河北》中，就满怀激情地表示过："白日放歌须纵酒，青春作伴好还乡。即从巴峡穿巫峡，便下襄阳向洛阳。"然而，不料又来到成都，早就萦绕于怀的回乡之望，不知要到何年才能实现？一个问句，表现了作者希望回乡的急迫心情，我们仿佛听到作者深深的叹息之声。

正当作者为乡情所苦、愁思百结的时候，一队队大雁却正从成都锦

江的上空，高高地向北归飞。"高高"有自由自在、畅通无阻之意。大雁飞去的北方，也就是中原地带，它既是作者故乡的所在地，也是大唐王朝中央政权的所在地。作者想到大雁都能一年一度地回到故乡，而自己却多年滞留异地，与故园久别，与朝廷疏隔，不禁愁思缕缕，衷肠寸断。作者深情地望着高飞的大雁，把一片乡情和对朝廷的无限眷怀，遥寄到旷远的北方。

这首诗虽然很短小，但仔细咀嚼，却十分动人。其原因，一方面是作者把自己的一片真情，融于字里行间，在平易朴实的语言里，蕴含着深沉的感情。另一方面，作者在表现手法上也不同于一般。写归雁的诗，常常都是先从大雁本身着笔，然后再发抒议论。别的诗人不论，就是作者另外两首题为《归雁》的诗，也是如此。一首的头两句是："闻道今春雁，南归自广州。"另一首的头两句是："万里衡阳雁，今年又北归。"都是先写大雁，即先兴而后赋。然而这首诗却是先写思归的心情，一开始就直抒胸怀，从意念上先给读者一个思乡的强烈印象，然后再把描写的笔触对准空中的大雁，让生动的形象去继续体现作者的思想，给人以具象化的感觉，先赋而后兴。这样不仅做到了情景交融，也使思乡恋国之情表现得更为强烈，更为深长。

（管遗瑞）

◇缚鸡行

小奴缚鸡向市卖，鸡被缚急相喧争。
家中厌鸡食虫蚁，不知鸡卖还遭烹。
虫鸡于人何厚薄，我斥奴人解其缚。
鸡虫得失无了时，注目寒江倚山阁。

这在现存的杜诗中，真是一首颇为别致、耐人寻味的小诗。大约作于代宗大历元年（766）岁暮，在夔州西阁。

本诗的别致之处，首先在于它不同于那些正面描写社会现实的苍凉沉郁之作，而是颇富理趣。作者于偶然之中，看到家中仆童正在捆鸡，准备拿到市上去卖，而鸡被捆得着急，边叫边挣扎，似乎在向人提出抗议。"相喧争"三字，轻轻一点，即赋予鸡以人的灵性，似乎泯灭了物我界限，把鸡和人放到了对等的地位，使缚鸡这个细节充满了生动活泼的生活情趣。诗人一打听，原来是因为家中的人怕鸡吃掉蚂蚁一类的小虫，有伤生灵，所以要卖掉它。然而诗人仔细一想，鸡卖出去不是也要遭受烹杀的厄运吗？人对虫子为什么要施以厚恩，而对鸡却要令其陷入绝境呢？诗人对此似有所悟，立即命仆童解缚放鸡。这样，矛盾似乎得到了解决。然而诗人再仔细想想，放了鸡，虫蚁不是又要遭受灾难了吗？如此反复想来，实在没有万全之策，于是只好倚靠在山阁上，掉头注视着寒冷的江面，江水正浩浩东去，远处是迷蒙的烟霭，一片苍茫。

诗中所表现的到底是一种什么思想呢？似乎是道家的思想。据《庄子·列御寇》："在上为乌鸢食，在下为蝼蚁食，夺彼与此，何其偏也。"因而，陈师道说："鸡虫得失，不如两忘而寓于道。"（《杜诗镜铨》引）但似乎又是佛家的思想。王嗣奭说："公晚年溺佛，意主慈悲不杀，见鸡食虫蚁而怜之，遂命缚鸡出卖。见其被缚喧争，知其畏死，虑及卖去遭烹，遂解其缚，又将食虫蚁矣。鸡得则虫失，虫得则鸡失，世间类者甚多，故云'无了时'。计无所出，只得'注目寒江倚山阁'而已。"（《杜臆》）这意思，同于成都市新都区宝光寺那副著名楹联的下联："天下事，了犹未了，何妨以不了了之。"佛、道思想本有相通之处，两种解释，其实一致，于理似皆可通。

然而，认真思索起来，却又觉得似有不通。杜甫虽然受过佛、道思想的影响，但毕竟甚微，他服膺儒家，毕生一以贯之，在进行严肃的诗歌创作时，总是以入世的儒家思想自励，这首诗当然不会例外，绝无那样超脱。因此，我们还应当从另外的途径来领悟此中意。当时，天下战乱已久，国家和人民都在苦难中煎熬，一时还无法摆脱困境。杜甫虽有匡时济世之志，但年老力衰，已"无力正乾坤"。萧涤非先生说："感到'无力正乾坤'的诗人是很难做到飘飘然的。白居易有这样两句诗：'外容闲暇中心苦，似是而非谁得知？'我以为这对于我们理解杜甫这一貌似达观的形象很有帮助。"（《杜甫诗选注》）也就是说，诗中仍然表现了作者对天下大事的深切关心，流露了对国家、人民的忧虑，在计无所出的情况下，产生无可奈何的苦闷心情。要之，诗中含蕴着丰富而深刻的道理，需要我们细心领会。

本诗的别致之处，还表现在语言上。杜诗语言的基本风格，是千锤百炼而安排精工，但此诗语言却一任自然，采取散文化的句法，显得极为平易顺当。"小奴缚鸡向市卖，鸡被缚急相喧争。……"好像当面晤谈，读来亲切动人。这与表现细小的生活情节，与抒发表面看来轻松的感情，是极为相称的。

不过，本诗最为别致之处，还在于结句。一是在结尾处故意采用逸宕手法，由议论而转入写景，使得篇末产生变化，通篇由平实而空灵，摇曳生姿；二是将上面所议论的内容突然截住，将欲尽未尽之意如盐着水般地化入景中，让读者根据自己的经验去品味和领悟，从而引发出深沉的思考，显得含蕴无穷，韵味悠长。沈德潜《唐诗别裁集》一语破的："宕开一笔，妙不说尽。"

这首小诗在杜甫作来，看似信手所拈，毫不经意，但却表现出他在歌行体创作方面的一种探索，这正体现出他严肃的创作态度和不断创新的开拓精神。成语"鸡虫得失"即源于此诗，可见这首小诗含义的深刻和后人对它的重视。

（管遗瑞）

●刘禹锡（772—842），字梦得，匈奴血统，祖上于北魏孝文帝时改汉姓，入洛阳籍。唐贞元九年（793）与柳宗元同榜登进士第，同年又登博学宏词科。永贞革新时为屯田员外郎，后贬朗州（今湖南常德）司马。元和十年（815）召还长安，复出为连州（今属广东）刺史。宝历二年（826）还洛阳。开成元年（836）以太子宾客分司东都，与白居易颇多唱和，编为《刘白唱和集》。有《刘梦得文集》。

◇和乐天鹦鹉

养来鹦鹉觜初红，宜在朱楼绣户中。
频学唤人缘性慧，偏能识主为情通。
敛毛睡足难销日，鹐翅愁时愿见风。
谁遣聪明好颜色，事须安置入深笼。

中国人驯养鸟类以充当宠物的历史可谓悠久。而居首位、占尽先机的便是以嘴上功夫博得主人欢心，且色泽绚丽、模样可爱的鹦鹉。许慎《说文解字》说："鹦䳇，能言鸟也。"可见，中国至少早在汉代时就开始驯养鹦鹉。祢衡独爱鹦鹉，作《鹦鹉赋》，葬鹦鹉洲。夸鹦鹉"性辩慧而能言兮，才聪明以识机。"（《鹦鹉赋》）唐代驯养鹦鹉，主要是在宫廷中，寻常百姓人家养不起，更玩不起。郑处诲《明皇杂录》中

记载："天宝中，岭南献白鹦鹉，养之宫中，岁久颇聪慧，洞晓言词。上及贵妃皆呼为'雪衣女'。"这只"雪衣女"能背诵诗歌，甚至诵读《心经》，后为苍鹰搏毙于殿上，玄宗及贵妃于皇苑中立"鹦鹉冢"，深为叹惋。唐代众多大诗人也喜爱鹦鹉，写下了许多歌咏鹦鹉的诗篇。如李白的《咏鹦鹉》："落羽辞金殿，孤鸣咤绣衣。能言终见弃，还向陇西飞。"杜甫的《鹦鹉》："鹦鹉含愁思，聪明忆别离。翠衿浑短尽，红嘴漫多知。"

唐代鹦鹉的产地，有陇西和安南。诗中来自安南的这只红鹦鹉，便有幸得到两位唐代大诗人的青睐。白居易作《红鹦鹉》诗云："安南远进红鹦鹉，色似桃花语似人。文章辩慧皆如此，笼槛何年出得身？"刘禹锡晚年被召回洛阳后，与白居易多交往、唱和，一见到红鹦鹉，亦同白居易一样喜爱异常，于是作了这首和诗。

鹦鹉羽毛的色彩以绿色为常见，但也有例外。像"色似桃花"这样艳丽娇美的红鹦鹉实属鹦鹉中的珍品。而且，这只鹦鹉不只羽毛艳如桃花，且连嘴巴也渐渐长成了红色，难怪两位诗人对之都格外垂青，珍爱不已。所以，在世人看来，这只国宝级的红鹦鹉，适宜饲养在"朱楼绣户"之中，过锦衣玉食般的贵族生活。

据说，鹦鹉的聪明是令人惊讶的，它的智商和认知能力可以和海豚、灵长类动物相比。这只名贵的红鹦鹉自然也不例外，只要一见到熟人、来客就会不停地与人打招呼，叽叽喳喳、喁喁啾啾，唠叨个没完，给人带来无尽的乐趣。你看，红鹦鹉会说话、有灵性，模样长得好，乖巧聪慧、人见人爱，不仅深得主人的宠爱，也受到世人的怜惜。本来，这样的"宠物"日子应当过得很优越、很风光、很舒坦。然而，事实却并非如此。"敛毛睡足难销日，弹翅愁时愿见风。"身陷樊笼中的鹦鹉其实大多数时光是孤寂冷清的，只能独自收敛起华丽的羽毛，昏昏欲睡，打发时光。没有伙伴，不见来人，耷拉着脑袋、垂着翅膀，愁肠百结，做着凌风而上、振翅高飞的白日梦。仅靠昔日留下的对自由与天空的美好记忆来消释情怀，这是何等的郁闷！何等的痛苦！所以诗人无不同情而又愤慨地指着红鹦鹉说：谁叫老天让你长得如此聪明、漂亮？命该被人囚于深笼，永世不得解脱！其实，此时的刘禹锡，已经不是在说鹦鹉了，而是在自嗟自叹。须知红鹦鹉眼下的遭际和处境正是诗人自身命运的写照。

红颜薄命，才子多厄，自古而然！诗人由红鹦鹉自然而然联想到自身。想当年，刘禹锡于贞元九年（793）与柳宗元同科进士，继而同登博学宏词科，时年仅21岁，可谓风华正茂、得意非常。然而，此后的仕途却沉浮不定、几起几落。永贞元年（805）刘禹锡因参与王叔文政治革新失败与柳宗元同时被贬，贬为朗州（今湖南常德）司马。十年后被朝廷召还长安，竟因一时兴起，"作《玄都观看花君子》诗，语讥忿，当路不喜"（《唐才子传》），再贬连州刺史，既而徙夔、和二州。一直到敬宗宝历二年（826）才得以回到东都洛阳。落拓江湖二十年，诗人饱尝沉沦之苦、孤寂之痛，故成为红鹦鹉的知音。

《唐才子传》称贬谪时期刘禹锡的诗作，因"时久落魄，郁郁不自抑，其吐辞多讽托深远"。这首《红鹦鹉》正是这样的佳作，意味深长，含蓄隽永。

（秦岭梅）

●白居易（772—846），字乐天，晚号香山居士，下邽（今陕西渭南北）人。先世本龟兹人，汉时赐姓白氏。唐德宗贞元十六年（800）登进士第，十九年中书判拔萃科，授秘书省校书郎。宪宗元和十年（815）一度被贬为江州司马。晚年以太子宾客分司东都，武宗会昌二年（842）以刑部尚书致仕。有《白氏长庆集》。

◇惜牡丹花

惆怅阶前红牡丹，晚来唯有两枝残。
明朝风起应吹尽，夜惜衰红把火看。

这首七绝约作于元和三年（808）至元和六年（811），诗人任翰林学士之时。这里所选是其中第一首。惜花是古典诗词中常见的主题，花代表着美好事物，尤其是牡丹花，乃国色天香，花中之王，更加值得爱惜。这首诗就是表现这一主题的，写得生动形象而又一往情深。

根据诗人自注，这一首写于"翰林院北厅花下"。李肇《翰林志》说："北厅五间，东一间是承旨阁子，并学士杂处之。园内多古槐、樱桃、牡丹、芍药……杂植其间，殆至繁隘。"可知诗人是在翰林院北厅观赏牡丹花时，有感于花之将要凋残所作，开头写出面对红艳的牡丹花是"惆怅"，突出了自己为之伤感失意的心情。这里的牡丹花，原来是姹紫嫣红开遍，一片繁荣景象，而今在黄昏黯淡之时，只残留了两枝花在树上袅袅颤动，令人不胜惋惜。沉吟之中，想到明朝风起将会吹落殆尽，夜里不禁手持灯火久久照看，爱之深而惜之深的情意，在平易浅切的描写中，表现得分外深挚。全诗在"晚来""明朝""夜里"的时序推进中，一层深似一层的细致描写，无论是对牡丹花的外部形象的描写，还是在自己的心理表现上，都极为细腻，大大加强了主题的生动表现。关于这个主题，后来李商隐在《花下醉》中写过："客散酒醒深夜后，更持红烛赏残花。"苏轼在《海棠》诗中也写过："只恐夜深花睡去，故烧高烛照红妆。"各有情致，从命意和遣词用语看，都借鉴了白居易的这首诗，可见这首诗感人之切，影响之深。

（管遗瑞）

◇杨柳枝词

　　一树春风千万枝，嫩于金色软于丝。

　　永丰西角荒园里，尽日无人属阿谁。

　　《杨柳枝》原是一种咏唱杨柳的民歌，北朝有《折杨柳歌辞》，白居易的《杨柳枝词》则是他自己新创的歌词与曲调，其实就是七言绝句，只是语言通俗，接近民歌风格而已。这首诗作于会昌五年（845），退居洛阳之时，诗人七十四岁，已经到了垂暮之年。前两句写在春风淡荡之中，一株高大的柳树垂下无数条柳丝，摇曳披拂，那刚刚绽出的新芽嫩过黄金，那一条条柳枝比细丝还要柔软。一个"嫩"

字，一个"软"字，准确生动地抓住柳条的特点，描绘出新绿的柳树的绰约风姿，柔嫩可爱，正显示出无限的春意和勃勃生机。后两句补写出这株柳树的位置是在"永丰西角荒园里"，永丰坊是诗人在洛阳城南的住处，诗用遍地衰草的荒园一衬，进一步凸显出柳树的动人风姿，忍不住叹息在这荒芜的小园里，有谁来欣赏它的美好呢？诗歌用平易的语言，即兴随意的描写，意味深长地流露出对美好事物的爱怜，显得情意绵绵，韵味悠长。

关于这首诗，唐代孟棨《本事诗》有一则记载："白尚书（即白居易，以刑部尚书致仕，故称）姬人（妾）樊素善歌，妓人（舞女）小蛮善舞。尝为诗曰：'樱桃樊素口，杨柳小蛮腰。'年既高迈，而小蛮方丰艳。因为杨柳之词以托意，曰：'一树春风千万枝，嫩于金色软于丝。永丰西角荒园里，尽日无人属阿谁？'及宣宗朝，国乐唱是词，上问谁词，永丰在何处，左右具以对之。遂因东使，命取永丰柳两枝，植于禁中。白感上知其名，且好尚风雅，又为诗一章。其末句云；'定知此后天文里，柳宿光中添两星。'"这则故事流传很广，以为这首诗是白居易为家伎小蛮所作，但《本事诗》中所记多系传说，大多类小说家言，不足置信。而且，宣宗李忱是大中元年（847）登基的，早在上年八月白居易已经病逝，与事实不符，记载失实。倒是《唐诗选脉会通评林》说得比较切合实际："'一树春风'四字，便为杨柳写神；'嫩''软'金丝，极状其容态之婀娜。后二语乃'君王行幸少，闲却舞时衣'之意。"也就是说，这首诗是通过咏柳，以宫怨诗的形式，来寄托才人生非其地，而又遭遇不偶之意，寄托的仍然是诗人个人生平的感慨。

（管遗瑞）

●李贺（790—816），字长吉，唐宗室郑王之后，福昌（今河南宜阳西）人。宪宗元和二年（807）赴洛阳应进士举，妒之者以犯父名讳为由，加以阻挠。仕途失意，为奉礼郎，两年后因病辞官。有《昌谷集》。

◇李凭箜篌引

吴丝蜀桐张高秋，空山凝云颓不流。湘娥啼竹素女愁，李凭中国弹箜篌。昆山玉碎凤凰叫，芙蓉泣露香兰笑。十二门前融冷光，二十三弦动紫皇。女娲炼石补天处，石破天惊逗秋雨。梦入神山教神妪，老鱼跳波瘦蛟舞。吴质不眠倚桂树，露脚斜飞湿寒兔。

本诗作于元和五六年（810—811）间，时李贺在长安仕奉礼郎，有缘接触宫廷乐师李凭。箜篌本为胡乐，约于东晋武帝时由西域传入，在唐十部乐中，多数皆用二十三弦之竖箜篌。此诗即写听李凭弹箜篌的感受。

前四句是全诗的引子，三句写音乐的开始，第四句才点出何人、何时、何地、如何。首句不说破箜篌，而以"吴丝蜀桐"作感性显现，是李贺的一种典型表现手法，暗示乐器选材之精，制造之美；"张"是诗人选择的最恰当的动词，嵌在丝桐与高秋之间，不仅指张设乐器，而且兼关秋气高张；二、三句在大段描写音乐前先营造一下气氛，于是演奏者出台亮相。

以下八句描写李凭的箜篌演奏。五、六换仄韵，玉碎凤叫，写乐声之清和；花谢花开写乐声效果，而以"泣""笑"代谢、开，化无声为有声矣。七、八换平韵，言长安十二门前的冷光（月光）也为之融化了，箜篌声甚至感动了天帝。以下四句换仄韵，由乐声联想到淅沥秋雨，由秋雨联想到天漏，由天漏而联想到女娲补天处之石破，翻空作奇，出人意表。神山之神姬指成夫人——传说为晋代兖州弹箜篌的好手。有人说这里的"教"是受动用法，即就教于神姬，如江淹受五色笔于神人、王羲之学书于卫夫人，似较合于常情；然作主动用法，则违乎常理，而李贺诗正以违乎常理为特色，故不妨照字面解会。

末二句暗示曲终人去，音乐效果还在。连月中仙人（吴刚）神物（玉兔）都还沉浸在乐声余韵中，没有睡意，也感觉不到露气的清寒。诗写奏乐，伴随着景的推移，所以王琦玩味道："当是初弹之时，凝云满空；继之而秋雨骤作；泊乎曲终声歇，则露气已下，朗月在天。皆一时实景也。而自诗人言之，则以为凝云满空者，乃箜篌之声遏之而不流；秋雨骤至者，乃箜篌之声感之而旋应。"这种理解是富于启发性的。

全诗大量运用了神话材料如江娥（湘妃）、素女（嫦娥）、紫皇、女娲、神姬、香兰、桂树、老鱼、瘦蛟、寒兔等，妙于组织，所谓虚幻荒诞、出神入幽，无一字落常人蹊径（《唐宋诗举要》）。清方世举曰："白香山江上琵琶，韩退之颖师琴，李长吉李凭箜篌，皆摹写声音至文。韩足以惊天，李足以泣鬼，白足以移人。"（《李长吉诗集批注》）

（周啸天）

◇马诗（录一）

　　大漠沙如雪，燕山月似钩。

　　何当金络脑，快走踏清秋。

　　《马诗》是通过咏马、赞马和慨叹马的命运，来表现志士的奇才异质、远大抱负及不遇于时的感慨与愤懑，其表现方法属比体。而此诗在比兴手法运用上却特有意味。

　　一、二句展现出一片富有特色的边疆战场景色，乍看是运用赋法：连绵的燕山山岭上，一弯明月当空；平沙万里，在月光下像铺上一层白皑皑的霜雪。这幅战场景色，一般人也许只觉悲凉肃杀，但对于志在报国之士却有异乎寻常的吸引力。"燕山月似钩"与"晓月当帘挂玉弓"（《南园》其六）匠心正同，"钩"是一种弯刀，与"玉弓"均属武器，从明晃晃的月牙联想到武器的形象，也就含有思战斗之意。作者所处的贞元、元和之际，正是藩镇极为跋扈的时代，而"燕山"暗示的幽州蓟门一带，又是藩镇肆虐为时最久、为祸最烈的地带，所以诗意是颇有现实感慨的。思战之意有针对性。平沙如雪的疆场寒气凛凛，但它是英雄用武之地。所以这两句写景实启后两句的抒情，又具兴义。

　　三、四句借马以抒情：什么时候才能披上威武的鞍具，在秋高气爽的疆场上驰骋，建树功勋呢？《马诗》其一云："龙背铁连钱，银蹄白踏烟。无人织锦韂，谁为铸金鞭？""无人织锦韂"二句的慨叹与"何当金络脑"表达的是同一个意思，就是企盼把良马当作良马对待，以效大用。"金络脑""锦鞴""金鞭"统属贵重鞍具，都是象征马受重用。显然，这是作者热望建功立业而又不被赏识所发出的嘶鸣。

此诗与《南园》（男儿何不带吴钩，收取关山五十州。请君暂上凌烟阁，若个书生万户侯？）都写投笔从戎、削平藩镇、为国建功的热切愿望。但《南园》是直抒胸臆，此诗则属寓言体即整体用比。直抒胸臆，较为痛快淋漓；而用比体，则觉婉曲耐味。而诗的一、二句中，以雪喻沙，以钩喻月，又是在局部上用比；从一个富有特征性的景色写起以引出抒情，又是兴。短短二十字中，比中见兴，兴中有比，大大丰富了诗的表现力。从句法上看，后两句一气呵成，以"何当"领起作设问，强烈传出无限企盼意，且有唱叹味；而"踏清秋"三字，声调铿锵，词语搭配新奇，盖"清秋"草黄马肥，正好驰驱，冠以"快走"二字，形象暗示出骏马轻捷矫健的风姿，恰是"所向无空阔，直堪托死生。骁腾有如此，万里可横行"（杜甫《房兵曹胡马》）。所以字句的锤炼，也是此诗艺术表现上不可忽略的成功因素。

（周啸天）

◇官街鼓

晓声隆隆催转日，暮声隆隆呼月出。汉城黄柳映新帘，柏陵飞燕埋香骨。磓碎千年日长白，孝武秦皇听不得。从君翠发芦花色，独共南山守中国。几回天上葬神仙，漏声相将无断绝。

　　"官街鼓"又称"咚咚鼓"，是一种报时信号。唐制时左右金吾卫左右街使，掌分察六街徼巡。日暮鼓八百声而门闭。五更二点鼓自内发，诸街鼓承振，坊市门皆启，鼓三千挝，辨色而止。（见《新唐书·百官志》）

　　这首诗题目是"官街鼓"，主旨却在惊痛时光的流逝。李贺把不具形的思想情感对象化、具体化，创造了"官街鼓"这样一个艺术形象。官街鼓是时间的象征，那贯串始终的鼓点，正像是时光永不留驻的脚步声。

　　诗一开始就描绘出一幅离奇的画面：日月跳丸，循环不已；画外传来咚咚不绝的鼓声。这样的描述，既夸张，又富于奇特的想象。一、二句描述鼓声，展示了日月不停运转的惊人图景；三、四句转入人间图景的描绘：宫墙内，春天的柳枝刚由枯转荣，吐出鹅黄的嫩芽，宫中却传出美人死去的消息。这样，官街鼓给读者的印象就十分惊心动魄了。它正是"月寒日暖煎人寿"的"飞光"的形象的体现。第五、六句用对比手法再写鼓声：千年人事灰飞烟灭，就像是被鼓点"碾碎"，而"日长白"——宇宙却永恒存在。可秦皇汉武再也听不到鼓声了，与永恒的时光比较，他们的生命多么短促可悲！这里专提"孝武（即汉武帝）秦皇"，是因为这两位皇帝都曾追求长生，然而他们未遂心愿，不免在鼓声中消灭。值得玩味的是，官街鼓乃唐制，本不关秦汉，"孝武秦皇"当然"听不得"，而诗中却把鼓声写得自古已有之，而且永不消逝，秦皇汉武一度听过，只是眼前不能再听。可见诗人的用心，并非在讴咏官街鼓本身，而是着眼于这个艺术形象所象征的事物——那永恒的时光、不停的逝川。

　　七、八两句分咏人生和官街鼓，再一次对比：尽管你"高堂明镜悲白发，朝如青丝暮成雪"，日趋衰老；然而官街鼓永远不老，只有它

"独共南山守中国"。这两句因省略较多，对其的解说颇有分歧。但仔细玩味，它们是分咏两个对立面。"君"字乃泛指世人，可以包含"孝武秦皇"，却未必专指二帝。通过两次对比，进一步突出了人生有限与时间无限的矛盾之不可克服。诗写到这里，意思似乎已表达得淋漓尽致了。但诗人并没有就此搁笔，最后两句突发异想道：天上的神仙也不免一死，不死的只有官街鼓。它的鼓声与漏声相继不断万古长存。这里仍用对比，却不再用人生与鼓声比，而以神仙与鼓声比：天上神仙已死去几回而隆隆鼓声却始终如一，连世人希羡的神仙寿命与鼓声比较也是这样短促可悲，那么人生的短促就更不在话下了。

《官街鼓》反复地、淋漓尽致地刻画和渲染生命有涯、时光无限的矛盾，有人认为意在批判神仙之说。这评价是很不够的。从李贺生平及其全部诗歌看，他慨叹人生短促、时光易逝，其中应含有"志士惜日短"的成分。他怀才不遇，眼看生命虚掷，不免对此特别敏感，特别痛心。此诗艺术上的一个显著特色是，通过异常活跃的想象，使抽象的时间和报时的鼓点产生联系，巧妙地创造出"官街鼓"这样一个象征的艺术形象。赋无形以有形，化无声为有声，抽象的概念转化为可感的形象，让读者通过形象的画面，在强烈的审美活动中深深体味到诗人的思想活动。

（周啸天）

◇昌谷北园新笋

斫取青光写楚辞，腻香春粉黑离离。

无情有恨何人见？露压烟啼千万枝。

李贺故家南园而外，还有北园。题为《昌谷北园新笋》的诗共四首，实际上除了第一首写新笋，后三首俱写新竹。此其二，是一首借题竹书愤的诗。李贺喜欢在竹上题诗，《南园》其十云"舍南有竹堪书字"可参。

一、二句的意思是刮去竹竿的青皮，然后书写上一行行诗句。竹皮有一层青色光润的油质，刮去方能受墨，诗人便代称以"青光"，称杀青为"斫取青光"。又因新竹有一种香味，而刚脱箨的竹竿色带嫩白，故作者称之"腻香春粉"。这样做使词意较难理解，却使诗歌形象具有了很强的感性色彩，较之径直地写新竹，艺术效果好得多。同样，关于写字题诗的事也是用的借代法。"楚辞"原来是屈原创始的一种诗体，而这里用来代指诗人自己的诗作。而这一代也就有了意味。盖"屈原放逐，乃赋《离骚》"。自谓所作为"楚辞"，不仅合于被谓为"骚之苗裔"的诗人的创作实际，而且暗示自己的诗中颇有牢骚。不说写字而直接状以"黑离离"三字，也是借代。王国维论意境，重不隔，轻借代，看来是不可执一而论的。李贺这两句诗，就以借代之妙而生色。

三、四句意思是题在竹上的诗句无法为人知道，千万枝笼在烟雾中的竹枝滴着清露，仿佛在啼泣。"无情"指竹本身，"有恨"指诗句。竹本无情，一旦题了诗也就翻作有情了。似是写竹，实际是诗人不遇于时的"恨"的发抒。移情于物，便使诗句本身变得含蕴深厚。

诗中运用借代而兼移情的手法，意境不免朦胧。但它不是"口齿不清"，而是一种有效的艺术手法。那些感性的形象较之概念的字句更能诉诸直觉，引起反复玩索的兴趣，从而感染读者较深。这种手法在晚唐温、李的词与诗中是得到继承和发展的。

（周啸天）

●杜牧（803—853），字牧之，京兆万年（今陕西西安）人。宰相杜佑之孙。唐文宗大和二年（828）登进士第，登贤良方正能直言极谏科，授弘文馆校书郎。同年应沈传师之辟，为江西团练巡官，后随沈赴宣州。七年应牛僧孺之辟，在扬州任淮南节度府推官，转掌书记。九年回京任监察御史，后分司东都。开成中回京任左补阙，转膳部、比部员外郎，皆兼史职。武宗会昌二年（842）后出为黄州、池州、睦州等地刺史。宣宗大中二年（848）擢司勋员外郎，转吏部员外郎，四年复守池州。五年入为考功员外郎、知制诰，次年为中书舍人。有《杜樊川集》（《樊川文集》）。

◇鹭鸶

雪衣雪发青玉嘴，群捕鱼儿溪影中。
惊飞远映碧山去，一树梨花落晚风。

常见的鹭鸶有白鹭、苍鹭、绿鹭等，此处诗人所描写的显然是白鹭。这种水鸟的主要特征是：羽毛纯白色、顶有细长的白羽，喙坚硬且为灰黑色，翼大尾短、颈腿细长。其生活习性通常是成群筑巢于林间，以尖锐、灵活的嘴捕食水生动物，尤喜食小鱼。诗人慧眼独具，观察细致，正是处处抓住白鹭的体态特征、神情举止而加以刻画、描摹，写得

活灵活现。

　　然而，如果单是客观、准确的描写，是绝无情致和韵味的。诗就是诗，不是科学，不是说明文，诗就得有诗味，否则再精确也称不上是诗。杜牧开篇即用拟人化手法塑造心目中的鹭鸶、诗境中的小生灵，堪称"真诗语"。白鹭素有"雪衣公子"之美称。在诗人的眼里，纯白的羽毛好比"雪衣"，头顶别致的长毛便似"雪发"。玲珑的小嘴如同用青玉琢成一般，与浑身上下通体的纯白色形成鲜明对比，显得格外醒目、精神，实得"万绿丛中一点红"之妙。鹭鸶成群结队，徜徉于山林溪涧之间。时而嬉戏玩耍，捕食鱼儿；时而惊起翻飞，远上碧山。活泼的倩影倒映在水中，与青山白云相映衬，景象清丽，荡人心魄。生活中不是缺少美，而是缺少发现美的眼睛，同时也缺乏能够感悟美的真性情。杜牧则正好拥有一个艺术家的眼力和大诗人的才情。恰才因鲜艳夺目、红于春花的枫叶而驻足迷恋，此刻又为轻盈飘逸的鹭鸶所感怀沉醉，一笔写出新境界、咏出好辞章。这就是"小杜"之魅力！

日薄西山，归鸟投林，在绿水、蓝天之间忙碌了一天的白鹭该归巢休憩了。一只只栖居在林间枝头的白鹭，忽而飞舞，忽而休憩，忽而在林间欢跃，忽而在天空追逐。随兴而来，恣意而往，自由自在，散散漫漫，飘飘洒洒。远远看去，酷似晚风吹散的梨花。此处用梨花比喻白鹭再好不过。鹭鸶自然不能比作桃花，色彩不对；但也不似李花，花瓣太碎。因而，梨花正好！而梨花被晚风吹起又最终纷纷扬扬散落一地的情形，又是对白鹭飞舞起落的情景的最好描摹。"一树梨花落晚风"，没有比这更熨帖、更美丽的诗句了。此刻，鹭鸶没有了，山林消失了，连诗人自己也不知身在何处。只有晚风徐拂，梨花漫天；只有落英缤纷，花絮满地。诗人在一刹那间进入了物我两忘的境界，空灵澄澈，绝妙无比！

真正的诗讲究境界，推崇"诗中有画，画中有诗"。杜牧的《鹭鸶》绝句仅四句，便是四幅美丽的图画。我们不妨将这四幅画命名为：白鹭肖像画、白鹭捕鱼图、白鹭远飞图和归巢图。这四幅图画中，最生动的是《白鹭肖像画》，而最精美绝伦、意蕴优美的是《鹭鸶归巢图》。

（秦岭梅）

●温庭筠（约801—866），本名岐，字飞卿，太原（今山西太原西南）人。少负才华，"能逐弦吹之音，为侧艳之词"，因忤权贵而累试不第，曾为方城尉、隋县尉、国子监助教等微职。为晚唐词坛巨擘，亦有诗名，与李商隐齐名，称"温李"。有《温庭筠诗集》，近人王国维辑《金荃词》。

◇瑶瑟怨

冰簟银床梦不成，碧天如水夜云轻。

雁声远过潇湘去，十二楼中月自明。

瑶瑟，指用美玉镶嵌、装饰的昂贵的瑟，类似于李商隐笔下的"锦瑟"。相传"泰帝使素女鼓五十弦瑟，悲，帝禁不止，故破其瑟为二十五弦"（《汉书·郊祀志》）。中国古代诗歌传统中，也许因为"瑟"与"涩"同音，故"瑟"常喻相思离怨。这首绝句，由题目已是一目了然，一个"瑟"，再加一个"怨"字，显见是借瑟而写怨，自是思念、闺怨一类诗作。读之，再细细品味，则更觉妙绝！通篇四句凡二十八字，却竟无一"瑟"字，更无一"怨"字。那么，"瑟"在何处？"怨"从何来？

冰簟银床，即冰凉的竹席和白银装饰的床榻。"冰"和"银"既写出了思妇内心的孤寂、冷清，独守空闺，同时也点明了其高贵的身份和生活环境，用笔极为含蓄。"梦不成"是全诗唯一直接写"怨"之所在。清代蘅塘退士批注云："通首布景，只'梦不成'三字露怨意。""三夜频梦君"（杜甫《梦李白》其二），魂牵梦萦是一种思念；"愁多梦不成"（沈如筠《闺怨》），有所思而不得，也是一种思念，且愈见苦涩。连渴望在梦中相见这样低微的愿望都实现不了，"怨"何其深！然而，诗句中却并没有直写鼓瑟，"瑟"又何在呢？这只能将之置于诗语中去体味和想象了。"中夜不能寐，起坐弹鸣琴。"（阮籍《咏怀》）"欲将心事付瑶琴，知音少，弦断有谁听？"（岳飞《小重山》）在这清冷的秋夜，思妇辗转反侧，夜难成寐，只能将满怀愁绪、一腔幽怨付诸瑶瑟了。可见，因"梦不成"而生"怨"。"怨"是鼓瑟之所由起，"瑟"则是"怨"之寄托和排遣。如此写来，笔触很深，给读者巨大的想象空间，情感亦更显深沉、丰富而细腻。

整首诗，构思极为精巧。其实，本篇与李商隐《锦瑟》诗有异曲同工之妙，虽题为"瑟"却与瑟事无关，其情只在于"怨"。围绕美人鼓瑟的环境，诗人选取一系列意象，在衬托瑟声之哀怨凄婉的同时，又暗中营造出音乐所赋予的清婉空灵的意境。冰簟银床、碧空流云、闻声不见影的飞雁、烟波浩渺的潇湘，以及仙山琼楼、明月清光，意象众多而清冷，意境幽邃而凄迷。离愁别恨、夜梦秋思，一切皆浸润于音乐声中，与自然山水共鸣，随潇湘雁声远去，直到仙山，寄与明月。

（秦岭梅）

●李商隐（813—858），字义山，号玉谿生。怀州河内（今河南沁阳）人。九岁丧父，从堂叔学习古文。唐大和三年（829）为令狐楚辟为幕僚。开成二年（837）登进士第。三年入泾原节度使王茂元幕，且入赘王家。为牛党中人所忌，致使仕途蹭蹬，长期辗转于幕府。有《李义山诗集》。

◇牡丹

锦帏初卷卫夫人，绣被犹堆越鄂君。
垂手乱翻雕玉佩，折腰争舞郁金裙。
石家蜡烛何曾剪，荀令香炉可待熏？
我是梦中传彩笔，欲书花叶寄朝云。

《李义山集》中有不少美妙绝伦的咏物抒情诗。除个别篇章以体物精细的客观描绘见长以外，绝大多数是或隐或显地寄寓了诗人情感心迹的一种特殊形式的咏怀诗。这首题名《牡丹》的七律诗也是其中的一种，借咏牡丹以抒发对意中人的爱慕、相思之情。但是诗人却不直接着色描绘，而是借绝色艳姝来比拟，写的是人，比的是花，暗示的却又是意念中的如花之情人。

首联是单株牡丹的特写图。卫夫人，春秋时卫灵公的夫人南子，以美艳著称。《典略》载：孔子回到卫国，受到南子接见。南子在锦帷中，孔子北面稽首，南子在帷中回拜，环佩之声璆然。这里借此故典，以锦帷乍卷、容颜初露的卫夫人的含羞娇艳形容牡丹初放时的艳丽夺目。这句写牡丹的花朵，次句则兼写花叶。《说苑·善说篇》记载，鄂君子皙泛舟河中，划桨的越人唱歌表示对鄂君的爱戴，鄂君为歌所动，扬起长袖，行而拥之，举绣被而覆之。诗人将牡丹的绿叶想象成鄂君的绣被，将牡丹花想象成绣被拥裹着的越人，从而十分传神地描绘了初开的牡丹花朵在绿叶的簇拥中愈加鲜艳的风采。"犹堆"二字用得非常逼真，它正刻画了花苞初展时绿叶依然紧紧围裹着的形状，而且也与"初卷"相呼应。

如果说首联所写的牡丹仅仅是静态中的观赏，那么颔联所展示的则是一大丛一大丛的牡丹随风摇曳时的绰约丰姿。垂手、折腰都是舞名，亦指舞姿。这里指的是后者。这两句诗以舞者翩翩起舞时垂手折腰、佩饰翻动、长裙飘拂的轻盈姿态来作比，令人想见那大丛的牡丹花叶在迎风起舞时起伏翻动、摇曳多姿的情景。

前两联虽然透过"锦帏""绣被""雕玉佩"和"郁金裙"也可以想象出牡丹的不同色彩，但更主要的还是分咏牡丹花叶在静态和动态中多姿的动人情态，重在描绘牡丹的形。颈联却是具体地描写了牡丹的色与香。"石家蜡烛何曾剪"形容牡丹的颜色像燃烧着的大片烛火，却无须修剪烛芯。西晋石崇豪奢至极，用蜡烛当柴烧。蜡烛当柴，烛芯自不必剪，所以说"何曾剪"。"荀令香炉可待熏"是说牡丹的芳香本自天生，岂待香炉熏烘。荀令，即荀彧，曾守尚书令。曹操所有军政之事均与他协商，呼之荀令君。据说他到人家，坐处三日香。旧时衣香皆由香炉熏成，荀令自然身香，所以说"可待熏"。

面对如此国色天香，诗人不禁陶醉了。他恍惚梦见了巫山神女，盼望她传授一支生花彩笔，将思慕之情题写在这花叶上，寄给那慕爱已久的朝云（巫山神女）。梦中传彩笔，事见《南史·江淹传》："（淹）尝宿于冶亭，梦一丈夫自称郭璞，谓淹曰：'吾有笔在卿处多年，可以见还。'淹乃探怀中得五色笔一以授之，尔后为诗，绝无美句。时人谓之才尽。"这里反其意而用之，充分显示了诗人心旌摇曳、才思横溢的兴奋之情。

这首诗构思极为巧妙。诗人的寓意是借物比人，却又采用了以人拟物的表现方法，借卫夫人、越人、贵家舞伎、石家燃烛、荀令香炉等绝色艳姝和富贵之家的故事描写了牡丹花叶绰约的风姿、艳丽的色彩和馥郁的香气，使牡丹的情态毕现。最后诗人暗度陈仓，忽发遐想，欲寄牡丹花叶于巫山神女，将全诗的寓意婉转道出。明写牡丹，暗颂丽人，一实一虚，含思婉约，深情绵长，实为别具一格的咏物诗。

（吴劭文）

◇题小松

怜君孤秀植庭中，细叶轻阴满座风。
桃李盛时虽寂寞，雪霜多后始青葱。
一年几变枯荣事，百尺方资柱石功。
为谢西园车马客，定悲摇落尽成空。

一株孤寂、秀美的小松树独立庭中，称不上伟岸，也少几分苍劲，何以牵动李商隐的情怀？又何以让诗人为之怜惜，为之赞叹，为之诗兴

大发？这与诗人的人生经历和坎坷际遇有关。

　　这首七律约创作于唐武宗会昌四年（844），诗人因丁母忧而居永乐（今山西省芮城），年三十二岁。李商隐少年贫困却聪慧过人，十六岁即"以古文出入诸公间"（《樊南文集叙》），十八岁赢得令狐楚青睐，二十五岁因令狐楚之子令狐绹举荐，中进士。然而，由于不懂得阿谀奉承，李商隐很快被无奈地卷入党争旋涡之中，从此辗转于幕府间，沉沦下僚。然而，李商隐性情狷介、孤傲不群，尽管仕途坎坷，依然矢志不渝，既不放弃对理想的追求，也不屈从于黑暗现实。庭院中的这棵小松树亭亭玉立、风神俊秀，虽显稚嫩却挺拔苍翠，洋溢着青春的气息。这不就是当年青春年少、英姿勃发，以文才倾倒诸公的青年李商隐的真实写照吗？"细叶轻阴"写出小松的外在美。"细"和"轻"两个字，显露出小松的稚气、可爱。尽管细小的树叶只留下一抹轻阴，然而依然能为人们送来缕缕清凉，满座生风。这是何等的自信与豪迈！

"桃李盛时虽寂寞，雪霜多后始青葱。"此句意在展示小松的"内在美"，与桃李相比，衬托出小松的孤高不俗、高风亮节。继而，诗人又将小松置于霜雪漫天的清冷世界和恶劣环境中，突出小松的坚挺个性。岁寒然后知松柏之后凋！只有当万物凋零的时节，人们才能领略小松的青翠葱郁，才会体味、赞叹小松顽强的生命力。

开成三年（838），李商隐应博学宏辞科落选，抑郁中入泾原节度使王茂元幕。王茂元爱其才，招为女婿。因王茂元亲近李党，故李商隐此举被令狐绹等一干牛党斥为"背恩"、"诡薄无行"。几经挫折，此时备受误解与打击的李商隐已过而立之年，诗人无法用语言来辩驳，只能借"小松"以表明心迹、抒发情怀。世间的荣辱沉浮、恩怨曲直，就如同桃李的一荣一枯，喧嚣过后，豪华散尽，最终当归于沉寂。只有甘于寂寞、不畏严寒的小松，在历尽霜雪之后，树高百尺，顶天立地，自会成为国家栋梁、中流砥柱。至此，诗人笔锋一转，引用"宋玉悲秋"的掌故，讽劝那些为桃李一时之盛而趋之若鹜的"西园车马客"。当春光乍去，秋风萧瑟，草木摇落之时，你们必定要为桃李的衰败枯槁而失望伤怀的。此于暗中，也是希望那些贤愚不分、是非莫辨的人们能理解小松，同时也理解自己。

李商隐是写咏物诗的大手笔，因身世坎坷，风格大多深婉工丽、凄美含蓄，甚至有些朦胧难懂。然而，这首诗则直言其事、直抒情怀，读来气韵浑厚、明白晓畅，体现了"小李"诗歌的另一种风格和气象。

（秦岭梅）

●李山甫（？—？），咸通中累举进士不第，僖宗时流寓河朔间。
《全唐诗》存诗1卷。

◇松

地耸苍龙势抱云，天教青共众材分。
孤标百尺雪中见，长啸一声风里闻。
桃李傍他真是佞，藤萝攀尔亦非群。
平生相爱应相识，谁道修篁胜此君。

中国古代文人对松可谓是情有独钟，极尽赞美之词。歌咏松树的目的，大多旨在表达对高尚人格的赞美和对超凡脱俗的精神境界的追求。这首诗，贵在诗人能够走进松之世界，与松相知相爱，以大量的比喻，写出松之神韵气度，突出松之内在气质与风骨。

"地耸苍龙势抱云，天教青共众材分。孤标百尺雪中见，长啸一声风里闻。"人世间高大青翠的树木，可谓种类繁多、比比皆是，那么，上大是如何让青松与众不同、脱颖而出，独得人们称颂和喜爱的呢？其原因在于松之气度不凡、境界奇高。尤其是老松，枝节苍劲，古朴蜿蜒，如苍龙腾飞，势拔云天、惊天动地。松树的特质，在于高大挺直、孤标秀拔，独立寒风、傲雪凌霜。风雪弥漫之间，我们犹如看见一条苍

龙，冲天而出，直上九霄；又好似听见罡风乍起，松涛阵阵，如隐约传来一声震撼山河的虎啸。谄媚的桃李因自惭形秽而肆意诽谤松之孤傲不群，藤萝之流则拼命攀附，企图借松之高枝以示炫耀，增加高度，衬托威仪。然而，无论怎样挖空心思、枉自攀缘，清者自清，浊者自浊，丝毫无损松之高洁与伟岸。桃李自是奸佞，藤萝也休想攀比。这，就是诗人眼里仰慕的青松、心中赞美的青松。

然而，以龙、虎比拟松树，以桃李、藤萝反衬松树，诗人仍觉不够，他又想到了以"岁寒三友"的身份与松树并肩而立的"竹"——"修篁"。"平生相爱应相识，谁道修篁胜此君。"在诗人看来，"可使食无肉，不可居无竹"（《於潜僧绿筠轩》）的苏大学士，显然不是松树的知音。写"新松恨不高千尺，恶竹应须斩万竿"（《将赴成都草堂途中有作先寄严郑公五首》其四）的杜甫才是真正懂得松之品格、气质的有识之士。如此一扬一抑，诗人显见是有意为之，意在突出对松之偏爱与称颂。这也是"诗法"之一种，不必为"修篁"鸣不平。

全诗意象丰富、寓意明朗，语言流畅、诗情盎然。龙、虎、桃李、藤萝、修篁，以物咏松，比喻精巧、映衬鲜明，心与物谐，颇得神韵。

（秦岭梅）

●徐寅（？—？），寅一作夤，字昭梦，莆田（今属福建）人。昭宗乾宁元年（894）登进士第，释褐秘书省正字。为闽王审知辟为掌书记。后归隐延寿溪。著作颇多，《全唐诗》存诗4卷。

◇白鸽

举翼凌空碧，依人到大邦。
粉翎栖画阁，雪影拂琼窗。
振鹭堪为侣，鸣鸠好作双。
狎鸥归未得，睹尔忆晴江。

晚唐诗人徐寅，今福建莆田人，生卒年不详。身逢末世，一生坎坷，唐昭宗景福元年（892）两鬓斑白时始进士及第，后归隐家乡延寿溪。据说，朱温代唐，徐寅不肯仕，为朱温所害。现存徐寅诗二百六十余首，多为咏物写景之作，《白鸽》诗便是其中之佼佼者。

白鸽是招人喜爱的家禽。若用当代人的时尚说法，就是可爱的小"宠物"。按照西方神话，她还是口衔橄榄枝的和平使者象征。中国驯养白鸽的历史极为悠久，它聪明异常，且擅长飞翔，最初的功用，并非仅供赏玩，而是用于民间，甚至是军事，为人们传书带信，是人类的好帮手。诗人落笔处便始于白鸽振翅高飞、凌空而上的情景描绘。然而，

直上碧霄的白鸽来自何方，去向哪里，诗人只一笔带过，仅仅告知白鸽是随主人来到异邦他乡的，透出几分神秘。接下来，诗人用浓墨重彩描绘白鸽的外貌、身影，以及飞翔时的体态美、鸣叫时的动人处。而且，将白鸽置之于色彩秾丽、对比鲜明的背景中。一只只粉妆玉琢般玲珑可爱的白鸽栖息在雕梁画栋、富丽堂皇的楼阁间，神态安详，雪白的羽毛格外引人注目。"琼窗"是指用白玉做装饰的窗棂，意在反衬白鸽之娇贵、不俗。同时美玉之洁白与鸽子翎毛的色彩相匹配，视觉效果极为和谐。一只只白鸽在楼前宇下嬉戏追逐，从琼窗前翩翩掠过，好似片片雪花悠然飘落。想象奇特，动静结合，意境优美。在诗人的眼中，白鸽飞舞时的风姿极为迷人，就像"雪衣雪发"，"一树梨花落晚风"（杜牧《鹭鸶》）的白鹭；她啼叫时的声音也格外动听，堪与鸣鸠相媲美，时而咕咕啾啾，如窃窃私语；时而又如哨音响起，清脆婉转，声振长空。

这首五言律诗，意象丰富、对仗工丽、词句精雅、境界阔大。首联写白鸽展翅飞翔，颔联写白鸽栖息游戏，颈联将白鸽与白鹭、鸣鸠相比照。刻画白鸽，可谓形神兼备、声色俱全，使人联想，令人遐思。特别是尾联笔锋骤转，诗人乍然出现在诗境中，愀然叹曰：与我亲近的沙鸥虽未曾归来，然而，一见到可爱的白鸽，则情不自禁回想起"半江瑟瑟半江红"的千里晴江。第一人称的突然出现，拉近了读者与诗境的距离，让读者与诗人一道展开遐想，思绪从画阁琼窗刹那间飞向遥远的"晴江"，欣赏迎着太阳翻飞的白鸥，有如身临其境、尽在目前。这一笔，出人意料，然而稍一体味，便觉构思精巧、意境阔大、动人心魄。

（秦岭梅）

◇蝴蝶

不并难飞茧里蛾，有花芳处定经过。

天风相送轻飘去，却笑蜘蛛谩织罗。

唐诗亦有"昆虫记"。蝴蝶则是诗人喜爱的昆虫之一，咏物诗的重要对象。宋时谢无逸曾一气写了蝴蝶诗300首，被称为"谢蝴蝶"，传为佳话。唐代的徐寅则是更早的一位蝶痴，他曾为蝴蝶写诗两组，一组是绝句，另一组是七律。咏物诗的重要一法，就是将物人格化，赋予物以人的情感。这样，不必专有寄意，也能自成境界。此诗就是如此。

"不并难飞茧里蛾。"首句谓蝴蝶天赋伶俐，却凭空拉出飞蛾作对

比，构思独到，饶有意趣：飞蛾的特性之一是作茧自缚，给人天生拘谨笨拙的感觉，相形之下，蝴蝶是乐天而逍遥。事实上，"青虫也学庄周梦，化作南园蛱蝶飞"（《初夏戏题》）之前，也有作茧成蛹阶段，但不像蚕蛾出自茧中那样广为人知，诗可不管。飞蛾从茧里爬出时，体态臃肿，翅短难飞，而且须眉皆白，有龙钟老态。蝴蝶就不同，其体态窈窕，天生丽质。对蝴蝶没有一字正面的描写，却通过茧蛾的反衬尽得其风流，手法别致。

　　"有花芳处定经过。"次句写到蝴蝶普遍的习性，就如一个词牌字面显示的："蝶恋花"。可与蝶为伍的是蜂。但蜜蜂采花是为了酿蜜，所以给人辛勤劳动的印象；而蝴蝶采花却不能酿蜜，于是给人以天赋轻狂的感觉："身似何郎全傅粉，心如韩寿爱偷香。天赋与轻狂！"（欧阳修）"三百座名园，一采一个空。谁道风流种。"（王和卿）贪花爱美，却不专一持久，"有花芳处定经过"，就含有这样的意味。这就在写实中赋予蝴蝶以多情而不忠实的人间风流少年形象。诗人向所咏对象投去了一个友善的讥诮，敦厚耐味。

"天风相送轻飘去，却笑蜘蛛谩织罗。"如果说前句写的是普遍习性，这后二句写的便是一种特殊情景；前句有讥诮，这二句则转为赞许。有人把生活比作网，则一边是情网，一边是罗网。蝴蝶的天敌之一便是蜘蛛。有谜语形容道："黑脸包丞相，独坐中军帐。摆起八阵图，要捉飞来将。"大意的昆虫往往自投网中，成为蜘蛛的美餐。而诗人笔下的这只蝴蝶，却天生机警，履险如夷。"天风相送"意味着其运道也好（"天风"不作"好风"，不但表明是高处的风，而且有得天赞助之意）。更有趣的是，这只蝴蝶俏皮，它似乎从蜘蛛的鼻子底下飞过，逗得其馋涎直流，却又轻飘远举，嘲笑着天敌的枉费心机。一"笑"字使蝴蝶具有了人的品格，它活泼、机智、幽默而勇敢，是个可爱的小精灵。而蜘蛛的颟顸傻眼之态也跃然纸上，那是人间罗织构陷的奸邪者的变相。

这首诗在写作上除人格化的手法外，牵入与蝴蝶相关的昆虫作衬和烘托，作用很大。这样做，既突出了对象性格，又省去了冗繁的正面叙写。诗人不但注意到蝴蝶的共通特性，还妙于观察，写出了其中机智可爱的"这一只"，并有寓意，是其成功的关键。

（周啸天）

●郑谷（？—？），字守愚，袁州宜春（今属江西）人。光启进士，官都官郎中，人称郑都官。又以《鹧鸪诗》得名，人称郑鹧鸪。有《郑守愚文集》。

◇鹧鸪

暖戏烟芜锦翼齐，品流应得近山鸡。
雨昏青草湖边过，花落黄陵庙里啼。
游子乍闻征袖湿，佳人才唱翠眉低。
相呼相应湘江阔，苦竹丛深日向西。

鹧鸪是一种习性较为独特的鸟。"飞必南向，其志怀南，不徂北也。"（张华《禽经·注》）且喜欢成群集队栖息于草木丛芜之中，"向日而飞，畏霜露，早晚希出。"（崔豹《古今注》）作为鸟之一类，有如春燕秋鹤，皆各有脾性，不足为怪。然而，在诗人的笔下则被赋予人的个性、情感，与诗人心灵相通。鹧鸪的啼叫声曰："钩辀格磔"，闻之如呼："行不得也哥哥！"于是，有如"杜鹃啼血""鸿雁传书"，鹧鸪则成为迁客游子抒发思乡之情、羁旅之愁的一种寄托和象征。郑谷便是抓住鹧鸪的这一审美意味，成就了千古名篇。

鹧鸪之羽翼斑斓华丽如锦绣，总是梳理得整整齐齐、漂漂亮亮，成群结队在温暖湿润、雾霭缭绕的草丛中嬉戏。鹧鸪和山鸡同属雉科，因而外貌相似、品流相近。开篇，诗人显然是紧紧围绕鹧鸪的自然特征来描写的。然而，笔触并不太深，刻画也不求过细，重在表现鹧鸪的情态和个性。当然，鹧鸪的动人之处其实并不在其美丽的外形，而在于它凄迷哀婉的叫声。可是，诗人同样没有对其独特的声音进行绘声绘色的描摹，而是一笔宕开，着意于渲染鹧鸪啼叫时所处的环境、氛围，刻画聆听者的内心悸动和情感变化，以反衬法凸显鹧鸪。青草湖指巴丘湖，位于洞庭湖东南，景色秀美。暮色沉沉，细雨霏霏，鹧鸪的叫声从寂静的湖面上轻轻掠过。诗人如此写来，旨在营造清冷迷蒙的意境以映衬鹧鸪啼声之凄切。黄陵庙是供奉舜帝二妃的宗祠，坐落在今湖南湘阴城北的洞庭湖畔。汉刘向《列女传·有虞二妃》云："舜陟方，死于苍梧。……二妃死于湘（湘水）、江（长江）之间，俗谓之湘君。"落花时节，江滨古祠、湘君传说，置身于这样的情景气氛中，鹧鸪的啼叫声自然是令人愁肠百结的。此时此刻、此情此景，流落江湖的游子怎能不被鹧鸪惨切悲凉的叫声所感染？定然会黯然神伤，涕下沾裳。而想念夫君、情人的美人思妇，百无聊赖中正欲施展歌喉，用一曲相思曲消释心中的愁绪，不经意间竟听到了鹧鸪的啼鸣，于是双眉紧锁，潸然泪下，情何以堪！读至此，沈德潜评曰，"咏物诗刻露不如神韵，三、四语胜于'钩辀格磔'也。诗家称'郑鹧鸪'以此"，并称其"以神韵胜"。其实，鹧鸪的啼叫声，千古而然，一成不变，与其说其声凄切，不如说是听者心境苍凉。由此情随境迁、触物伤怀，物我交融，感人至深。

最后诗人为读者打开了一幅"鹧鸪暮归图"——"相呼相应湘江阔，苦竹丛深日向西"。日薄西山，无数只鹧鸪在湘水两岸广阔的绿水青山之间翱翔，它们呼唤同伴归去，一声乍起，众声相应，此起彼伏，飞向苦竹丛深处。鹧鸪终归有自己的归处，然而游子、思妇，他们的心灵寄托在哪里？他们的生命归宿又在哪里呢？收束处意境优美，构思巧妙，意蕴深长。难怪清人金圣叹称赞末句："深得比兴之遗。"

晚唐诗人中，郑谷诗名颇盛。因将僧人齐己《早梅》诗中"前村深雪里，昨夜数枝开"的"数枝"改为"一枝"，被尊为"一字师"，名噪一时。这首《鹧鸪》诗，是郑谷的代表作，"谷以此诗得名，时号'郑鹧鸪'。"（《全唐诗》）元代辛文房赞曰"尝赋鹧鸪，警绝"，足见此诗所负盛名。

（秦岭梅）

●黄巢（？—884），唐曹州冤句（今山东曹县西北）人。盐商出身。曾赴长安应举不第。乾符二年领导农民起义，广明元年在长安建大齐国，登皇帝位，年号金统。战败自杀。

◇不第后赋菊

待到秋来九月八，我花开后百花杀。

冲天香阵透长安，满城尽带黄金甲。

黄巢是唐末农民起义领袖。最初，他和一般读书人一样，幻想通过考试的道路解决前途问题。在他落第之后，才对社会和个人的命运做了深刻的反思，重新选择了人生的道路。与陶渊明的爱菊不同，黄巢并不把菊花视为花之隐逸者，而是由菊花又称"黄花"作想，把它视为自身的幸运花和起义的标志。

他的另一首《题菊花》云："飒飒西风满院栽，蕊寒香冷蝶难来。他年我若为青帝，报与桃花一处开。"前两句刻画菊花冷艳的形象，虽然冷艳，却是不甘寂寞的。后两句虽然是假设句，却是十分自信的语气，使人联想起"彼可取而代也"（《史记·项羽本纪》）、"皇帝轮流做，明年到我家"（吴承恩《西游记·第七回》）那样的话，真是敢想敢说。

再看这一首咏菊的诗，不是一般的菊花诗，而是一首重阳作的菊花诗。劈头一句"待到秋来九月八"，就不寻常。明明重阳节是"九月九"，而这句可以不押韵，就写成"九月九"也没关系。然而，为了定下一个入声韵，与"我花开后百花杀"的"杀"、"满城尽带黄金甲"的"甲"叶韵，以造成一种斩截、激越、凌厉的声势，诗人愣是将"九月九"写成"九月八"，不但韵脚解决了，不平凡的诗句也造成了。紧接着，"我花开后百花杀"，菊花开时百花都已凋零，这本来是见惯不惊的自然现象，句中特意将菊花之"开"与百花之"杀"（凋零）并列，构成鲜明的对照，意味就大不一样了。亲切地称菊花为"我花"，当然是从"黄花"的"黄"字着想，而与"我花"对立的"百花"，无非是帝王将相、文武百官诸如此类的一个象征。

"冲天香阵透长安，满城尽带黄金甲"，极写菊花盛开的壮丽情景和农民起义军入城的想象。最耐人寻味的，是两个形象，一是从菊花的香而生出的"冲天香阵"，把浓烈的花香想象成农民军的士气；一是由菊花的形色而生出的"黄金甲"，把黄色的花瓣想象成农民军的盔甲。"阵""甲"二字与战争和军队相关，"冲""透"二字，分别写出其气势之盛与渗透之深，充满战斗性和自豪感，表现了诗人对农民起义军必定攻占长安、主宰一切的胜利信念。

黄巢菊花诗，无论意境、形象、语言、手法都使人耳目一新。"满城尽带黄金甲"这句诗特别气派而富于视觉美感，无怪喜欢安排视觉盛宴的大导演张艺谋非要用它来做一个影片的名称不可。

（周啸天）

◇题菊花

飒飒西风满院栽，蕊寒香冷蝶难来。
他年我若为青帝，报与桃花一处开。

宋人张端义《贵耳集》载："巢五岁侍翁父为菊花联句，翁思索未至，巢信口应曰：'堪与百花为总首，自然天赐赭黄衣。'巢之父怪，欲击巢，乃翁曰：'孙能诗，但未知轻重，可令再赋一篇。'巢应之曰：'飒飒西风满院栽，蕊寒香冷蝶难来。他年我若为青帝，报与桃花一处开。'"这个故事你信吗？有许多所谓本事，大多是后人编造的。然诗以事传，事以诗传，有助于其诗的传播倒是真的。

"飒飒西风满院栽"二句，写菊花在清秋开放。秋花不比春花，气候比较寒冷，花形较瘦。宋词人李清照给菊花的造型就是瘦："莫道不销魂，帘卷西风，人比黄花瘦。"（《醉花阴》）"飒飒西风"就写秋风，"飒飒"二字象声，造成肃杀凛冽之感。"满院栽"是赋菊，是爱菊人之所为。宋人周敦颐说："晋陶渊明独爱菊"（《爱莲说》），黄巢说不然，菊花称"黄花"，故诗人谓之"我花"。比之"采菊东篱下"，何如"满院栽"。虽然是满院栽，"蕊寒香冷蝶难来"，却是遭遇冷落。"蕊寒香冷"是孤寒的形象，近似于宋人林逋笔下的梅花。林和靖有"霜禽欲下先偷眼，粉蝶如知合断魂"之句，蜀中才女黄稚荃斥为格调不高。不如"蝶难来"三字简劲。诗人怀才不遇的愤懑，亦隐然字里行间。

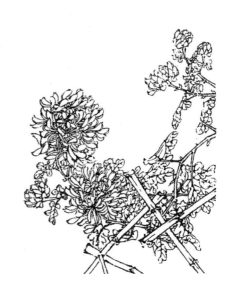

　　"他年我若为青帝"二句，抒写诗人的志向抱负。三句以假设为一转，这个假设十分大胆，"青帝"是司春之神，传说中五天帝之一，居东方、行春令。这比《西游记》中孙猴子赤裸裸地说"皇帝轮流做，明年到我家"要好，因为有变形，形象思维就是变形。"青帝"多有诗意，比皇帝好，再说是管百花的神，也有改变菊花命运的权限。三句说如果，四句就该说那么。"报与桃花一处开"就是说那么，意思是宣布菊花与桃花一样，在春暖时节开放，这才公平公正，"报"是公开。话说得非常痛快，兴味盎然。倘有喜欢抬杠的读者问，在春天开放了，那还是菊花吗？这事要不要和陶渊明、李清照商量一下？那就煞风景了。须知诗之忌，在理太周。不能像制定政策一样面面俱到。

　　这首诗与《不第后赋菊》一样，是诗人青年时期科举考试失利后，发动起义之前所写的托物言志的诗。洪秀全也有这等经历，但没有这等诗。《水浒》宋江浔阳楼题写的反诗："他时若遂凌云志，敢笑黄巢不丈夫。"也不如黄巢赋菊花的两首诗写得好。黄巢之诗不但是敢想敢说，而且出以形象思维，兴会淋漓，所以为佳。正是"莫言马上得天下，自古英雄皆解诗"（林宽《歌风台》）。

（周啸天）

●罗隐（833—910），字昭谏，杭州新城（今浙江杭州富阳区西南）人。举进士十余年不第。唐懿宗咸通十一年（870）始为衡阳主簿。广明元年（880）黄巢攻陷长安，罗隐归隐池州（今安徽池州市贵池区）梅根浦。天祐三年（906）充节度判官。后梁开平二年（908）授给事中。有《罗昭谏集》。

◇蜂

不论平地与山尖，无限风光尽被占。
采得百花成蜜后，为谁辛苦为谁甜？

在昆虫世界中，蜜蜂以劳苦一生、惠人甚多而享乐极少的形象示人，与蝴蝶大不相同。诗人罗隐着眼于这一点，写出这样一则寄慨遥深的"昆虫记"，其命意好令人耳目一新。

此诗寄意集中在末二句的感喟上，慨蜜蜂一生经营，除"辛苦"而外并无所有。然而前两句却用几乎是矜夸的口吻，说无论是平原田野还是崇山峻岭，凡是鲜花盛开的地方，都是蜜蜂的领地。这里作者运用极度的副词、形容词——"不论""无限""尽"等等，和无条件句式，极称蜜蜂"占尽风光"，似与题旨矛盾。其实这只是正言欲反、欲夺故予的手法，为末二句作势。俗话说：抬得高，跌得重。所以末二句对前二句反跌一笔，说蜂采花成蜜，不知究属谁有，将"尽占"二字一扫而空，表达效果就更强。如一开始就正面落笔，必不如此有力。

此诗采用了夹叙夹议的手法，但议论并未明确发出，而运用反诘语气道之。前二句主叙，后二句主议。后二句中又是三句主叙，四句主议。"采得百花"已示"辛苦"之意，"成蜜"二字已具"甜"意。但由于主叙主议不同，末二句有反复之意而无重复之感。本来反诘句的意思只是：为谁甜蜜而自甘辛苦呢？却分成两问："为谁辛苦？""为谁甜？"亦反复而不重复。言下辛苦归自己、甜蜜属别人之意甚显。而反复咏叹，使人觉感慨无穷。诗人矜惜怜悯之意可掬。

此诗抓住蜜蜂特点，不做作，不雕绘，不尚辞藻，虽平淡而有思致，使读者能从这则"动物故事"中若有所悟，觉得其中寄有人生感喟。有人说此诗实乃叹世人之劳心利禄者；有人则认为是借蜜蜂歌颂辛勤的劳动者，而对那些不劳而获的剥削者以无情讽刺。两种解会似相龃龉，其实皆允。因为"寓言"诗有两种情况：一种是作者为某种说教而设喻，寓意较确定；另一种是作者怀着浓厚感情观物，使物著上人的色彩，其中也能引出教训，但"寓意"就不那么确定。如此诗，大抵作者从蜂的"故事"看到那时苦辛人生的影子，但他只把"故事"写下来，不直接说教或具体比附，创造的形象也就具有较大灵活性。而现实生活中存在着不同意义的辛苦人生，与蜂相似的主要有两种：一种是所谓"终朝聚敛苦无多，及到多时眼闭了"（《红楼梦》"好了歌"）；一种是"运锄耕劚侵星起"而"到头禾黍属他人"。这就使得读者可以在两种意义上做不同的理解了。但是，随着时代的前进，劳动光荣成为普遍观念，"蜂"越来越成为一种美德的象征，人们在读罗隐这诗的时候，自然更多地倾向于后一种解会了，可见，"寓言"的寓意并非一成不变，古老的"寓言"也会与日俱新。

（周啸天）

●皮日休（约838—约883），字逸少，后改袭美，襄阳（今属湖北）人。早隐鹿门山，自号间气布衣、鹿门子等。唐懿宗咸通七年（866）举进士不第，退居寿州（今安徽寿县），自编诗文为《皮子文薮》。八年始及第。十年为苏州军事判官。僖宗乾符二年（875）任毗陵副使。黄巢军入江浙，劫以从军，为翰林学士。《全唐诗》存诗9卷。

◇咏蟹

未游沧海早知名，有骨还从肉上生。
莫道无心畏雷电，海龙王处也横行。

咏物诗往往别有兴寄，本篇亦复如此。它既可以是一首讽刺横行不法的恶霸的诗——这有"试将冷眼观螃蟹，看你横行到几时"的俗谚可为旁证；也可以是一首歌颂造反派的诗。联想到晚唐农民起义的风起云涌，诗人亦顺随黄巢，做了"翰林学士"，则后一种解会更饶别趣。

蟹之为物，本是一种时鲜美味，而且主要产于内陆江河湖泊，这就是"未游沧海早知名"的字面意义了。诗人用意主要还在它双关的另一层较深隐的含义。那就是，历史的风云人物虽然出现在沧海横流的时代，但在他们奋起之前，必先在民间有相当的声名。这从写农民起义的《水浒》中可找到极生动的例证：早在播乱山东之前，"及时雨宋公

明""托塔天王晁盖"之类名号，已是不胫而走，具有相当的号召力。"未游沧海"，正暗示着将游沧海。

相面之术认为，人的命运和骨相有很大关系。据说敢于造反、犯上作乱的人，天生有反骨。由此看"有骨还从肉上生"一句，就不仅仅是咏蟹的硬壳，一种保护组织。当然，此句由于贴切蟹的外形特点，也双关得巧妙。这个硬壳，肉上的骨，还暗示着下一句，即蟹和一切生命一样，都有全身避祸的本能。从这个意义上说，它当然并非无所畏惧。"莫道无心畏雷电"这句垫得非常好，不但使所咏形象变得丰满，不流于简单化，同时又有欲扬先抑、欲擒故纵的蓄势。"雷电"的声威，代表着自然界的威慑力，象征着人间的王法。谁敢以身试法？然而事情总是在一定条件下发生转化的，畏惧和隐忍皆有限度，官逼民反是从来存在的事实。这就逼出最末一句。

　　"海龙王处也横行。"这是令人击节的点睛之笔。双关在这里更加耐人寻味。就蟹而言，它天生六只脚爪，只能横向爬行，这是它有异于大多数同类动物的特点。要它直走，便是强其所难，无论如何办不到。诗人涉笔成趣，在这里引入"海龙王"这样一个庞然大物——江海中一切生灵的主宰，虾蟹之类本是它微贱的臣民。这一对举自然巧妙。说"海龙王处也横行"，可见蟹的禀性难移，然而，超出字面的意义却是赞美"蟹"的无法无天，即赞美造反的精神。"海龙王处也横行"之可嘉，就在其不是"于无佛处称尊"，而是公然冒犯至高无上的权威，我行我素，有点"见了皇帝不叩头"的勇气。恰如孙悟空的可爱不在于花果山做美猴王，而在于以弼马温身份大闹天宫的时候一样，这"蟹"的可爱也在于它的造反有理。

　　诗人不仅细察物理，对所咏动物的特征把握得很好，而且深于兴寄，巧妙地运用双关手法加以发挥，歌颂了卑贱者最可贵的一种性格即反抗性。

（周啸天）

●吴融（？—903），字子华，行大，越州山阴（今浙江绍兴）人。龙纪元年进士。昭宗时迁翰林承旨学士，卒。有《吴融诗集》。

◇红叶

露染霜干片片轻，斜阳照处转烘明。

和烟飘落九秋色，随浪泛将千里情。

几夜月中藏鸟影，谁家庭际伴蛩声。

一时衰飒无多恨，看着清风彩剪成。

经历霜露之后，枫叶由青而转红，故又称红叶或霜叶。枫叶待到红时，尤其是要红得艳丽耀眼，已是深秋，乃万物凋零时节。红叶最迷人的自然是她的色彩，诗人便由此落笔。霜露浸染过的枫叶，本已经红得靓丽而可爱了，然而，诗人又着意将一抹斜阳涂在红叶上，让红叶更加鲜艳夺目，像被炉火烘烤过的一般。一开篇诗人为读者呈现的便是明丽的色彩、灿烂的秋景，也为全诗定下了基调。

以上写出了红叶的色彩，是写其形。然而，咏物仅此是不够的，优秀的咏物诗都重在写其神。暮霭沉沉中，片片红叶随风飘落，自成秋色。然后，再随着秋水清波，漂向遥远的地方。在诗人的眼里，红叶漂到哪里，就把金灿灿的秋色带到哪里，同时也把自己浓浓的情谊传达给千里之外的亲朋好友，抑或是自己的心上人。在此，诗人一洗衰朽没落之气，将落叶飘零的凄凉景象点化得如此美好，如此浪漫，如此饶有情味，也算是又一位解得"秋色胜春朝"（刘禹锡《秋词》）的诗人。

紧接着，诗人又将红枫置之于秋月夜色的背景之下加以描写。面对漫漫长夜、冷寂夜空，人的心境也是最孤独、最落寞的时候，然而，在诗人的笔下依然是充满了生气和活力。月光照耀下的庭院内，蟋蟀在弹琴，风儿在歌唱。明亮的月光惊起了栖息的鸟儿，它们在枫叶之间飞来飞去，像是在捉迷藏。这是多么美丽、和谐的夜色！只有澄静而淡定的心灵才能体味到。所以，结尾处诗人直抒胸臆：眼前这一时的衰飒萧瑟，有什么值得伤怀、哀叹的？秋去冬来，四季交替，乃自然规律。你看，浩荡的秋风将美丽的枫叶浸染得多么艳丽？又将鲜红的霜叶修剪得多么漂亮？在诗人看来，如果说柳叶是春风裁剪而成的，那么红叶便是秋风的杰作。结句虽是对前人诗意（贺知章《咏柳》）的化用，但也点化得颇为自然、熨帖。

这首诗不仅是红叶的颂歌，也是秋的赞歌。诗人描写的不仅是深秋景色，而且是日暮斜阳、秋夜冷月时候，本是最让人伤怀、悲观的，然而字里行间却洋溢着昂扬之气，一反继"宋玉悲秋"以来形成的文人"逢秋悲寂寥"（刘禹锡《秋词》）的传统，抛却了怀才不遇、志士沉沦的失落情绪。这一切，自然应归功于独爱霜露的可爱的红叶，也归功于诗人豁达的心境、超然的气度和对大自然的无限热爱。

（秦岭梅）

●崔涂（约850—？），字礼山，江南人。僖宗光启四年（888）登进士第。游踪遍及巴蜀、吴楚、河南、秦陇等地。《全唐诗》存诗1卷。

◇孤雁

几行归塞尽，念尔独何之？

暮雨相呼失，寒塘欲下迟。

渚云低暗度，关月冷相随。

未必逢矰缴，孤飞自可疑。

这是一首借吟诵"孤雁"而抒发羁旅、落魄愁绪的咏物抒怀诗。题为"孤雁"，诗人便紧紧围绕一个"孤"字展开，先写身世遭际之"孤"，继而刻画内心情感之"孤"，最后展示生存环境之"孤"。

大雁是候鸟，每年春分过后，就会从南方向北迁徙。诗人笔下的这只大雁却掉队了，同伴们早已经飞向塞北，消失得无影无踪，只留下她独自在茫茫天地间盘旋、徘徊、哀号，形单影只，孤苦无助。一个"尽"字，几乎断绝了孤雁重新回到雁群中的一切希望，使孤雁愈显其"孤"。于是，诗人按捺不住对孤雁今后命运的担忧，似乎是在和孤雁对话，关切地问：你孤独一身，究竟会飞向哪里呢？此笔可见，咏"孤雁"其实就是在写诗人自身的感触和情怀。

"暮雨相呼失，寒塘欲下迟。渚云低暗度，关月冷相随。"孤雁失了伙伴，不知该何去何从。日暮黄昏，细雨蒙蒙，孤雁寻找同伴所发出的凄厉的叫声在天地间萦绕。哪里是孤雁的归宿呢？昔日曾经是雁群落脚、栖息的池塘，此刻也变得清冷而寂寥，孤雁几次意欲飞落歇憩，却都迟疑不决，没有勇气。拟人化的手法写出了孤雁内心世界的矛盾、犹疑、凄凉和无奈，还夹杂着一丝淡淡的恐惧。这也是诗人心境的写照。然而，孤雁没有别的选择，她只能一直孤独地飞翔、苦苦地寻觅，振作起精神，勇敢地穿过厚厚的云层，飞越雾霭沉沉的荒洲。而陪伴她的，只有边关清冷的明月。这就是孤雁眼前的处境，也是诗人的处境。

崔涂是江南人，一生漂泊，长期流寓于巴蜀、秦陇一带，因而其作品大多抒写怀乡、离别、羁旅、漂泊之孤苦与悲凉。《唐才子传》称赞"渚云"一句为"警策"，且"意味俱远，大名不虚"。诗人用渚云、冷月与孤雁相随相伴，更反衬出孤雁处境的凄凉，从而营造出惨淡的意境，情感亦更为曲折深婉。

这只孤雁，孑然一身，无所依傍，究竟还能独自飞多久？又能飞多远呢？这的确是令人担忧和牵挂的。"未必逢矰缴，孤飞自可疑"直接表达了诗人对孤雁前途境遇的忧虑。即便是没有遇上弓矢之灾，单是目前形影相吊、孤苦无依的境况，已经是让人放心不下的了。这同样是诗人自怜自慰之辞，诗中的"孤雁"其实就是诗人自己，也是晚唐时期怀才不遇的知识分子的化身。

整首诗情感真切、意境凄美，自始至终弥漫着孤寂落寞的情绪。通过一只孤雁，反映了一代文人的内心情感和不幸遭遇，富有较强的感染力，容易引起共鸣。只是，情绪过分低迷、没落和晦暗，令人沉沦。

（秦岭梅）

●牛峤（生卒年不详），字松卿，一字延峰，狄道（今甘肃临洮）人。唐相牛僧孺之孙。乾符五年（878）进士。历官拾遗、补阙、校书郎。王建镇蜀，辟为判官，及开国，拜为给事中。近人王国维辑有《牛给事词》1卷。

◇柳枝

吴王宫里色偏深，一簇纤条万缕金。

不愤钱塘苏小小，引郎松下结同心。

牛峤《柳枝》词共五首，这是第二首，专咏苏州宫柳。

"吴王宫"，指吴王夫差在姑苏（苏州）为西施建筑的馆娃宫。"苏小小"，乃南朝齐代钱塘（杭州）名妓。苏杭地处江南水乡，乃杨柳天然滋生的场所，无论宫中民间均多种植杨柳。白居易《杨柳枝》词有云："苏州杨柳任君夸，更有钱塘胜馆娃；若解多情寻小小，绿杨深处是苏家。"乃是说杭州之柳胜于苏州。

牛峤此词也提到馆娃宫及苏小小，但似乎与白居易唱着反调，偏说苏州故宫之柳胜于钱塘。你看，"吴王宫里色偏深，一簇纤条万缕金"，该有多么繁富。要是钱塘的柳色更好，那为什么苏小小还要约郎到松柏之下而非柳下去谈情说爱（"结同心"）呢？词人根据古乐府

　　《钱塘苏小歌》"妾乘油壁车,郎骑青骢马。何处结同心,西陵松柏下",机智地对白词进行反讽。"不愤"即不服的意思。杨慎说,此词是"咏柳而贬松,唐人所谓'尊题格'也。后人改'松下'为'枝下',语意索然矣"。(《升庵诗话》卷五)说"尊题",极是。说"咏柳贬松",还未能中肯。词意实是说苏州宫柳胜于杭州耳。

　　不过,这首词的意味还不止于此,它可以引起读者更多的联想。杨柳枝柔,本来是可以绾作同心结的,但苏小小和她的情人为何不来柳下结同心呢?刘禹锡《杨柳枝》词有云:"御陌青门拂地垂,千条金缕万条丝。如今绾作同心结,将赠行人知不知?"原来柳下结同心,乃有与情人分别的寓意。而松柏岁寒后凋,是坚贞不渝的象征,自然情人们愿来其下结同心而作山盟海誓了。如果作者有将宫柳暗喻宫人之意的话,那么"不愤钱塘苏小小，引郎松下结同心"就不但不是贬抑，反倒是羡慕乃至妒忌了。词之有"味外味"亦若此。

（周啸天）

●张泌（生卒年不详），《花间集》称张舍人，列于牛峤、毛文锡之间，当为前蜀词人。近人王国维辑有《张舍人词》1卷。

◇蝴蝶儿

蝴蝶儿，晚春时。阿娇初著淡黄衣，当窗学画伊。还似花间见，双双对对飞。无端和泪拭胭脂，惹教双翅垂。

这是一首相当别致的闺情词。上下片自成段落。

在晚春和煦的晴日里，蝴蝶在花间飞来飞去。而这时，"阿娇"刚刚脱下多余的衣物，著上一件合时的、较薄而浅色的淡黄衣，心情是十分松快的。"阿娇"是关中一带对少女的昵称（《辍耕录》），词中用来称呼女主人公，使读者感到她是一个天真烂漫的少女。《红楼梦》作者写初著单衣的姑娘道："女儿乐，秋千架上春衫薄。"而读者从"阿娇初著淡黄衣"感到的，不正是春深时节少女的愉悦么？难怪她见了窗外舞姿翩跹的彩蝶，便起了写生的念头。或许，她以往不过是照着花样描画过蝴蝶吧。不然，作者为什么说她是"当窗学画"呢？而一个"伊"字，似乎将蝶拟人化了，含有多少亲切的意味。

画已成功，"阿娇"看着自己的作品，几乎不敢相信真是自家亲手画的了，"还似花间见，双双对对飞"二句十分生动地写出姑娘欣赏自我"杰作"的心态。至此，少女的春兴可以说达到高潮。词中虽然没有明确告诉我们这"阿娇"当年青春几何，但从"双双对对飞"一句可以体会到，这女孩子已到情窦初开的年龄，对情爱已有一些朦胧的意识和憧憬。正因为情感是不那么明显的，所以下文才有"无端"的说法。蝴蝶儿在花间成双作对，在画上也成双作对，少女作画时并未多想，但回味时却感到了自己的孤单，泪光晶莹的她忽然产生了一个错觉，似乎画中的蝴蝶受了她的感伤感染，"惹教双翅垂"。"惹"字下得十分准确，既具生活实感（泪光产生视幻），又有主观的想象。

词在结构上的特点，便是通过"蝴蝶儿"这一触媒的描写，展示出女主人公在春日的特定环境下情绪的变化过程，与王昌龄绝句《春怨》（闺中少妇不知愁）在构思上有异曲同工之妙。王诗中的少妇当初是"不知愁"，在春日里登楼赏景，原是很愉悦的，只因"杨柳色"的招惹，才使她心情逆转，顿成悔恨。而此词的少女在最初玩赏蝴蝶采花的春景时，心情也是舒畅的，直到因画蝶的成双成对景象有所触动，才感伤掉泪。这种不期然而然的写法，表明作者善于观察生活，体贴人情。王诗明言"悔教夫婿觅封侯"，而此词并不明确交代少女下泪所为何事，但"双双对对飞"一语暗示，使读者心领神会，因而更加含蓄。

（周啸天）

●刘兼（生卒年不详），长安人，由五代入宋，宋初曾任荣州刺史。

◇新竹

近窗卧砌两三丛，佐静添幽别有功。

影镂碎金初透月，声敲寒玉乍摇风。

无凭费叟烟波碧，莫信湘妃泪点红。

自是子猷偏爱尔，虚心高节雪霜中。

这是一首咏物诗，也是一首咏怀诗。

自古以来，竹备受偏爱，与梅、松一并被誉为"岁寒三友"，享有"君子"美称。何以如此？当与竹的自然属性和姿态有关。竹，中空、常绿、耐寒，多节而高，美风仪，因而文人墨客赋予它人格化的高尚品质——谦虚、坚韧，清高而有气节。苏轼诗云："可使食无肉，不可居无竹。无肉令人瘦，无竹令人俗。人瘦尚可肥，俗士不可医。"（《於潜僧绿筠轩》）苏大学士把对竹的态度，已然提到了事关知识分子风度名节、精神境界的高度。

刘兼也爱竹。特意在窗外的台阶上种植两三丛，竹根缠绕、枝叶繁茂，葱葱茏茏、苍苍翠翠。一个"卧"字，用拟人手法将竹之长势、

情态做了动态描写，用字简洁、形象。这两三丛修竹陪伴着诗人，同时"佐静添幽"，使环境更清幽，诗人的心境也更加恬静淡泊，自是功劳不凡。至此，诗人对竹的喜爱之情跃然纸上。

"影镂碎金初透月，声敲寒玉乍摇风"是全诗最精彩的部分，在刘兼的诗作中像这样的佳句也不多见。仅仅十四个字，诗人描写月下竹影、风中竹声，刻画得有声有色、情景交融。一轮明月，光照大地，透过翠竹浓郁的枝叶，在地上留下了斑斑驳驳、光怪陆离的影子，像是雕刻在地面的碎金。读到此处，也许有人会犯嘀咕，人们常说"月色如银""月光如水"，通常时候，月光投射到地面的光影应该是白色的，应当讲"碎银"才对，诗人如何说是"碎金"呢？其实，"初"字已经为读者透露了信息，眼前的明月是初升的月亮。如果仔细观察会发现，刚刚升起的月亮，尤其是圆月，硕大无比，光芒是略偏暖色的。只有高高升起，皓月当空，这时月光才变得清冷，才呈现银白色的月光。因而，诗人此处写竹影如"碎金"，恰巧是醉心于自然，仔细观察生活的收获。

接下来，诗人开始引经据典，讲述壶公费曳、潇湘妃子、子猷爱竹的神话和传说，宣扬中国悠久的"竹文化"。费曳，指东汉时"悬壶济世"的名医费长房。晋代葛洪的《神仙传》说，费长房遇上一位能治百病的仙人，便随之而去。回来时担心迷路，仙人"以竹杖与之曰：'但骑此到家耳。'长房辞去，骑杖忽然如睡，已到家"。到家后，"长房以所骑竹杖投葛陂中，视之，乃青龙耳"。故事里一根看似普通的竹竿，竟是江海中的青龙所化，足见神异。"湘妃"指尧女、舜妻娥皇和女英。"舜南巡，葬于苍梧，尧二女娥皇、女英泪下沾竹，文悉为之斑。"（《述异记》）此为"湘妃竹"由来的美丽传说。"子猷"即王羲之的儿子王徽之。据说，子猷爱竹几近痴狂，无论走到何处都离不开以竹为伴。《世说新语·任诞第二十三》载："王子猷尝暂寄人空宅住，便令种竹。或问：'暂住何烦尔？'王啸咏良久，直指竹曰：'何可一日无此君？'"临时借别人的空宅子暂住，王子猷也要赶紧种上竹子，不厌其烦，一天都离不得，实在是爱竹爱到了极致。所以诗人说"自是子猷偏爱尔"，而偏爱的原因就是虚心、高节，不畏霜雪，不惧严寒，经冬而更显苍翠。以上三个神话和传说，诗人认为都是前人的杜撰，没有依据，不足轻信。然而，"醉翁之意"却是在炫耀"竹君子"之神异色彩，以及如何受名士高人的青睐，可谓用心良苦。

《唐才子传》称刘兼等数人"虽有集相传，气卑格下，负鱼目唐突之惭，窃碔砆韫袭之滥"，评价不高。但这首《新竹》雕章琢句、引经据典，意味深长、辞气清雅。偶得佳句，亦属难得。

（秦岭梅）

●魏野（960—1019），字仲先，号草堂居士，陕州陕县（今河南三门峡市陕县老城）人。不求仕进。卒赠著作郎。与寇准、王旦来往酬唱。有《巨鹿东观集》。

◇啄木鸟（录一）

爪利嘴还刚，残阳啄更忙。

千林蠹如尽，一腹馁何妨。

形小过槐陌，声高近草堂。

岂同闲燕雀，惟解占雕梁。

全诗字字句句都在写啄木鸟，字字句句都在赞美啄木鸟，且字字句句都有所寄托。这首咏物诗，既表达了诗人对啄木鸟的赞赏，也抒发了诗人的人生追求。

啄木鸟好出没于林深不知处，日常生活中极为少见。人们虽然对啄木鸟很陌生，但却都知道它是少有的益鸟，专事消灭害虫，有"森林医生"的美称。

诗人写啄木鸟主要从两个方面着手：

一是抓住啄木鸟的习性和外形，用白描手法勾勒啄木鸟的外在形态，让读者对啄木鸟有感性上的认识。啄木鸟体形小巧，却爪利、嘴刚，栖息于森林，穿行于槐树间，专门啄食害虫。

　　二是意在刻画啄木鸟的与众不同之处，进而与燕雀相对照，表现啄木鸟的个性、精神和内在美。这就是人们常常称道的咏物贵在"写其神"。啄木鸟是森林的卫士、害虫的天敌，它用利喙坚爪为树林清除虫害，保住森林的勃勃生机和片片葱绿。害虫一何多，啄木一何忙！日之夕矣，飞鸟投林，森林里的鸟儿们都相与呼唤，回巢栖息了，可啄木鸟却依然在忙碌。这不经意的一笔，写出了啄木鸟的勤劳、辛苦，令人对之顿生敬意。啄木鸟干活如此卖力、做事如此投入，让诗人有些于心不忍。老鼠尽了，猫儿就会失业。这森林里的蠹虫倘是被彻底消灭干净，你啄木鸟岂不就要饿肚子了？不如悠着点儿！宋人称此句"有诗人规诫之风"。然而，啄木鸟的可贵之处正在于此。宁可自己腹中饥饿，也要将这林中害虫悉数除灭，信念坚定，志在不舍！啄木鸟响亮的回答，表现出啄木鸟不计得失、疾恶如仇、无私无畏的高尚品格。诗人以与啄木鸟为邻而感到欣喜，因为他不喜欢那些占据自家屋檐的燕雀，它们贪图安逸，岂能与啄木鸟相比？啄木鸟虽然身材纤弱，然而啼声高亢，是意志与力量、无私与奉献的化身，平庸的燕雀安知啄木鸟之远大理想呢？

　　啄木鸟不常见，咏啄木鸟的诗更少有。魏野之前，西晋左思之妹左芬有《啄木诗》，赞美啄木鸟："无干于人，唯志所欲。"旨在借啄木鸟表达对人生的感悟："性清者荣，性浊者辱。"与之相较，魏野此篇形神兼备，不只是空泛的议论，咏物、写意、抒怀，皆生动而传神，且笔触平实而圆熟，无枯瘦之弊，司马光、欧阳修等名家对此诗皆颇为称道。

（秦岭梅）

●林逋（967—1028），字君复，钱塘（今浙江杭州）人。早岁浪游江淮间，后归杭州，隐居孤山二十年，种梅养鹤，终身不娶亦不仕，时称"梅妻鹤子"，卒谥和靖先生。有《林和靖诗集》。

◇山园小梅

众芳摇落独暄妍，占尽风情向小园。

疏影横斜水清浅，暗香浮动月黄昏。

霜禽欲下先偷眼，粉蝶如知合断魂。

幸有微吟可相狎，不须檀板共金樽。

这是林和靖的代表作，也是千古咏梅佳作之代表。作者不但是诗人，而且是梅痴，号称"梅妻鹤子"。这首诗不但写出了梅花独有的幽逸之姿，而且写出了对梅花的爱。"风情"二字，表明林处士之诗虽亦出郊岛之寒瘦，到底不同于和尚的诗（如释道潜云"禅心已作沾泥絮，不逐东风上下狂"）。

梅花的特点之一是其香出自苦寒，它是唯一在隆冬季节开放的花。毛泽东赞曰"雪压冬云白絮飞，万花纷谢一时稀"、"已是悬崖百丈冰，犹有花枝俏"。首联就写梅花凌寒独开，向小园占尽风情。着意于"独"字、"尽"字。以"风情"属梅，是爱人的语言，韵而不艳。

次联写梅的姿态，为千古名句，欧阳修说"前世咏梅多矣，未有此句也"，陈与义说"自读西湖处士诗，年年临水看幽姿"，王十朋更说"暗香和月入佳句，压尽千古无诗才"，而姜白石自度咏梅词即以"暗香""疏影"为调名。然而这两句却并非和靖先生自作语，而是化用南唐江为有残句："竹影横斜水清浅，桂香浮动月黄昏。"

江诗分咏竹、桂，措语调声俱佳，只是改用于别的花树也得。林逋改"竹影"为"疏影"，"桂香"为"暗香"，虽不著一梅字，却已具梅花风神。梅有一个特点是瘦（清林佩环"修到人间才子妇，不辞清瘦似梅花"），不比春花之有绿叶陪衬，而是横斜的枝头点缀着淡淡的幽花，故入水只是"疏影"；梅花香味不比春花之浓郁，只能风送时闻，"遥知不是雪，为有暗香来"（王安石）。而清澈的溪水、朦胧的月色，又是清幽的梅花的绝好陪衬。这两句本是天造地设的咏梅好句，一经林逋拈出，原句反而不被人提及。

三联写梅花的魅力，说梅惹人"偷眼""断魂"云云，是把对梅的爱比作对女性的爱。说"霜禽欲下""粉蝶如知"云云，则是把自己对梅的爱转嫁鸟虫。"霜禽"是实写，"粉蝶"则是虚写。"霜""粉"二字出于精心择用，表现出爱梅者恬淡的品格，亦应近于梅。

梅花本身就是一首诗，对梅吟诗，足以使诗人感到生活充满乐趣，无须乎十七八女儿手持红牙板唱歌侑酒——那反而会破坏孤山小园中一尘不染的情趣。诗虽是咏梅，但实际也是诗人不趋荣利、自甘淡泊的思想性格的自我写照。无怪《四库全书总目》说："其诗澄淡高逸，如其为人。"后世也正是从这首咏梅诗认识了一个高蹈的林和靖。

（周啸天）

●梅尧臣（1002—1060），字圣俞，宣州宣城（今属安徽）人。少时应进士不第。历任州县官属。宋仁宗皇祐初赐同进士出身，授国子监直讲，官至尚书都官员外郎。曾预修《唐书》。有《宛陵先生文集》。

◇苏幕遮·草

露堤平，烟墅杳，乱碧萋萋，雨后江天晓。独有庚郎年最少。窣地春袍，嫩色宜相照。　接长亭，迷远道。堪怨王孙，不记归期早。落尽梨花春又了。满地残阳，翠色和烟老。

关于这首词的创作过程乃词坛一段佳话。据宋·吴曾《能改斋漫录》卷十七载："梅圣俞在欧阳公座，有以林逋《草》词'金谷年年，乱生春色谁为主'为美者，圣俞因别为《苏幕遮》一阕云云。欧公击节赏之。"林逋词为《点绛唇》，备受称赞，影响极大，因而挑起了两位大词人的争胜之心，当时欧阳修也同题了一首《少年游》，此共三阕词被王国维称作"咏春草绝调"（《人间词话》）。

前四句写雨后春野、草色，似大全景。"露堤"本意为草堤新露，草之不见，露将焉附？可是诗人却故意将"草"隐去，直接写被晶莹闪烁的露珠所装点的绿色长堤，在晨光中泛着银光。远处原野上的草舍，在缥缈迷蒙的晨霭中若隐若现、似有似无，勾起无限遐思、缕缕乡愁，为后面的情绪作铺垫。"乱碧"，言草色之青翠，"乱"一字点染出嫩草之参差不齐、长势蓬勃，隐藏着无穷的生命力。经过春雨的洗礼，江天澄澈、纤尘不染，满眼嫩绿，一望无涯。就在这样的背景下，庾郎出现了。一说庾郎指南齐美男子庾杲之，字景行。萧沇曾称赞他"若绿水芙蕖，何其丽也"。人们因此而常以庾郎指代荷花，此同。但通常认为，"庾郎"乃庾信，本南朝才俊，"年十五，侍梁东宫讲读"，出使北魏被扣留，后不得已仕于北周。庾信的经历与后面的"年最少"恰相对应，此处借指宦游才子，其实也是诗人自况。"独""最"二字，对庾郎竭尽溢美之词。窣地意为拂地。庾信《哀江南赋》曰："青袍如草，白马如练。"此处以春袍形容如茵草色犹如大地的春袍，同时以物喻人，也是对青年才俊潇洒风度的描绘。北宋官员六、七品服绿，八、九品服青，其服色正与嫩绿的青草相似，正是诗人初入仕时的装扮，倜傥风流、气宇轩昂。宦游人形象的出现，为下阕抒写离愁提供了抒情主体。

以萋萋春草象征离愁别绪，是古代诗歌的审美传统。如王维的"又送王孙去，萋萋满别情"，李煜的"离恨恰如春草，更行更远还生"，不胜枚举。下阕多处借鉴前人诗意或诗境，转而抒写游子春暮思归、厌倦仕途的复杂心情。过片二句化用李白《菩萨蛮》"何处是归程？长亭连短亭"意境。青草在广袤的大地上蓬勃生长，无边的绿色也在无尽地蔓延，直至十里长亭、远方古道。屈原《招隐士》："王孙游兮不归，春草生兮萋萋。"王孙，古代对贵公子的尊称，诗词中指代游子。长亭是游子告别亲朋的场所，此情此景，是情感最脆弱的时候，思乡之情、漂泊之感油然而生。"落尽梨花春又了"化用李贺《河南府试十二月乐词·三月》诗句："曲水飘香去不归，梨花落尽成秋苑。"梨花落尽时候，春色匆匆归去，青春韶华将逝。梅尧臣借渲染残春的迟暮景象以抒写内心时不我与的忧虑，这是一种来自浩瀚时空的、千古不变的忧思。上片之晨露、嫩色与结句之残阳、老烟，时序转眼流逝，物事顷刻更易，词人怎不伤春，怎不嗟老？

　　这首词题为"草"却未见一草字，然而却如无边草色一样，情满大地，无边无涯。梅尧臣将浓浓乡愁、悠悠远思、淡淡伤怀全都寄寓在转眼即逝的春色之中，这正好契合了诗人的一贯主张："状难写之景，如在目前，含不尽之意，见于言外，然后为至。"（欧阳修《六一诗话》）

（秦岭梅）

●欧阳修（1007—1072），字永叔，号醉翁，晚号六一居士，吉州永丰（今属江西）人。天圣八年（1030）进士及第。曾任枢密副使、参知政事。因议新法与王安石不合，退居颍州。谥文忠。曾与宋祁合修《新唐书》，并独撰《新五代史》。有《欧阳文忠公集》《六一词》等。

◇画眉鸟

百啭千声随意移，山花红紫树高低。
始知锁向金笼听，不及林间自在啼。

这是一首传诵很广的小诗，说的是画眉鸟啼声悦耳，所以常被人笼养；然而听了在树林枝头跳来跳去的画眉鸟的婉转歌声，才知道笼中画眉鸟的啼叫有多么不自在。言下之意，推鸟及人（如名缰利锁的束缚），也是一个道理。比如李白、杜甫，一离朝廷，下笔便是杰作。全诗以意为主，写景也服从说理的需要。这种诗在唐人很少见，纯属宋调。大概因为诗中道理、语言都很浅显，所以许多著名的宋诗选不收，但一般读者特别是偏爱生活体验的读者是很喜欢的。

（周啸天）

●王安石（1021—1086），字介甫，晚号半山，抚州临川（今江西抚州）人。宋仁宗庆历二年（1042）进士。嘉祐三年（1058）上万言书，提出变法主张。神宗熙宁二年（1069）任参知政事，行新法。次年拜同中书门下平章事。七年罢相，次年再相，九年再罢相，退居江宁（江苏南京）半山。封舒国公，旋改封荆，世称荆公。卒谥文。有《王临川集》等。

◇梅花

墙角数枝梅，凌寒独自开。

遥知不是雪，为有暗香来。

李璧举古乐府"庭前一树梅，寒多未觉开。只言花似雪，不悟有香来"，谓"荆公略转换，或偶同也"。不管偶同也好，转换也好，王安石这首咏梅是后出转精的。

梅不同于百花，不仅不畏严寒，而且越寒冷越开得繁盛。踏雪寻梅，是一种极富情趣的境界。古乐府一起言寒天见白梅，初未觉花开，是从人的角度写出。而王诗特标"凌寒独自开"，则是从梅的角度写出。这就造成一种境界，一种象征，赋予梅花一种品格。

梅花与雪花，二物同中有异。《千家诗》载宋人卢梅坡诗云"梅须

逊雪三分白，雪却输梅一段香"，为宋调佳句。两诗主角皆是梅，强调在"雪却输梅一段香"。不过古乐府是顺叙中作转折，精彩在末句；王诗是因果倒装，两句精彩，"遥知"云云，令人神往。

本篇大约是王安石退居钟山后所作，罢相之后，当然不像往日那样轰轰烈烈，而有点像墙角之梅，不免冷清；但他仍然坚持个人操守，恬然自安，这又像梅花孤芳自赏，芳香不浓，然自有一种淡淡的幽香。深有寄托，所以就不照搬古乐府。

（周啸天）

◇北陂杏花

一陂春水绕花身，花影妖娆各占春。
纵被春风吹作雪，绝胜南陌碾成尘。

除梅花外，王安石也喜欢杏花——此花色彩素淡，与梅花有相同风致。此诗亦其退居金陵所作。

北陂杏花是池边的花，其特点是临池照水，大有自我欣赏的意味。前两句就紧紧抓住这个特点来写：一池春水绕着杏花，岸上有杏花，水中也有杏花，花身与花影，各饶丰姿。可以想象，如果风吹花落，就会出现空中花与水中花会合于水面的奇观。前两句是就花咏花。

后两句借落花自抒胸臆。这里不免有惜花之意，关键是诗人透过一层，以"纵使"二字宕开一笔，即"退一步说"——北陂的杏花地处僻静，落也是落在水上，落得个"质本洁来还洁去"，所以远比开在南面通衢大道边任人观赏，亦任车马踏成尘土要强。

这里"北陂"似暗指隐居之所，"南陌"似暗指官场，言下隐隐流露出宁可坚持清操、忍受寂寞，也不愿随俗俯仰、和光同尘，亦即"宁为玉碎，不为瓦全"的意思。诗句以"纵"与"绝胜"相勾勒，在自然转折中显示出一种力度，与其所表现坚持操守的执着精神高度契合。

（周啸天）

●苏轼（1037—1101），字子瞻，一字和仲，号东坡居士，眉州眉山（今属四川）人。苏洵子。嘉祐进士。曾上书力言王安石新法之弊，后以作诗"谤讪朝廷"下御史狱，贬黄州。哲宗时任翰林学士，曾出知杭州、颖州，官至礼部尚书。后又贬谪惠州、儋州。历州郡多惠政。卒谥文忠。有《东坡七集》《东坡易传》《东坡书传》《东坡乐府》等。

◇红梅

怕愁贪睡独开迟，自恐冰容不入时。
故作小红桃杏色，尚余孤瘦雪霜姿。
寒心未肯随春态，酒晕无端上玉肌。
诗老不知梅格在，更看绿叶与青枝。

这首《红梅》诗创作于元丰五年（1082），苏轼贬黄州（今湖北省黄冈）团练副使期间。

苏轼爱梅，除这首《红梅》外，仅在黄州就写下了《六年正月二十日，复出东门，仍用前韵》（长与东风约今日，暗香先返玉梅魂）、《和秦太虚梅花》（江头千树春欲暗，竹外一枝斜更好）等咏梅名篇。此外，苏轼一生咏梅甚多，且佳句迭出，如："一夜东风破石裂，半随飞雪渡关山。""何人把酒慰深幽，开自无聊落更愁。""岂惟

幽光留夜色，只恐冷艳排冬温。""纷纷初疑月桂树，耿耿独与参横昏。""去年今日关山路，细雨梅花正断魂。"写出了梅花的风姿、孤高，备受后人称道。

诗人谪居黄州时，刚刚经历了元丰二年（1079）"乌台诗案"的洗礼，对官场险恶、政治黑暗有了深切体会。生死一劫后，苏轼心境大变，心灰意冷之余日趋恬淡。因生活困顿，常带领家人开垦荒地，躬耕以求自足。取别号"东坡居士"便在此时。这首《红梅》诗之妙处便在于，诗人不仅写出了红梅的神态、颜色，而且展示了红梅的内在品格、性情，其实也正是当时苏轼心境的折射。

红梅盛开时节当在冬末，或在初春，群芳寂寞，红梅一枝怒放，所以诗人说"独开迟"。然而，迟开的原因何在呢？是由于"贪睡"，贪睡的原因又在于"怕愁"，而发"愁"的根源便是因为"自恐冰容不入时"。"不入时",亦即"不合时宜",这亦是苏轼的典型人格。东坡小妾朝云曾指着苏大学士的肚子说:"学士一肚皮不合时宜。"被苏轼引以为知己。说红梅不入时,其实是叹诗人不合时宜。拟人化的表现手法,写出了诗人性情之孤傲、正直,以及洁身自好、不与世沉浮的高贵品格,但也流露出内心世界的孤寂,不为世人理解的痛苦。

"寒心未肯随春态,酒晕无端上玉肌。"诗人进一步借红梅的一点"脂粉色",抒发内心的委屈、无奈和苦闷。越是想把自己打扮得如桃杏一般,结果发现,深植于骨子里的孤瘦和冰雪之质竟愈加难以掩饰。红梅的那一抹淡红,只不过是酒醉后"无端"漾起的红晕而已。"高情已逐晓云空,不与梨花同梦。"(苏轼《西江月》)玉洁冰清才是红梅的真性情和真品格。

至此,诗人突然回想起石曼卿的《红梅》诗:"认桃无绿叶,辨杏有青枝。"石曼卿将红梅与桃李进行比较,认为两者的区别只在于青枝绿叶的有无,这种肤浅的写法受到了苏轼的批评——"诗老不知梅格在"。元丰三年,苏轼闲暇时教小儿子苏过写诗,曾以石曼卿此《红梅》诗句为例展开评述,认为曼卿写物专求其形而舍其神,"此至陋语,盖村学中体也。"苏轼的《红梅》诗,虽然也写形貌——冰容、玉肌、雪霜姿,但他更抓住了"梅格"——"孤瘦""寒心",刻画出了红梅的内在神韵和气质,因而对"诗老"石曼卿的批评也是极为中肯的。

(秦岭梅)

◇水龙吟·次韵章质夫杨花词

似花还似非花，也无人惜从教坠。抛家傍路，思量却是，无情有思。萦损柔肠，困酣娇眼，欲开还闭。梦随风万里，寻郎去处，又还被、莺呼起。　　不恨此花飞尽，恨西园、落红难缀。晓来雨过，遗踪何在？一池萍碎。春色三分，二分尘土，一分流水。细看来，不是杨花，点点是离人泪。

这是一首唱和词，题为《杨花》实写闺怨，是苏轼极具代表性的"婉约"一派佳作。时约元祐二年（1087），苏轼与章质夫在汴梁同朝做官。所谓次韵，比和韵更难，不仅步原作韵，且次序相同，因而写作难度极大，少有人为之。然而，也是如此，《水龙吟》充分展示了苏轼作为一代诗词巨擘的卓越才华。

杨花即柳絮，乃杨柳之果实，因呈絮状，随风飞舞，古人误以为花。苏轼抓住柳絮这一独有的特性说杨花"似花还似非花"，故而不被人怜惜、重视，任其飘落，坠落路旁，像一位身世飘零、抛家别妇的游子。杨花牵人情怀，"落絮游丝亦有情"（杜甫《白丝行》），因而苏轼曰"无情有思"。然而，杨花懂得"思量"么？其实，无情也好，有思也罢，都是人赋予杨花的，这个人就是"思妇"，即下片中的"离人"。思妇由纷飞的杨花想到春尽，想到不知在何处漂泊的情郎；又由春尽，想到青春将逝、情郎不归，不禁"萦损柔肠，困酣娇眼，欲开还闭"。思量得倦了，想郎想得伤心了，迷惘中思妇恍惚入梦，"随风万里，寻郎去处"。然而可气的是，一阵莺啼搅了梦境，令人懊恼。此处，显然是化用金昌绪《春怨》"打起黄莺儿，莫教枝上啼。啼时惊妾梦，不得到辽西"之诗意。至此，"闺怨"的主题已再明白不过了。同时，也为下片情感的进一步展开、递进作了铺垫。

杨花与春花同妍谢。春花烂漫时，它粉妆玉琢一般；落红满地时候，它却漫如飞絮。然而，杨花似花非花，没有人在乎它"飞尽"，因而不起眼，也不招人恨，人们转而去"恨西园、落红难缀"。其实，说不恨是怨词，解得杨花的人不正在为杨花的"无情有思"而伤怀吗？此处苏轼有一小注："杨花落水为浮萍，验之信然。"一阵新雨过后，杨花化为一池碎萍，人们已经见不到杨花的身影了，只能寻觅它的遗踪，离奇的想象也算是一种交代和安慰。

张炎评曰："后段愈出愈奇。"细细品味，尤数结尾处收束绝妙。章质夫词描写柳絮的形态栩栩如生，如"傍珠帘散漫，垂垂欲下，依前被风扶起"等句堪称高妙。为避其锋芒，作为大手笔的苏轼在词作中并没有对杨花展开过多的描绘。然而，不写则已，一写遂名垂千古，无人企及。"春色三分，二分尘土，一分流水。"苏轼以数字入词，独具才情。如果杨花占有三分春色，此时春残，便有二分随落絮飘向大地，变作尘土，还有一分飞入流水，化为漂萍。特别是煞拍："细看来，不是杨花，点点是离人泪。"令人叫绝。还有比这样的比拟更熨帖、更精当的吗？究竟是杨花融化成离人的眼泪，还是离人的眼泪化为飞絮随风而去？一切已经浑然莫辨。所以苏轼肯定地说："不是杨花。"

整首词正如沈谦所评说："幽怨缠绵，直是言情，非复赋物。"无怪乎后人对《杨花词》推崇备至，赞其曰："遗貌取神，压倒古今。"（唐圭璋《唐宋词简释》）

（秦岭梅）

●黄庭坚（1045—1105），字鲁直，自号山谷道人，晚号涪翁，洪州分宁（今江西修水）人。"苏门四学士"之一。治平进士。哲宗时以校书郎为《神宗实录》检讨官，迁著作佐郎，以修史"多诬"遭贬。有《山谷集》《山谷琴趣外篇》等。

◇王充道送水仙花

凌波仙子生尘袜，水上轻盈步微月。
是谁招此断肠魂？种作寒花寄愁绝。
含香体素欲倾城，山矾是弟梅是兄。
坐对真成被花恼，出门一笑大江横。

　　这首咏花诗，原题较长，作"王充道送水仙花五十枝，欣然会心，为之作咏"。时乞知太平州（安徽当涂），在荆州（江陵）沙市候命。

　　水仙之为花，是放在盆中与水石同供，冬日开花，白花黄心，有金盏银台之称，为花中清品。以洛神喻花，盖洛神正是一水仙也，据《洛神赋》形容是"凌波微步，罗袜生尘"，诗将水仙人格化，且置于水上月下。谓其步态"轻盈"，形象极为可人。

　　次联"断肠魂"指洛神，洛神是位失恋女神，故云。论者或认为是说诗人自己，大误。招芳魂而种作寒花，花亦带愁绝之态，是山谷妙

想，也说明水仙花形态是楚楚可怜，容易引人感伤的，这就为下文"独坐真成被花恼"伏笔。

三联上句形容水仙姿态绰约美好，下句则凿空乱道，和梅花、郑花（山谷改题花名为山矾）大攀其兄弟关系，不免感觉有点滑稽。然而有意无意将别的名花派为男性，意言唯独水仙才配为女性。这使人想到贾宝玉那句傻得可爱的名言"女儿家都是清水骨肉"——水仙就正是清水骨肉！正是好一个林妹妹！

本来"人世难逢开口笑"，而与姿态愁绝、小性儿的"林妹妹"坐对，就是贾宝玉也不免有恼的时候，何况是黄庭坚这个老头！难怪他要暂时回避一下——"出门一笑大江横"。人窝在家里不开怀的时候，最好的办法是离家出走，面对广阔天地如大江如草原如大山，保你能开颜一笑的。

诗的最后一句出其不意，简直与咏花不沾边。宋陈长方《步里客谈》说杜诗《缚鸡行》（此诗直开宋调）末尾从"鸡虫得失无了时"，突然断句旁入——"注目寒江倚山阁"，即不了了之，最为警策，为山谷所本。此说对认识黄诗的渊源关系和表现特色是有帮助的。

最后需要说明的是，这个结尾并不是否定水仙花，相反，诗人对朋友送来五十枝水仙是欣然受之，不过写诗要借题发挥一下罢了。换言之，尽管水仙之花品不类作者之人品，但作者对水仙的欣赏怜爱之意是洋溢于笔墨之间的。

（周啸天）

◇虞美人·宜州见梅作

天涯也有江南信，梅破知春近。夜阑风细得香迟，不道晓来开遍向南枝。　　玉台弄粉花应妒，飘到眉心住。平生个里愿杯深，去国十年老尽少年心。

徽宗崇宁二年（1103），黄庭坚因写过一篇《承天院塔记》，被人诬为"幸灾谤国"，被除名羁管宜州（今广西宜州市）。他冬天从鄂州起程，次年五六月始达宜州贬所。此词即作于崇宁三年的冬天。当时作者已是六十岁的老人了。

宜州近海南，去京数千里，说是"天涯"不算夸张。到贬所居然能看到江南常见的梅花，作者很诧异："天涯也有江南信，梅破知春近。""梅破知春"，这不仅是以江南梅花多在冬末春初开放，意谓春天来临；而且是侧重于地域的联想，意味着"天涯"也无法隔断"江南"与我的联系（作者为江西修水人，地即属江南）。"也有"——居然也有，是始料未及、喜出望外的口吻，显见环境比预料的好。"也"字用法，与作者初贬黔州时作《定风波》"及至重阳天也霁"的"也"字同妙。表现出一种豁达乐观的情怀。

紧接二句则由"梅破"——含苞欲放，写到梅开。梅花开得那样早，那样突然，夜深时嗅到一阵暗香，没能想到什么缘故，及至"晓来"才发现向阳的枝头已开繁了。"开遍"仅限于"向南枝"，故不失为早梅，令人感到新鲜、喜悦。"得香"在"夜阑（其时声息俱绝，暗香易闻）风细（恰好传递清香）"的时候，不及想到，是由于"得香迟"的缘故。此处用笔细致。如果说"也有"表现出一次意外（居然有梅），"不道"则表现出又一次意外（梅开何早），作者惊喜不迭之情，溢于言表。

于是这个天涯待罪的垂老之人，已满怀江南之春心。一个久已忘却的关于梅花的浪漫故事，不期然而然地回到记忆中来了。《太平御览·时序部》引《杂五行书》："宋武帝女寿阳公主人日卧于含章殿檐下。梅花落公主额上，成五出花，拂之不去。"这就是"玉台弄粉花应妒，飘到眉心住"的典故由来。多少诗人词客用它，但此词用来却有独特意味。由此表现出一个被贬的老人观梅以致忘怀得失的心情，暗伏下文"少年心"三字。想起故事的人，自己进入了角色，体味到那以梅试妆的少女娇羞喜悦的心情。这是何等浪漫的情味！所以，此处用事之妙不仅是切题而已。

从绍圣元年（1094）初次贬谪算起，到此已经整整十年，是多么不平静的十年。作者并不能一味浪漫，纯然超脱，他必须正视这个现实，虽则是无情的现实。想到往日赏梅，对着如此美景（"个里"，此中，这样的情景中），总想把酒喝个够；但现在不同了，经过十年的贬谪，宦海沉浮之后，不复有少年的兴致了。结尾在词情上是一大兜转，"老"加上"尽"的程度副词，更使拗折而出的郁愤之情得到充分表现。用"愿杯深"来代言兴致好，亦形象有味。

词通过梅花，把天涯与江南、垂老与少年、去国十年与平生做了一个令人不知不觉的对比，有力表现出作者对当局横加的政治迫害的不满，有不胜今昔之慨。另一方面，作品又表现出天涯见梅的喜悦，旧梦重温的欣慰，使得这首抒愤之作饶有兴味，而无消沉之感。

（周啸天）

●陈与义（1090—1139），字去非，号简斋，宋洛阳（今属河南）人。与黄庭坚、陈师道并列江西诗派三宗。有《简斋集》。

◇春寒

二月巴陵日日风，春寒未了怯园公。

海棠不惜胭脂色，独立蒙蒙细雨中。

此诗在高宗建炎三年（1129）作于巴陵（今湖南岳阳市），时城中刚发生过大火，火后作者借居郡守王某后园君子亭居住，自号园公。诗咏园中海棠。

巴陵背江朝湖，是多风的地带，早春二月时春寒料峭，冷风尤甚。前二先写早春二月的气候，"怯"即怯春寒也。

后二咏海棠。海棠为落叶灌木或乔木，《瓶史·月表》列为二月花盟主第一（其余为玉兰、绯桃），花朵簇生娇美，未放时呈深红色，开放后呈粉红色或白色，品种甚多，有垂丝海棠、铁脚海棠等。本诗关键在于将海棠花置于寒风细雨中，同时予以人格化，就显得出色了。首先，海棠为花，特宜细雨，尤宜春寒（杨万里"晚寒政与花为地"），带雨的海棠，因而也特别动人。作者咏海棠诗颇多，另一首写道："欲识此花奇绝处，明朝有雨试重来。"写出了雨就写出了海棠的特性。

　　诗言"不惜胭脂色"，是怯寒怕雨的"园公"有所不知，亦正意反说也。一位淡施脂粉的美女站在细雨之中，全然不顾、根本不觉风雨的存在，容易给人心事重重的印象。更有人说此诗写出了一种不畏风寒的政治品格。读者固不妨以意逆志，却不必是诗人本意。

（周啸天）

●周邦彦（1056—1121），字美成，号清真居士，钱塘（今浙江杭州）人。宋元丰初，为太学生，以献《汴都赋》为神宗所赏识，命为太学正。后任庐州（今安徽合肥）教授、溧水县令。徽宗时，提举大晟府。有《清真居士集》，已佚，今存《片玉词》。

◇六丑·蔷薇谢后作

正单衣试酒，恨客里、光阴虚掷。愿春暂留，春归如过翼，一去无迹。为问花何在？夜来风雨，葬楚宫倾国。钗钿堕处遗香泽，乱点桃蹊，轻翻柳陌。多情为谁追惜？但蜂媒蝶使，时叩窗隔。　　东园岑寂，渐蒙笼暗碧。静绕珍丛底，成叹息。长条故惹行客。似牵衣待话，别情无极。残英小、强簪巾帻。终不似、一朵钗头颤袅，向人欹侧。漂流处，莫趁潮汐。恐断红、尚有相思字，何由见得！

咏蔷薇，《六丑》为周邦彦的自度曲，据说曲犯六调，声美而难歌，名义取自"高阳氏有子六人才而丑"（吴衡照《莲子居词话》）。此词写作者错过了蔷薇花期的惜花心情，也是一首葬花词。

上片写春归花谢。盖蔷薇春末开花，初夏凋落。开头就是一去声的

"正"字领起三句，"单衣""试酒"（《武林旧事》记四月初酒库呈样尝酒）皆切合初夏季节，其中插入一个去声的"恨"字领两句，表明自己辜负了一个春天，至于为什么则没说。接着一个去声的"愿"字又领三句，紧承"光阴虚掷"而来，写春去之势已无可逆转。词人这个春天错过了花期，没有能欣赏到盛开的蔷薇。周济评这几句是"千回百折，千锤百炼"，具体讲即：不是留，而是"暂留"，而暂留也不得；春不但去了，而且飞一样去了，而且不留痕迹地去了。意思有好几层。

　　"为问家何在"一句提挈，是问春、问蔷薇，由此带出六句作一喻，将凋谢的蔷薇比作夭折的楚宫美人，将零乱的花片比作她散乱委地的首饰（白居易《长恨歌》"花钿委地无人收，翠翘金雀玉搔头"、徐夤《蔷薇》"晚风飘处似遗钿"、刘禹锡《踏歌词》"桃蹊柳陌好经过"皆语意之所本）。"乱点"形象，"轻翻"紧扣蔷薇花片，更形象。"多情谁为追惜"三句，表面上是说只有爱花成性的蜂蝶在叩着窗儿哭花，实际上是说落花之惜、同予者何人，所谓"侬今葬花人笑痴"也。

　　下片写东园吊花，又生出许多想象。"东园岑寂"四句，写迟到的惋惜，令人想起《金缕衣》忠告的"莫待无花空折枝"。"长条故惹行客"三句，即从空枝着想，从蔷薇枝条带刺着想，翻无情作有情，长条牵衣是拟人，待话亦是拟人。落花的多情，间接表现着词人自己的多情。"残英小"四句，写强簪残花。残花不比鲜花，只是慰情聊胜于无耳。"漂零处"以下到篇终，更就随水漂流的落花联想到红叶题诗的故事（见《云溪友议》），移花换叶，深恐落花有意，而流水无情，语痴而妙。

　　任何葬花词都不会只局限于惜花，其中应包含着作者自己的人生体验。此词恐不只是"自叹年老远宦，意境落寞"（《蓼园词选》），其中或有悼亡之意也难说。就花写花，哪得有此沉痛！此词形象饱满，写得浑厚典雅，珠圆玉润。毛先舒说长调当如娇女步春，一步一态（《古今词论》引），此词尤其是下片，深得个中之妙。故一向被推为周词代表作。

（周啸天）

◇兰陵王·柳

柳阴直，烟里丝丝弄碧。隋堤上、曾见几番，拂水飘绵送行色？登临望故国。谁识，京华倦客？长亭路、年去岁来，应折柔条过千尺。　　闲寻旧踪迹。又酒趁哀弦，灯照离席。梨花榆火催寒食。愁一箭风快，半篙波暖，回头迢递便数驿，望人在天北。　　凄恻，恨堆积。渐别浦萦回，津堠岑寂。斜阳冉冉春无极。念月榭携手，露桥闻笛。沉思前事，似梦里，泪暗滴。

咏柳以别汴京之作。词题为"柳"，便寓别情。汴河隋堤两岸，柳树成行，柳丝飘拂，柳绵乱飞，古今多少人折柳送客，而今轮到送自己。京华冠盖云集，既让人厌倦，又让人难舍。

行前各处走了走，行期很快就到了，在寒食前夕，设宴饯别。席间曲奏阳关、灯烛闪烁的情景，令人难以忘怀。照理说赶路越快越好，却愁一箭风快，回头之间，便过数驿，原来"美人如花隔云端"呀。

行渐远，恨堆积，一路说不尽的迂回寂寞。夕阳无限好，春天还没完，好叫人又想起月榭携手，露桥闻笛，种种前事来。想着想着，泪水上来了，只好背着人偷偷地滴了。

既然离别是如此痛苦，又不能留，必有不得已的理由。难怪宋人传说这首词是作者与李师师相好，得罪了宋徽宗，被逐出都门，与李师师告别之作。

（周啸天）

◇水龙吟·梨花

　　素肌应怯余寒，艳阳占立青芜地。樊川照日，灵关遮路，残红敛避。传火楼台，妒花风雨，长门深闭。亚帘栊半湿，一枝在手，偏勾引、黄昏泪。　　别有风前月底。布繁英，满园歌吹。朱铅退尽，潘妃却酒，昭君乍起。雪浪翻空，粉裳缟夜，不成春意。恨玉容不见，琼英谩好，与何人比？

赞梨花，多叹其颜色雪白。李白曰："梨花白雪香。"（《宫中行乐词》）岑参反以梨花比雪花："忽如一夜春风来，千树万树梨花开。"周邦彦称之"素肌"，比作玉肌冰容的美人，落笔即将梨花拟人化。因梨花开在晚春时节，草长花谢，当是春光明媚、芳草萋萋时候，故曰"应怯余寒"。"青芜地"化用温庭筠《春江花月夜》"花庭忽作青芜国"诗句以形容青草丰茂，大地一片碧绿。这是梨花盛开的大背

景，景象开阔。樊川，汉武帝时长安附近一处梨园；灵关，古山名，以梨花著称。《汉书·地理志》称在越巂郡，即今四川越西。"樊川照日，灵关遮路，残红敛避。"描写樊川园、灵关山，梨花盛开，满山遍野，残败的春花皆敛起花容，退避三舍，不能与梨花争胜。接下来又连引三个诗词、掌故对梨花进行刻画，营造出凄婉幽怨的意境。"传火楼台"出自韩翃《寒食》诗："日暮汉宫传蜡烛，轻烟散入五侯家。"唐代风俗，寒食节（清明节前一二日）不举火，故清明日皇帝取榆柳之火赐近臣，此言梨花开放的时间为清明前后；"妒花风雨"语出杜甫诗句"春寒细雨出疏篱""风妒红花却倒吹"，借以渲染花开时的环境氛围；"长门深闭"引用汉武帝皇后陈阿娇失宠后幽居长门宫旧事，衬托梨花凄冷的心境。上片末引用白居易诗"闲折两枝在手"，及薛昭蕴诗

"偏能钩引泪阑干"诗意，以情语结。抒情主人公姗姗来迟，也许是诗人自己，也可能是与诗人心境相似的多情佳人。一枝梨花，携春雨而至，花枝沾湿，轻压帘栊，纵是手折一枝，也是一手凄清与哀怨，了无春意，空招惹满怀愁绪，一掬黄昏泪潸然而下。

下片以"别有"开头，一语转捩，情思飞至唐宫。"别有风前月底。布繁英，满园歌吹。"忆玄宗旧事。李隆基被奉为中国戏剧的祖师爷，聚子弟于梨园，习练歌舞戏曲，成为千古佳话，梨园也成为戏剧的代称。想当年丝竹管弦，余音绕梁；梨花漫天，香雪迷人，是何等的风流快活。继而，再起跌宕，写"朱铅退尽"，且引用美人掌故极写梨花之素洁与恬淡。朱铅，红色化妆品。潘妃，南齐东昏侯宠妃，以洁美称。潘妃为保持玉颜不改，曾却酒不饮。王昭君为汉代美人，元帝时北上匈奴和亲，任两代阏氏。此昭君指琴曲《昭君歌》，有词曰："梨叶萋萋。"此以昭君之美貌、音乐之优美来比拟梨花之素净与雅洁。值得注意的是，"雪浪翻空，粉裳缟夜，不成春意"乃另起一端写李花，与梨花相比。韩愈《李花赠张十一署》云："风揉雨练雪羞比，波涛翻空杳无涘。"王安石《寄蔡氏女子》曰："积李兮缟夜，崇桃兮炫昼。"李花虽如铺天盖地而来的雪浪，又如浑身粉妆缟衣的佳丽，但依旧"不成春意"，不足以比梨花。煞拍犹显凄切清空，一个"恨"字道出万千滋味。白乐天《长恨歌》以"玉容寂寞泪阑干，梨花一枝春带雨"比喻杨贵妃容颜。然，贵妃早已在"马嵬坡下泥土中"了，玉容不见，犹言梨花随春而去，无踪可寻，不由得黯然神伤。琼英，指雪花，雪别称"玉妃"。此一语双关，指雪，也指人。冬去春来，时过境迁，梨花落尽，玉人已逝，雪花徒然漫天飞舞，又跟谁去比看呢？言外之意曰：梨花之洁白、素雅，天下无可企及！

此《水龙吟》纯为体物之作，不涉个人情怀，但笔力雄健，词境恢宏，仍然受到后世的推重。全篇用典甚繁，几乎句句不落空，但却不觉冗余，倒也融通、自然，亦属不易。

（秦岭梅）

●周知微（生卒年不详），字明老，吴兴（今浙江湖州）人，哲宗绍圣四年（1097）进士。晋州县尉。

◇浮萍

小屇浮青水拍堤，堤边草色更相宜。

一番谷雨晚晴后，万点杨花春尽时。

解与曲池藏宝鉴，不教新月妒蛾眉。

怪来别岸波光阔，知是渔郎艇子移。

诗咏浮萍，先给浮萍一个"特写"——"小屇浮青"，就像"巧笑倩兮，美目盼兮"的美人脸上的小酒窝。这一比拟，虽不能说酷似，然而却称得上是神似，写出了浮萍的风韵、活力和可爱。然后，诗人将"画卷"缓缓展开，先是浮萍生长的水面、堤岸，继而是无边草色尽收眼底。离离原上草，无边无涯，与天相接。这种美，是博大的、静谧的、悠远的、深沉的。然而，在大自然静态的春色中，诗人却又特意用"水拍堤"这一小场景来加以"破坏"。轻风乍起，吹皱一池春水，水波拍打堤岸，动静结合，饶有情味。浮萍亦称紫萍、水萍，浮生池塘、河渠，生长速度极快，生命力十分旺盛，朝夕之间便可覆盖水面。在此，诗人并没有直写浮萍的颜色、生长丰茂，而是用与草色"更相宜"

来巧妙地加以注释。一个"更"字，说明浮萍比青草更盛、比草色更绿。总之，读者初次见到的浮萍是置身于大自然的怀抱中，与春天的碧绿浑然一体的，让人耳目一新，也令人精神振奋。

谷雨是中国的二十四节气之一，在每年的四月二十日前后，谷雨之后便是立夏。"一番谷雨晚晴后"预示着春天的结束，然而，这个时候也正是浮萍最理想的生长时节。"万点杨花春尽时"，诗人直接用杨花写"春尽"，一语道破，毫不遮掩，却并未令人感到情绪有任何的转折和改变，写得轻松而自然，这与诗人的心境和构思自有关联。杨花即柳絮，古人误以为是杨柳开出的小花，其实是种子，上有白色绒毛，随风飞舞，故称。至于浮萍，古人认为乃柳絮入水所化。在古代诗词中杨花、浮萍时常像一对孪生姐妹一样相依相携出现。苏轼云："晓来雨过，遗踪何在，一池萍碎。"又曰："杨花落水为浮萍，验之信然。"（《水龙吟·次韵章质夫杨花词》自注）至于苏轼是怎么验的，又如何深信不疑，我们没有必要用现代科学去进行探究，即使要做，也是植物学家的事情。作为艺术，作为诗歌，我们信又何妨。用科学的真伪去评判诗语中的奇思妙想，是极其迂腐的。万点杨花已尽，只不过是生命形式的一种转化，眼前的这一池浮萍不就是杨花的身影和魂魄吗？多么奇妙，多么美好，多么令人欣喜！你看，长势繁茂的浮萍已将昔日明净如鉴的水面密密麻麻地覆盖起来了，它这样做，是让初升的新月照不见影子，以免嫉妒人间女子的美貌。这里，诗人非常巧妙地运用了貂蝉的掌故。传说中国四大美女之一的貂蝉在后花园拜月时，明月为她的美貌感到羞愧，赶紧让轻风吹来一块浮云，遮住容颜，貂蝉因此有"闭月"之美称。此处浮萍的善解"月"意，表达了人与自然的和谐之美。

"怪来别岸波光阔，知是渔郎艇子移。"突然，寂静的美丽再一次被惊起的波澜打破，这不得不让人感到奇怪、诧异。霎时浮萍散去，波光粼粼，却原来是渔郎驾着小舟悠然而来。前面有了蛾眉，自然就得有少年。渔郎是否很帅？除去捕鱼，是否还会与蛾眉有什么瓜葛？一切令人遐思，奇妙无比。

正因为浮萍是杨花的"灵魂"，或者说是杨花的"转世"，因而，它是"春天奏鸣曲"的最后乐章，在文人墨客的笔下常常是令人感伤的、让人销魂的。如："山河破碎风飘絮，身世浮沉雨打萍。"（文天祥《过零丁洋》）"中流抚身世，万里一浮萍。"（黄子云《大洋》）然而，在周知微的诗句中，我们却没有读出一丝的身世浮沉之感，也没有一点伤怀落寞之意。在我们眼前呈现的，是美人的笑靥，是无边的绿色，是新月蛾眉、渔舟少年，从中感悟到的是生命的可爱、春天的美丽、自然的奇妙，甚至还有被美人、渔郎所唤起的摇荡的春心，以及对青春、爱情的向往与讴歌。总之，此篇最突出的特点就是"新"——构思新、境界新、情感新、意象新。

（秦岭梅）

———

●晁冲之（生卒年不详），字叔用，济州巨野（今属山东）人，晁补之为其从弟。授承务郎。师从陈师道。绍圣间隐居具茨山（在今河南禹州）下，徽宗时屡荐不起。有《具茨晁先生诗集》。

◇汉宫春·梅

潇洒江梅，向竹梢稀处，横两三枝。东君也不爱惜，雪压风欺。无情燕子，怕春寒、轻失花期。惟是有、南来归雁，年年长见开时。　　清浅小溪如练，问玉堂何似，茅舍疏篱？伤心故人去后，冷落新诗。微云淡月，对孤芳、分付他谁。空自倚、清香未减，风流不在人知。

咏梅，词虽长调，其寄意却单纯，只就梅之品性孤高与环境冷落两方面反复写来，其情自深。

首句"潇洒"二字状梅品的清高，概尽全篇。"江梅"可见是野梅。又以修竹陪衬写出。盖竹之为物有虚心、有劲节，与梅一向被称为岁寒之友。"向竹梢稀处，横两三枝"，极写梅孤洁瘦淡。芳洁固然堪赏，孤瘦则似须扶持，以下二句就势写梅之不得于春神，更为有力："东君也不爱惜，雪压风欺。"梅花是凌寒而开，其蕊寒香冷，不仅与蜂蝶无缘，连候燕也似乎"怕春寒、轻失花期"。因燕子在仲春社日归来，其时梅的花时已过，故云。一言"东君不爱惜"，再言燕子"无情"，是双倍的遗憾。"惟是有"一转，说毕竟还有"南来归雁，年年长见开时"，其词若自慰，其实无非憾意，从"惟是有"的限制语中不难会出。同一意念，妙在说来富于变化。同时，这几句词笔挥洒而思路活泼，盖"燕雁与梅不相关，而挽入，故见笔力"（《独醒杂志》卷四）。

林逋咏梅名句云："疏影横斜水清浅，暗香浮动月黄昏。"（《山园小梅》）下片则化用以写在野的"江梅"的风流与冷落。唐人咏梅诗云："白玉堂前一树梅，今朝忽见数花开。儿家门户重重闭，春色因何入得来。"（蒋维翰《春女怨》）这是"玉堂"所本。过变三句言"清浅小溪如练"，梅枝疏影横斜，自成风景，虽在村野（"茅舍疏篱"），似胜于白玉堂前。以问句提唱，紧接又一叹："伤心故人去后，冷落新诗。""故人"即指林逋，此谓"梅妻鹤子"的诗人逝后，梅就失去了知音，"疏影横斜"之诗竟成绝响。即有"微云淡月"、暗香浮动，又有谁赏？（分付他谁？）不过"孤芳"自赏而已。仍以问意提唱，启发末二句，言孤芳自赏就孤芳自赏罢："清香未减，风流不在人知。"这里"空自倚"三字回应篇首，暗用杜甫"天寒翠袖薄，日暮倚修竹"（《佳人》）句意，将梅拟人化，意味自深。

此词风格疏淡隽永。原因是多方面的，首先是词中梅的形象给人以清高拔俗的感觉。为了塑造这样一个形象，作者选择了"潇洒""稀""清浅""冷落""微""淡"等一系列色淡神寒的字词，刻画梅与周围环境，俨如一幅水墨画，其勾勒梅花骨骼精神尤高。与此相应，全词句格也舒缓纤徐，往往几句（通常是一韵）才一意，结构上也没有大的起落，这就造成一种清疏淡永之致，毫无急促寒窘之态了。

（周啸天）

●万俟咏（生卒年不详），字雅言，自号词隐、大梁词隐。终生不第。能自度新声，崇宁中，充大晟府制撰，与田为等人按月律进词。有《大声集》。

◇长相思二首

雨

一声声，一更更。窗外芭蕉窗里灯，此时无限情。梦难成，恨难平。不道愁人不喜听，空阶滴到明。

咏雨，通篇不出"雨"字，而全是夜雨之声。"一声声"见雨之稠密，"一更更"见雨不断绝，而失眠者侧耳倾听，长夜难熬的意态就暗示出来了。"窗外芭蕉"因雨击声而显其存在，又写出雨声之响亮呼应"声声"字；"窗里灯"点"夜"，体现"更更"意。写"灯"写"芭蕉"，俱是写雨之影响。"此时无限情"便因雨而兴发了。

"梦难成"，是因为风雨助人凄凉；平生心事，一时百端交集，故觉"恨难平"。"愁人"喜听也罢，"不喜听"也罢，雨只不管，下个不停。"空阶滴到明"，则愁人一夜没有合眼可知。阶无人曰"空"，强调空，也是突出离人寂寞孤苦之感。末句回应篇首，"一更更"的延续，终至天明。一气呵成。

　　此词使人联想到晚唐温庭筠的《更漏子》。那首名词章前半部分写画堂不眠的女子，后半部分写夜雨："梧桐树，三更雨，不道离情正苦。一叶叶，一声声，空阶滴到明。"万俟咏此篇则敷衍其末三句，专力写雨，而"愁人"之情见于言外；温词之雨明写（"三更雨"），此词之雨则不点明。它可谓得温词神韵而形象更集中，境界益窄而更见深刻含蓄。

山驿

　　短长亭，古今情。楼外凉蟾一晕生，雨余秋更清。暮云平，暮山横。几叶秋声和雁声，行人不要听。

　　咏山驿，写羁旅之思，亦全于景物描写见之。"短长亭"，是古人送别的处所（"十里五里，长亭短亭"），这句写山驿望中所见，兼含旅思。"古今情"则是由此而产生的深远联想。两个短句，一偏于行程——空间，一偏于时间，想象纵横驰骋，使其感情色彩增强而意境加厚。三句扫开"情"字而客观写景："楼外凉蟾一晕生。"造句其妙：楼带新月一痕，其景如画；用"蟾"而不用"月""兔"字，不仅平仄妥帖，而且因蟾蜍之为物喜湿而体冷，更能表现"凉"意，"凉"字又暗示了行人触景所生的感情，黄蓼园说此句"仍带古今情之意"，可谓善于体会；月"晕"是"雨余"景象，又是风起的征兆（"月晕而风"），故此句近启"雨余秋更清"一句，远兴"几叶秋声"一句。

　　过片"暮云平，暮山横"，从构图说，"平"与"横"方向一致，则秋景空阔而单调可知，全是萧瑟之感。加之叶声与雁声，而更添凄清。如此苦情，末句却轻淡地道一句："行人不要听"。此即"愁人不喜听"意，是主观愿望，然而造物无情，它是"不道愁人不喜听"的，所以叶声仍然历乱而雁声仍旧凄厉。"不要听"而不得不听，不发听后之感而只道"不要听"，真令人觉其"含无限惋恻"（《蓼园词选》评）。

这两首词有一个共同特点，即"语弥淡，情弥苦"。这与作者善于造境、写景有关，更与他善于运用音韵之因素有关。《长相思》以三字骈句起唱，句句入韵，双调不换头，本具铿锵而回环往复之韵调。作者在选调上既有推敲，更有意运用叠字（依次是"声""更""窗""难""不""暮""声"字叠用，在句中部位则各个不同），增加唱叹的效果。特别是写雨的一首运用更密，"声声""更更"叠字对起，又兼有像雨声之妙。

（周啸天）

●周紫芝（1082—?），字少隐，自号竹坡居士，宣城（今属安徽）人。绍兴中进士。历官枢密院编修、右司员外郎、知兴国军。有《太仓稊米集》《竹坡诗话》《竹坡词》。

◇禽言四首

婆饼焦

云穰穰，麦穗黄，婆饼欲焦新麦香。今年麦熟不敢尝。斗量车载倾囷仓，化作三军马上粮。

"禽言"是一种诗歌类型，指模仿鸟的叫声，或依据鸟名（亦从叫声得名），加以发挥的抒情诗。唐人偶有所作，宋人作者颇多（如梅圣俞、苏轼等），间涉游戏笔墨。而此诗作者生活在北宋后期，目睹国家内忧外患，农民无复生意。他就把现实性极强的内容，纳入这种歌谣风味的诗体，深入浅出，推陈出新，遂高于前人同类之作。

"婆饼焦"这种鸟儿活跃在麦收季节。其时"丁壮在南冈"，而妇人在家烙饼，这鸟叫就像提醒人们"婆饼欲焦"。在古诗中，常将待割的熟麦比作"黄云"。故此首起二句即云："云穰穰（丰盛貌），麦穗黄。"翻腾的麦浪，有如风起云涌，丰收的景象中流露出农人的喜悦。这是打麦的季节，是烙饼的季节。"新麦"比陈麦可口，"欲焦"未焦

的新麦烙饼更是清香扑鼻。"婆饼欲焦新麦香"直写出难以描摹的气息,几使读者垂涎。同时,它兼有欲夺故予的艺术功用。正是在这样美滋滋的诗句之后,"今年新麦不敢尝"一句才特别令人失望。为什么不敢尝?"斗量车载倾囷仓,化作三军马上粮。"盖宋时军费开销极大,负担转嫁于平民。所以尽管是"斗量车载"的丰年,农人仍不免饥寒。在口中粮化作军粮的同时,丰收的喜悦也就化为乌有。"不敢尝""化作"(军粮),用字巧妙,而其包含的控诉力量是极沉重的。

提壶卢

提壶卢,树头劝酒声相呼,劝人沽酒无处沽。太岁何年当在酉,敲门问浆还得酒。田中禾穗处处黄,瓮头新绿家家有。

"壶卢"通常作"葫芦",可为盛酒器具,"提壶卢"的叫声有若"劝酒"。然而鸟叫实出于无心,所以也就不必合于实际:"劝人沽酒无处沽。"在那种"夺我口中粟"、剥削甚重的世道,酒在民间简直成为奢侈之物。麦且不敢尝,何论杯中酒!所以鸟儿的叫声,实令人啼笑皆非。前三句妙在幽默。话到这里,似更无可申说。殊不知诗人笔锋轻掉,转写画饼充饥:"太岁何年当在酉,敲门问浆还得酒。"二句出自古谣谚:"太岁在酉,乞浆得酒;太岁在巳,贩妻鬻子。"虽化用其前半,意谓盼望世道清平,年成丰收,酒贱如水;亦兼关后半,暗示而今是个"贩妻鬻子"的艰难世道。最后两句更将这种画饼充饥式的愿望写得形象、真切:"田中禾穗处处黄,瓮头新绿(指新酿酒)家家有。"唯其如此,更衬托出梦想者企盼的迫切和现实处境的艰窘。

思归乐

山花冥冥山欲雨,杜鹃声酸客无语。客欲去山边,贼营夜鸣鼓。谁言杜宇归去乐?归来处处无城郭!春日暖,春云薄,飞来日落还未落,春山相呼亦不恶。

"思归乐"乃杜鹃别名,以其声若"不如归去"。此诗以兴法起,"山花冥冥山欲雨",造就一种阴沉沉的气氛,衬托出客子沉甸甸的心情。同时,将"思归乐"的鸣声放在这山雨欲来、山花惨淡的环境中写,更见酸楚。"客无语",是闻鹃啼而黯然神伤之故,"无语"适见有恨。既然"思归",这流落他县的游子为何不归去?原来"客欲去山边(即山外,指家之所在),贼营夜鸣鼓"。这横行不法者,不是一般的盗匪,而是一伙明火执仗,鸣鼓扎营的"贼"(不必指实)。可见时世是怎样的不太平了。传说杜鹃是古蜀王杜宇死后所化，因思念故国，故啼曰"不如归去"。下二句即就鹃声着想，加以反诘："谁言杜宇归去乐？归来处处无城郭。""处处无城郭"，指城市普遍遭到劫掠之苦，语近夸张。末四句进而劝鸟说，山中可恋，何必归去！一连用三个"春"字，"春日暖，春云薄"将"春山"写得那么迷人，以反衬城市居之不易。"亦不恶"三字，实是退后一步的说法，颇见其无可奈何。此诗后半只写鸟，而归趣却在于"客"，可说是运用了宾主映衬手法。

布谷

田中水涓涓，布谷催种田。贼今在邑农在山。但愿今年贼去早，春田处处无荒草。农夫呼妇出山来，深种春秧答飞鸟。

"布谷"之鸣，在春耕播种之时。"田中水涓涓"，正好插秧；而布谷鸟又声声催促。然而没有下文，看来此田难种。这不是农夫失职，而是因为"贼今在邑农在山"。世道正常应是农在田而"贼"在山的，而现在一切都颠倒了。"贼今在邑（城市）"，似乎连官家一齐骂了。前首写城市无法安居；这里写农村也无法耕作，必然草盛而苗稀。以下就写农夫的祷愿："但愿今年贼去早，春田处处无荒草。""但愿""去早"，这真是个低标准的要求。所求之微，正反映出处境的可悲。"但愿今年贼去早"，可见流寇横行，远不是一年两年的事情了。末二句说果如其然，则一定把妇女也动员起来，深种春秧，以报答布谷鸟的殷勤之意。似乎对鸟颇为内疚，语尤恳厚，这正是封建社会大多数善良农夫的写照。

这四首诗虽统一在"禽言"的题目下，但内容上各有侧重，艺术手法上也富于变化。它们以七言为主，杂用三、五言句，形式也不尽相同，笔致生动活泼。最基本的共同之点，是将严肃的内容，寓于轻松诙谐的形式，似谐实庄，是含泪的笑。虽然不著一字议论，不着意刻画，却能于清新爽利之中自见深意。

（周啸天）

●朱敦儒（1081—1159），字希真，号岩壑老人，洛阳（今属河南）人。早年隐居不仕。绍兴三年（1133）补右迪功郎。五年（1135），赐同进士出身，为秘书省正字、擢兵部郎中，迁两浙东路提点刑狱。秦桧当国时除鸿胪少卿，桧死，亦废。晚居嘉禾。有《岩壑老人诗文集》《樵歌》等。

◇卜算子·梅

　　古涧一枝梅，免被园林锁。路远山深不怕寒，似共春相躲。　　幽思有谁知，托契都难可。独自风流独自香，明月来寻我。

　　一提及以《卜算子》词牌创作的梅花词，人们立即就会想到陆游笔下的断桥之梅。尤其是结句"零落成泥碾作尘，只有香如故"，成就了放翁咏梅词在中国文学史上的地位，堪称"扛鼎之作"。朱敦儒的这篇与放翁词相较，无论意境、志趣、形象都不能企及，然而，天然雅致、清词丽句，也有值得玩味的地方。

　　朱敦儒比陆游早出生半个世纪，经历了靖康之变，是饱尝乱离之苦的词人。少年时期自恃清高，拒绝做官。北宋末年，为避战乱携妻儿由故乡洛阳逃往两广，流寓岭南。南渡后曾出仕，但时间很短。秦桧一度

起用他任鸿胪少卿，秦桧死后依旧致仕，长期隐居江湖。

　　开门见山，朱敦儒讲明自己写的是深山人不知，长于古涧之畔的一枝山梅。显然，高启笔下的"雪满山中高士卧"（《梅花》）与此同为隐逸高士形象。这样的古涧梅花不畏路远山深、不惧雨雪风寒，似乎和高山上晚到的春天一样躲进森林，迟迟不肯盛开。"人间四月芳菲尽，山寺桃花始盛开。"（白居易《大林寺桃花》）深山里的时令总是比世间要晚一拍，此乃自然现象，然而，诗人偏说是"躲"。此神来之笔将春天和梅花都人格化，写出了自然之灵气、梅花之性情，与诗人的内心世界可谓心有灵犀一点通。那么梅花在"躲"什么呢？前句其实已经先做了回答："免被园林锁。"上片由此而隐约折射出人生的某些哲理，一个人要想获得精神自由，就得牺牲安逸的物质生活，摆脱名利的纠缠；就得甘于寂寞，甚至经历风雨，承受人生磨难。而不愿为官的朱敦儒做出的正是"山梅"式的人生抉择。

古涧一枝梅既然选择了山林，选择了自由，就必然是孤寂的、清苦的，下片朱敦儒便于此处用笔。"幽思有谁知，托契都难可。"无人欣赏、没有伴侣，连心中的苦闷也无处宣泄、无人诉说，孑然一身，啸傲山林，无所依傍，这就是梅花凄凉的处境。然而，结句笔锋陡转："独自风流独自香，明月来寻我。"不是梅花寻求明月诉说心事，寻求安慰，而是明月自会来寻"我"，足显梅花之清高、傲岸、自信。一枝以明月清风为友，与古涧清流相伴的梅花呈现出来了，她徘徊于月光下的孤独的身影，掬清溪而自娱的风姿，表现的是一代文人身世飘零的悲哀、山河破碎的凄怆。

朱敦儒是一位"天资旷逸，有神仙风致"（杨慎《词品》）的词人。在他的词作中，除少部分"忧时念乱，忠愤之致"（王鹏运《樵歌跋》）而外，大部分皆反映其闲适生活和高雅志趣。这首词正是朱敦儒以山梅自况的借物咏怀之作。其中所深深隐藏的家国之思，身处恶境却怡然自得、不改其志的旷达情怀和高洁志向是值得肯定和称赞的。

（秦岭梅）

●李清照（约1084—约1155），自号易安居士，宋齐州章丘（今山东济南市章丘区西北）人。李格非女，赵明诚妻。金兵入据中原，流寓南方，明诚病卒，境遇坎坷。有后人辑本《漱玉词》。

◇ 如梦令·海棠

　　昨夜雨疏风骤，浓睡不消残酒。试问卷帘人，却道海棠依旧，知否，知否？应是绿肥红瘦。

　　此李清照惜海棠花之作。"当时文人莫不击节称赏，未有能道之者"（蒋一葵），后世更传诵不衰，如果说词中情感内容离今天已较远，那么它的艺术表现还是颇有魅力的。

　　有生动的情节性，这在小令并不多见。词中写了两个人物，女主人公（一位闺中少女或少妇）和她的婢女。词情是在她们的问答之中流露出来的，这两人的心绪不同，语气各别，相映成趣：一个非常感伤，借酒消愁，回想夜来风雨，对庭花（海棠）的命运十分担心，语气忐忑不安；另一个却不那么善感，语气平和乃至漫不经心。互为衬托，加强了艺术效果，有力地表现出女主人公伤春的情绪。

　　这情绪的表现不是平直的而是曲折多姿的。前二句中，女主人公回忆"昨夜雨疏风骤"，心想的是海棠花不知成了什么样子，所以当她

"试问卷帘人"时，不免悬心挂肠。可婢女"却道海棠依旧"，这是出人意料的（注意"却"字），又是聊可自慰的。悬念稍稍一放，但转念一想，海棠花即使未全部飘零，又哪会毫无损伤，所以"海棠依旧"断不可能。再说，眼下是暮春时节，海棠纵然熬过今朝，又怎能保住明宵？于是女主人公刚才宽放的心又紧悬起来，不禁痛惜失声："知否，知否？应是绿肥红瘦。""全词一弛一张，婉曲尽情"，"只数语中层次曲折有味。"（《云韶集》）

　　口语化是此词又一特色，但它并不等于口语。这里有高度的提炼与精心的推敲。"雨疏风骤"即风声大，雨点小，这不但是相关联的两种自然现象，而且只有在这种情况下，庭花才不至于全部零落成泥，粗心的婢女才会认作"海棠依旧"，所以这四字不是随意轻下的。"绿肥红瘦"即叶多花少，但词人既不用"多""少"，也不用"绿暗红稀"

的通常写法，别出心裁地用了"肥""瘦"二字，这就将自然景物人格化了。同时使人联想到惜花之人，只怕是"人比黄花瘦"呢。正因为这样，它才称得语新意工。前人都认为安顿二迭语最难，此词却利用这迭语来表现吁叹不止的情态，"知否，知否"，口气宛然，人物也就活现纸上了。

（周啸天）

◇鹧鸪天·暗淡轻黄

暗淡轻黄体性柔，情疏迹远只香留。何须浅碧深红色，自是花中第一流。　　梅定妒，菊应羞，画阑开处冠中秋。骚人可煞无情思，何事当年不见收。

这是一首吟咏桂花的咏物词，却通篇不见一"桂"字，含蓄婉转、情思幽远。特别是引入议论，手法独到，自成一格，是李清照的一首咏物佳作。

"暗淡轻黄体性柔，情疏迹远只香留。"此为开篇，也是整首词作中对桂花进行客观描摹的唯一字句，诗人围绕桂花色、香所具有的独特之处而展开。桂花不如其他花卉，没有美丽的花瓣和风姿绰约的外形，细小的花蕾隐藏在枝叶间，丝毫不引人注目。然而，在李清照的眼中，中秋金桂独具风雅，暗淡轻黄、体性温柔。它性情内敛，似乎不与人亲近，远远地枯守孤独，更不与群芳争艳，远离喧嚣、默默无言，为人们送来缕缕幽香，若有若无却又沁人心脾。正如宋之问所诘问："为问山东桂，无人何自芳？"这种色轻性柔、迹远香淡的优雅品格和阴柔之美是与李清照的审美追求相一致的。面对如此高雅、清纯的桂花，李清照情不自禁点评曰："何须浅碧深红色，自是花中第一流。"桂花哪里需要像其他俗类，把自己打扮得红红绿绿、花里胡哨；更不须搔首弄姿、卖弄风情，即便素面朝天，仍是花中第一流。这是在词作中首次引入议论。

下片，几乎全是围绕桂花的品格、特性展开议论和评述，用墨如泼，大书特书。梅、菊论风韵、气质和颜色都不在桂花之下，向来被文人誉为"君子"。梅花以不畏霜雪、冰肌玉骨而成为高尚品格的象征；菊花则飘逸超脱、高标出世，成为隐者高士的代表。然而，桂花的香味随风飘散，时浓时淡，令人陶醉，乃花之极品，梅菊难以企及。所以，尽管桂花色不出众、貌不惊人，不事张扬，娴静沉稳，仍然让梅花忌妒、菊花含羞。以"至美"之梅菊映衬、比照桂花，愈显桂花之美非同寻常。李清照偏爱桂花至此，足见情真意切！

中秋时节，金桂花香袭人，雕梁画栋，随处可见，理所当然名冠天下、雄踞花魁。然而，仅仅赞扬桂花名冠天下、乃花中第一流，诗人尚不足意，突然，李清照又想到骚人屈原。"骚人可煞无情思，何事当年不见收。"屈原当年作《离骚》，遍收奇花异草以喻君子修德美行，然唯独桂花不在其列，竟把香冠中秋的桂花给遗漏了，实为一大恨事。因而李清照很为桂花抱屈，毫不客气地批评这位大诗人"无情思"。稍晚，陈与义有词句："楚人未识孤妍，《离骚》遗恨千年。"（《清平乐·咏桂》）显然是受易安词的影响。这种表现手法，其深意其实并不在指责屈子，而是重在突出桂花，引导情感，为世人对桂花的冷淡、忽视而鸣不平，为俗人只知欣赏华丽浓艳之美，却不懂得美之真谛在于朴素纯真、不事雕琢而叹惋。这种高雅的审美情趣和主张，显示了李易安之过人处。

王士禛云：“婉约以易安为宗。”（《花草蒙拾》）婉约一派是易安词的主体，然而这首《鹧鸪天》却展示了李清照的另一种风格。多层次、多侧面展开议论，却又不流于晦涩枯燥，已见其功力。特别是结句，敢于公开向屈子发难，更显李易安之胆识与才情。本篇语言朴素、剀切，“其辞脱口而出，无矫揉妆束之态。以其所见者真，所知者深也”（王国维《人间词话》）。

（秦岭梅）

◇瑞鹧鸪·双银杏

风韵雍容未甚都，尊前甘橘可为奴。谁怜流落江湖上，玉骨冰肌未肯枯。　谁教并蒂连枝摘，醉后明皇倚太真。居士擘开真有意，要吟风味两家新。

银杏树为乔木，高大挺拔，又名公孙树、帝王树。银杏浑身是宝，又被现代人称为“活化石”。叶呈扇形，果实坚硬而形似青杏，因外壳及核肉均呈淡白色，故呼作银杏，俗称“白果”。银杏果味甘而清香，有滋补药用价值。古代诗词中，咏银杏者极为少见，被奉为“婉约宗主”的李清照为中华词坛添枝加叶，独此一篇已是值得称道。

李清照开篇即称赞银杏果“风韵雍容”，似闺阁贵妇，又如世家公子，虽风韵高雅尊贵、落落大方，但体态娇小，称不上华美硕大。李清照对银杏果“未甚都”的评价，表明诗人对银杏虽有偏爱，但冷静而不失分寸。紧接着，银杏勾起了诗人对北宋旧事的回忆。新年岁旦，京师人家有用盘盛柿、橘各一，柏枝一枝，擘开分食以祈求平安吉祥的风俗。在李清照看来，与银杏相较，甘橘"可为奴"，银杏足可取而代之为人祈福。此处，李清照于暗中引用了魏晋掌故。丹阳太守李衡治家清苦，其妻常抱怨，于是"密遣客十人于武陵龙阳氾洲上作宅，种甘橘千株"。去世前，李衡"敕儿曰：'汝母恶我治家，故穷如是。然吾州里有千头木奴，不责汝衣食，岁上一匹绢，亦可足用耳！'"（《三国志》裴松之注引《襄阳记》）据此，后人称橘为"木奴"，李商隐有"青辞木奴橘，紫见地仙芝"（《陆发荆南始至商洛》）的诗句。李清照引用典故让橘与银杏相比，呼橘为"奴"，一是表达对银杏的喜爱，同时也流露出对故国家园的深切怀念。清代俞正燮称李清照"自南渡后，常怀京、洛事"（《易安居士事辑》）。读此，信然。

据说银杏在宋初被列为朝廷贡品，后种植甚蕃而不足贵。诗人为银杏"流落江湖"无人怜惜而伤怀，为北宋王朝昔日的所谓歌舞升平而哀叹，由此不禁联想到自己的身世遭际。靖康之变后，北宋覆亡，山河破碎，李清照与丈夫赵明诚避乱江南，流落异乡，和银杏的遭遇没什么差别。此笔看似咏物，实为自叹自怜，借银杏以抒怀。所谓"玉骨冰肌未肯枯"也是自我心迹的表白。

下片由一般的银杏果而写及"双银杏"，至此点题。不知由谁将银杏从连理枝上采摘下来，且保持了原来并蒂相连的美好形态。"醉后明皇倚太真"用典比拟"相互依偎"的双银杏恰似"玉楼宴罢"醉眼迷蒙的李隆基和杨玉环。然而，"在天愿作比翼鸟，在地愿为连理枝"的唐玄宗与杨贵妃虽恩爱缠绵却以悲剧告终，言辞间暗藏忧虑。银杏被摘却是并蒂，正如漂泊他乡的李易安夫妇，国难之时，夫妻俩尚可两相厮守、两情相依，已是不幸之万幸了。诗人非常珍惜这枝给夫妻俩的将来岁月带来好兆头的双银杏，像在故园擘开柿橘一样小心翼翼、恭恭敬敬地与丈夫分享这来之不易的吉祥之果。"新"与"心"谐音，含蓄地表达了李清照对丈夫的爱恋，对美好生活的珍惜。双银杏的好滋味、夫妻相守的好时光，都深藏在心底了。

写一枝双银杏，写出家国之思、人格精神，将伉俪情深、家庭幸福置于国家命运的大背景之下加以展示，虽读来苦涩、辛酸，却感人肺腑。虽饱尝乱离之苦，一代女词人对故土家园依旧一往情深，其爱国情怀难能可贵。

（秦岭梅）

●朱翌（1097—1167），字新仲，舒州（安徽潜山）人。号灊山居士。宋徽宗政和八年（1118）同上舍出身。南渡后，为秘书少监、中书舍人。高宗绍兴十一年（1141），以忤秦桧责授将作少监，韶州安置。桧死，充秘阁修撰，知宣州，移平江府，授敷文阁待制。有《灊山集》《猗觉寮杂记》等。

◇点绛唇·雪中看西湖梅花

　　流水泠泠，断桥横路梅枝亚。雪花飞下，浑似江南画。　　白璧青钱，欲买春无价。归来也，风吹平野，一点香随马。

作者冒雪游湖观梅，雅兴不浅。他看到了一段画意，又看到了几分春意，信手拈来似的作成此词，"不为雕琢，自然大雅"（《词林纪事》卷九引《词苑》）。据说朱敦儒造访作者之父不遇，于几案间见此词，遂书于扇而去。（陈鹄《耆旧续闻》）可见它之为人爱赏了。

上片写作者看到的画意，其中也透露出春意。虽然"春"字出得很晚，但第一句"流水泠泠"，如鸣佩环的描写，已全无冰泉冷涩之感，从而逗漏出春的消息。由闻水声过渡到看梅花，是渐入佳境的写法。"断桥横路梅枝亚"，断桥又名段家桥，在孤山路上，而孤山梅花极

盛。梅枝横伸路上，相倚相交。这里的"横""亚"二字，俱重空间显现，已具画意。而梅之异于百花，唯在其傲干奇枝、迎霜斗雪之姿态，故卢梅坡诗云"有梅无雪不精神"（《雪梅》）。可见三句"雪花飞下"绝非凑句，而是烘托突出梅花神韵的笔墨。"飞下"二字写出江南雪的特点，是静谧无声的瑞雪。它成为词中盛开的梅花的极其生动的背景。至此，读者已大有"人在画图中"之感，"浑似江南画"一句恰如其分地点出这种感受。

　　下片即写作者感受的春意和观梅归来其乐融融的心情。刚刚经历过隆冬的人，会特别觉得春日可爱，那真是有钱难买的。"白璧"乃贵重玉器，"青钱"乃优质钱币。青钱不用说了，即使价值连城之璧，毕竟是有"价"的，而春天却是"无价"的。"白璧青钱"二句，还有一层较隐微的含意，需读者善会。那就是"春无价"又意味着"清风明月不用一钱买"（李白），欲买不来，不买却会来。下句"归来也"三字大有意味。如果用"归去也"三字，那就只能理解为赏梅者兴尽而返。但"归来也"，既可作词人游过归来讲，连上句也可作"春"已归来讲，这一点很关紧要。能体会到这一层，则末二句"风吹平野，一点香随马"，便全是"春风得意马蹄疾"之感了。"一点香随马"，造句清新俊逸，它既使人联想到"更无一点尘随马"，又使人联想到"踏花归去马蹄香"。然而"马蹄香"只能是春深之境，而"一点香随马"确是早春之意。那暗香追随的情况，非梅莫属。人的心情如何，这里已不言自明。

　　仅看到此词"自然""不事雕琢"是不够的，还应看到作者在驱遣语言的分寸感上所具备的功力。虽然用意十分，在措辞时，他只肯说到三四分：由于造句考究而富于启发性，读者领略到的意趣却是很丰富的。词的上片主景语，下片纯属情语。不管是写景抒情，都用疏淡笔墨，空白较多，耐人寻味，有如一幅写意的水墨画，也与咏梅题材相称。

（周啸天）

●刘子翚（1101—1147），字彦冲，号屏山，一号病翁，建州崇安（今属福建）人。以荫补承务郎。曾任兴化军通判。后退居武夷山，专事讲学。有《屏山集》。

◇海棠

幽姿淑态弄春晴，梅借风流柳借轻。

初种静宜临野水，半开长是近清明。

几经夜雨香犹在，染尽胭脂画不成。

诗老无心为题拂，至今惆怅似含情。

据《太真外传》记载：唐玄宗登沉香亭见杨贵妃。其时，贵妃宿酒未醒，玄宗命高力士及侍儿扶掖而至，醉颜残妆，钗横鬓乱，不能再拜。玄宗见贵妃醉态，笑曰："海棠春睡未足耶？"后明代江南才子唐伯虎据此作《海棠春睡图》，赋《海棠美人诗》云："褪尽东风满面妆，可怜蝶粉与蜂狂。自今意思和谁说，一片春心付海棠。"海棠因此而有"花贵妃"的美称，常用以象征美人与春心。

"幽姿淑态弄春晴，梅借风流柳借轻。"海棠乃花中美人，像一位楚楚动人的淑女，迎着春风、沐着阳光，尽情绽放。其万般风情，只有梅花的风流和新柳的轻盈堪与之媲美。将海棠比作冰清玉洁的梅花和婀娜多姿的杨柳，让海棠一"露脸"就给人留下深刻的记忆。"晴"即是"情"，谐声双关语，与刘禹锡"东边日出西边雨，道是无晴却有晴"中的"晴"字用法相同。"弄春晴"既是写海棠神采照人，装点春色，同时也暗喻海棠如少女，面对大好春光，不禁春心摇曳，传递着爱的信息。动词"弄"和下句的"借"遥相呼应，字字传神，使海棠不知不觉中被人格化，显示出诗人不凡的语言驾驭能力。

此外，海棠又被称作"花中神仙""花尊贵"和"国艳"，自古便是雅俗共赏的名花，在古园林中常与玉兰、牡丹、桂花相配置，植于水滨池畔、曲径两侧、亭台左右、丛林边缘，美其名曰"玉棠富贵"。所以诗人曰："初种静宜临野水"。"半开长是近清明"是交代海棠盛开的时节当在清明前后。"清明时节雨纷纷"，海棠春带雨是极好的意境，充满诗情画意。乍看来这不经意的一笔，却让海棠显得更加活脱有生气，却又略带几分羞涩，尤显可爱迷人，且与下句"几经夜雨香犹在，染尽胭脂画不成"相照应。经过风雨洗礼的海棠，清香犹在，品格高洁，有如"零落成泥碾作尘，只有香如故"（陆游《卜算子·咏梅》）的梅花，是无法用胭脂粉黛去装扮和点染，也是无法描摹的。

结句诗人另起一端，不写海棠，而是引用掌故，写诗老不咏海棠的旧事。诗圣杜甫，一生诗作甚丰，题材广泛，却从未为海棠题写过诗篇。个中缘由并非诗人不爱海棠，传说是因为杜甫母亲名海棠，为避母讳，杜甫一生对海棠虽一往情深却不便题咏。由此，让人联想到无数有关海棠诗的名句："只恐夜深花睡去，故烧高烛照红妆"（苏轼）、"枝间新绿一重重，小蕾深藏数点红"（元好问）、"猩红鹦绿极天巧，叠萼重跗眩朝日"（陆游）、"试问卷帘人，却道海棠依旧。知否？知否？应是绿肥红瘦。"（李清照）。

（秦岭梅）

●赵闻礼（生卒年不详），字立之，号钓月，临濮（今山东濮县）人，曾官胥口监征。有《钓月词》。

◇贺新郎·萤

池馆收新雨。耿幽丛、流光几点，半侵疏户。入夜凉风吹不灭，冷焰微茫暗度。碎影落、仙盘秋露。漏断长门空照泪，袖衫寒、映竹无心顾。孤枕掩，残灯炷。　　练囊不照诗人苦。夜沈沈、拍手相亲，骇儿痴女。栏外扑来罗扇小，谁在风廊笑语。竞戏踏、金钗双股。故苑荒凉悲旧赏，怅寒芜、衰草隋宫路。同磷火，遍秋圃。

隋炀帝幸江都（今江苏扬州）时在城西北建离宫，称隋苑。诗词作品中又常以隋宫指代扬州，如罗隐诗云："几年行乐旧隋宫。"北宋亡后，金主完颜亮曾大举南犯，扬州惨遭浩劫。赵闻礼游隋宫，目睹了战争留下的创伤和悲凉，以小小的萤火虫寄托家国之痛，黍离之悲，遂成此篇。

"池馆收新雨"句先交代萤火虫的生存环境和气候条件。新雨之后，池馆外幽生的草丛间闪烁着几点明亮的萤火，轻轻扬扬从门户的间隙间飞入池馆，继而又飞向远处。李嘉祐写萤："夜风吹不灭。"

（《萤》）此借用诗意描写萤火，秋雨打不灭、夜风吹不熄，写萤写出了几许鬼魅气，与萤火"冷焰"的特点相符，也与新雨乍晴后，秋夜清幽迷离的氛围相协调。微茫，形容萤火忽明忽灭、忽隐忽现。仙盘，即仙人承露盘，汉武帝曾于建章宫内铸金铜仙人擎露盘承接仙露。显然，萤火的出现已经勾起了作者对旧事的无限回忆。长门，即长门宫。武帝少时称将以"金屋贮之"的陈阿娇，立为皇后之后娇蛮放肆，失宠后居长门宫，明灭闪耀的萤火照着她凄苦的眼泪。此刻的阿娇孤寂可怜、愁绪满怀，甚至衣衫单薄、生活清寒，纵是萤光点点，映照着婆娑摇曳的修竹，夜色优美，可阿娇早已心灰意冷，激不起丝毫情趣了。漫漫长夜，只能以孤枕掩面，枯守着一炷残灯，无语凝愁。由流萤回溯到长门事，不仅牵引出思绪万端，同时也营造出凄清惨切的气氛，为下片写隋宫做好铺垫。

作者的思绪由古及今，想到了自身的处境，长叹一声："练囊不照诗人苦。"《晋书·车胤传》载，车胤少时家贫，无油点灯，以练囊盛数十枚萤火虫照明苦读。练，素白色熟丝。"不照"与上片之"空照"相呼应，一是一非，然心境一致，皆是凄苦不堪。面对眼前的凄凉景象，诗人愁绪满怀，即便像车胤一样以练囊收集萤火，清光烛照，可又能照得亮诗人幽暝晦暗、惆怅抑郁的心境吗？正值无限悲凉之时，作者的耳边传来了一阵欢快清脆的笑声，划破了沉寂清凉的夜空，情感骤起顿挫。骇儿，即傻儿。一群痴小儿女，正在拍手欢笑，有的举着"轻罗小扇扑流萤"（杜牧），有的站在风廊中嬉戏笑谈，一个个兴高采烈，憨态可掬。玩到兴头上的孩子甚至突发异想，解下双股金钗，学着踏百草的游戏，竞相踩踏取乐，自然又是一阵无拘无束的大笑。踏草，是流行于荆楚一带的民间风俗，端午节争相戏踏百草以取乐。突写骇儿痴女的欢笑游戏，表面看在情绪上似乎前后有些脱节，然而仔细想来却不然。孩子们本该无忧无虑，欢度童年，任何人都不忍心将历史的沉重搁在孩子们身上，让他们过早地背负起国破家亡的悲哀。然而，细细想来，这只是一种美好的愿望，战乱中的孩子们与成年人承受着同样的艰辛与苦难，只不过孩子们不谙世事，天真烂漫，该哭时哭，该笑时笑。也许，正是孩子们的单纯与豁达感染了诗人，让诗人感动，然而也让诗人更加忧虑不安，为国家的命运，也为孩子们的将来。所以，结句处诗人再次回想起隋朝旧事。大业十二年（616），隋炀帝在洛阳萤苑景华宫征集萤火，得数斛，夜出游山时放之，清光遍及岩谷。后人便据此发挥，逐渐附会成在扬州隋宫放萤，杜牧还有诗云："秋风放萤苑，春草斗鸡台。"（《扬州》）同样是磷火闪耀，光遍秋圃，然而情景却是大相径庭，今非昔比。曾经让隋炀帝过着骄奢淫逸生活的隋宫，如今早已繁华不再，衰草满径、磷火四散，荒凉破败，令人望而心寒。此语暗藏着对统治阶级荒淫误国的讽刺。这是隋王朝的悲哀，也是宋王朝的悲哀。

（秦岭梅）

●韩元吉（1118—1187），字无咎，号南涧，开封雍丘（今河南杞县）人，徙居信州上饶（今属江西）。官至吏部尚书。与张孝祥、陆游、辛弃疾等唱酬。有《南涧甲乙稿》《南涧诗余》。

◇六州歌头·桃花

东风着意，先上小桃枝。红粉腻，娇如醉，倚朱扉。记年时，隐映新妆面，临水岸，春将半，云日暖，斜桥转，夹城西。草软莎平，跋马垂杨渡，玉勒争嘶。认蛾眉凝笑，脸薄拂燕脂。绣户曾窥，恨依依。　　共携手处，香如雾，红随步，怨春迟。消瘦损，凭谁问？只花知，泪空垂。旧日堂前燕，和烟雨，又双飞。人自老，春长好，梦佳期。前度刘郎，几许风流地，花也应悲。但茫茫暮霭，目断武陵溪。往事难追。

此篇题为"桃花"，实写"艳遇"，是借咏物以怀人的一首道地的艳词。

先写初春时节东风浩荡，对小桃枝上的蓓蕾格外照顾，桃花迎风绽放。由粉面桃花，作者回想起当年的一段情事。"红粉腻，娇如醉，倚朱扉。"可以之为咏桃花，也可以解作桃花如昔日美人一样娇美，就像

电影里的反复叠化镜头，由桃花淡出及人，又由人渐变为眼前的桃花，最后回到旧时画面"记年时"。对他年"春将半"，与佳人邂逅时的自然春色、场面景观、环境氛围，韩元吉着意渲染、倾情描写。同时也回忆了少年驰马垂杨渡，挥马扬鞭、宝马嘶鸣的潇洒倜傥，以及伊人薄施粉黛、婉转凝笑的美丽容颜。然后，笔锋一转，另起一端，虽郎有情、女有意，一见钟情之后有情人的情感发展却并非一帆风顺。"绣户曾窥，恨依依。"此曲笔，读来令人怅然，足显情绪跌宕，也给人以巨大的想象空间。好事多磨！爱情能像桃花一样开花、结果吗？上片至此戛然而止，留下无限悬念。

　　下片开篇写情人"携手处"，此时已是春残时候，桃花消损，满地落英，故曰："香如雾，红随步，怨春迟。"一个"怨"字，由两情相悦、携手相依再起转折。韶光将尽、佳期难觅，这段美好的情感显然是不了了之了。"消瘦损，凭谁问？只花知，泪空垂。"表面上是在关切地询问桃花，何故而消瘦、残败？其实是写佳人为情而伤，"为伊消得人憔悴"。个中情怀，唯花能解，故佳人无语，空自泪垂。

以下韩元吉紧扣"桃花"，连续引用三个典故以抒写情怀。

一是对刘禹锡《乌衣巷》："旧时王谢堂前燕，飞入寻常百姓家。"诗意进行翻新，写物是人非后，却又见燕子双宿双飞，恩爱缠绵，勾起对往事的回忆和向往，感慨万端。

二是作者自比刘禹锡（刘禹锡《再游玄都观》"前度刘郎今又来"）。岁月蹉跎，少年已老，故地重游，然春光依旧，佳期如梦，玉人无踪。"刘郎"睹物思人，黯然神伤，桃花也悲伤落泪。怀人伤逝之悲凉与凄怆至此已写到极致。

三是引出陶渊明《桃花源记》中记述的世外桃源武陵溪，比拟过去的美好爱情和痴情往事都如虚无缥缈的桃花源一样，消失在茫茫暮霭之中，转眼成空，无迹可寻。然而却又永留心底，感怀一生。像桃花源一样令人向往，值得用生命去苦苦追寻。总之，爱，是不会忘记的。

读完这首《六州歌头》有似曾相识的感觉，仔细玩味就会发现和唐代诗人崔护七绝诗《题都城南庄》（去年今日此门中，人面桃花相映红。人面不知何处去，桃花依旧笑春风。）无论在内容、场景还是情感上都极为相似，其实就是一首改写成词作的《题都城南庄》。只不过韩元吉发挥慢词特点，词采华美、铺陈渲染、洋洋洒洒、缠绵悱恻，情感更细腻、场景更丰富、画面更生动而已。宋代程大昌云："《六州歌头》本是鼓吹曲，音调悲壮，不与艳词同科。"（《演繁露》）一提起词牌《六州歌头》便不由得想起"少年侠气，交结五都雄"（贺铸）。

"长淮望断，关塞莽然平。"（张孝祥）不想，韩元吉竟独辟蹊径，以《六州歌头》填写了一首绝妙艳词，且艳而不媚、华而不俗，笔法腾挪、情感跌宕，其探索创新精神值得赞许。

（秦岭梅）

●陆游（1125—1210），字务观，号放翁，越州山阴（今浙江绍兴）人。"中兴四大诗人"之一。南宋绍兴中应殿试，为秦桧所黜。孝宗即位，赐其进士出身，曾任镇江、隆兴通判。乾道六年（1170）入蜀，任夔州通判。乾道八年，入四川宣抚使王炎幕府。官至宝谟阁待制。晚居山阴镜湖。有《剑南诗稿》《渭南文集》《南唐书》《老学庵笔记》等。

◇花时遍游诸家园（录一）

为爱名花抵死狂，只愁风日损红芳。

绿章夜奏通明殿，乞借春阴护海棠。

淳熙三年（1176）作于成都，题下共十首。此咏海棠而主惜花之意。

前二句写惜花之故，为连日天晴也。首句即近杜陵咏花"不是爱花即欲死，只恐花尽老相催"之句，情到真处，不妨其激烈也。盖和风细雨才是养花天气（参前陈与义"海棠不惜胭脂色，独立蒙蒙细雨中"之句），日暖天气并不宜花。

后二句写盼雨之意，直说平平无奇。其妙全在诗人突发奇想，或找到了一个富于诗意的说法。"绿章"即青词，乃道士祈天时用青藤纸朱

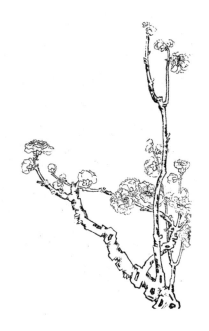

书的奏文，"通明"是玉帝所居殿名，本不经不韵之语。连夜草写绿章封事乞借春阴，只为护花，这种想法真是韵绝妙绝。点铁成金，何止用典而然。

（周啸天）

◇梅花绝句

闻道梅花坼晓风，雪堆遍满四山中。

何方可化身千亿，一树梅花一放翁。

此为陆游于宁宗嘉泰二年（1202）作于山阴，作者是年七十八。咏梅之作，脍炙人口全在后二句表达爱梅之情的奇想。这奇想是受柳宗元《与浩初上人同看山寄京华亲故》的启发，柳诗云："海畔尖山似剑铓，秋来处处割愁肠。若为化得身千亿，散上峰头望故乡。"虽然同用分身之意，但两诗味道各异。陈衍说："柳州之化身何其苦，此老之化身何其乐。"这是一层不同。其次是"一树梅花一放翁"的造句，用句中排比的形式，表达的意思特别有味——诗人自恨分身无术，巴不得给每一树梅花配上一个化身，十分生动——表现了他这个梅痴，但凡是梅都爱，总想爱个够，可总也爱不够的心情。这是柳诗没有的韵味。

（周啸天）

◇卜算子·咏梅

驿外断桥边，寂寞开无主。已是黄昏独自愁，更著风和雨。　　无意苦争春，一任群芳妒。零落成泥碾作尘，只有香如故。

咏物词有两点十分要紧：一是命意。《文心雕龙·物色》说"吟咏所发，志唯深远"，就是说要有所寄托，要从歌咏的对象上发掘出崇高的思想、美好的感情或深刻的哲理。二是在具体写作时，要不粘不脱，不即不离，恰到好处，把主题和形象很好地结合起来。这首词在这两个方面都做得很好，说它是咏物词中的佳作，绝不为过。

陆游一生都处在南宋初期抗金派与妥协派激烈斗争的政治旋涡中。

他本人是坚决的抗金派，因此多次遭到妥协派的打击和排挤，罢官归里。不过，虽投闲置散，他却仍坚强不屈，写了大量的诗词来表达自己不屈不挠、以恢复中原为己任的抗金意志。这首词就是他在迁谪转徙途中看见驿站的梅花时，有所触发而作的。梅花，被誉为中国的国花，它在冬末春初冒着霜雪风寒怒放，散发出沁人心脾的清香。它的劲挺坚强的性格，孤傲清高的节操，在冰雪严寒中力挽春回的斗争精神，历来受到人们的赞扬。正是因为它的本质特点恰与陆游的精神相通，因此陆游也特别喜欢梅花。据有人统计，《剑南诗稿》中的咏梅诗竟有140多首。在这首词中，作者以梅花自比，把自己政治上备受打击的遭遇，不肯与妥协派同流合污的品格，坚守正义的节操，都寓于梅花的形象之中，通过歌咏梅花来含蓄地表达自己的政治品质。其中，虽然也有难以言喻的愁苦，但总的精神，却是坚定顽强、积极向上的，表现出崇高的思想和美好的感情，启人深思，催人奋进。

在具体描写中，作者既写了梅花，表现出生动的形象，又不拘泥于梅花，传达出深刻的意蕴。唐圭璋先生说："此首咏梅，取神不取貌，梅之高格劲节，皆能显出。起言梅开之处，驿外断桥，不在乎玉堂金屋；寂寞自开，不同乎浮花浪蕊。次言梅开之时，又是黄昏，又是风雨交加，梅之遭遇如此，故唯有独自生愁耳。下片，说明不与群芳争春之意，'零落'两句，更揭出梅之真性，深刻无匹。咏梅即以自喻，与东坡咏鸿（苏轼《卜算子·黄州定惠院寓居作》）同意。"（见《唐宋词简释》）统观全词，从环境氛围的描写中，一看便知是梅花，即使没有"咏梅"二字作题，读者也绝不会误解；那活生生的梅花，在词中洋溢着盎然春意。但是，作者又没有用笔墨去对梅花这个具体形象作胶着的描写，那梅显然已经人格化了，人梅合一，浑然一体，绝无疏隔。这样，不仅做到了《远志斋词衷》所说的"咏物固不可不似，尤忌刻似，取形不如取神", 而且, 整首词的笔调也显得空灵活泼而不呆板, 读来意味深刻隽永。《词源》说: "体认稍真, 则拘而不畅; 模写差远, 则晦而不明。" 这首词在"体认"和"模写"的"度"上, 掌握得极有分寸; 形象和主题的自然结合, 寄托含而不露, 情与物融为一气, 给人们留下了成功的范例。

这首词在语言上, 像陆游的大多数诗词一样, 简练传神而又明白如话。做到这一点, 是从千锤百炼中来, 绝非易事。赵翼在《瓯北诗话》卷六论陆诗重锤炼时说: "或者以其(指陆诗语言)平易近人, 疑其少炼。抑知所谓炼者, 不在乎奇险诘曲, 惊人耳目, 而在乎言简意深, 一语胜人千百, 此真炼也。放翁工夫精到, 出语自然老洁, 他人数言不能了者, 只用一二语了之。此其炼在句前, 不在句下, 观者并不见其炼之迹, 乃真炼之至矣。" 这段话用来说明这首词的语言, 也是十分恰当的, 我们可以窥豹一斑, 从中受到深刻的启发。

(管遗瑞)

●范成大（1126—1193），字致能，号石湖居士，苏州吴县（今江苏苏州）人。"中兴四大诗人"之一。绍兴二十四年（1154）进士。历任处州知府、知静江府兼广南西道安抚使、四川制置使、参知政事等职。曾使金。晚居故乡石湖。有《石湖居士诗集》《石湖词》《桂海虞衡志》《吴船录》等。

◇州宅堂前荷花

凌波仙子静中芳，也带酣红学醉妆。
有意十分开晓露，无情一饷敛斜阳。
泥根玉雪元无染，风叶青葱亦自香。
想得石湖花正好，接天云锦画船凉。

此篇为范成大外任地方官时所作，诗人因州衙居室前池塘里盛开的荷花勾起遐思万缕，欣然命笔。在赞美、讴歌荷花的同时，表达了对高尚人格的追求，以及对故乡的无比眷恋。

落笔先写荷花的风姿——"凌波仙子静中芳"。诗人直接将荷花拟人化，比作"凌波微步，罗袜生尘"（曹植《洛神赋》）的凌波仙子洛神，亭亭玉立于澄澈明净的水面，浑身散发着缕缕幽香，体态轻盈、神情娴静，美丽端庄。然后写荷花的容颜——"也带酣红学醉妆"。鲜艳

的花瓣，像酒醉的杨贵妃，两颊酣红，粉妆玉琢，楚楚可怜。这与前面的雍容娴静之美形成一种对照，展示了荷花的千姿百态。

第二、三联是咏荷花的名句，备受称道。"有意"与"无情"写出了荷花晨昏各异的神态与风韵；一"开"、一"敛"则写出了荷花的性情和内心世界。清晨，荷花带着晶莹的露珠绽放，像是脉脉含情的少女情窦初开，敞开心扉尽情开放。傍晚，荷花在落日余晖中敛起花瓣，又像一位高傲、冷艳的"冰美人"，收起笑容，一脸的庄重与肃穆。荷花晨开暮敛，本是自然习性，诗人竟赋予了如此丰富的内在美和复杂的人格特征，想象力何其丰富，情感也极为细腻。中国历代文人都好以"出淤泥而不染，濯清涟而不妖，中通外直，不蔓不枝"（周敦颐《爱莲说》）的荷花以喻君子之洁身自好、高雅清正、才德双馨。所以，诗人赞美荷花"泥根玉雪元无染，风叶青葱亦自香"实际上是在抒发自己对高尚情操和美好人格的向往，借花以喻人，表达出敢于与世俗抗争、不同流合污的宝贵品格。

中国的荷花首推江、浙两省为最佳，江苏又以苏州为最著名，而范成大正是苏州吴县人。眼前池塘里的荷花，让诗人心潮澎湃，自然而然地回想起了家乡的石湖及石湖里名冠天下的荷花，还有往来穿梭的游船画舫。过去，诗人常常在这样的时节荡舟石湖，观赏荷花、美景。茂密的荷花与天相接，同彩云浑然一体，绚丽如锦，灿烂夺目。驾着小舟，燕行其间，只觉得神清气爽、心情舒畅。受荷花的感染，人的心性似乎也得到洗涤和净化，变得高雅而纯洁。

范成大的自然诗歌"清新妩媚，奄有鲍谢；奔逸隽伟，穷追太白"。（杨万里《石湖居士诗集序》）这首荷花诗正是这一风格和才情的充分体现。二、三两联是荷花诗之警句，自不待言；末句由荷花而顿生乡情，乃神来之笔，也是真情的流露，因而感人至深。

（秦岭梅）

●杨万里（1127—1206），字廷秀，号诚斋，吉水（今属江西）人。"中兴四大诗人"之一。绍兴二十四年（1154）进士。孝宗初，知奉新县，历太常博士、太子侍读等。光宗即位，为秘书监。有《诚斋集》。

◇小池

泉眼无声惜细流，树阴照水爱晴柔。

小荷才露尖尖角，早有蜻蜓立上头。

这首诗写小池之小景，好像是一幅小品风景画或风景摄影，虽小却好。

"泉眼无声惜细流，树阴照水爱晴柔"二句写池水，池水的来源是泉水。泉水是从泉眼中汩汩流出的，虽然动静不大，但出水流量却很充沛，水质很好，所以池水清澈，水面倒映着岸上的树影，风光特美。"惜""爱"二字，写出观景者的愉悦心情，同时又移情于物，好像是说"泉眼"特别珍惜自己的水流，而"树阴"特别偏爱晴和的天气，这就不但表现了人与自然物的和谐关系，也巧妙地表现出自然物之间的亲和关系。

"小荷才露尖尖角，早有蜻蜓立上头"二句写池中的荷花，及招来的蜻蜓，好像一个特写镜头。荷花含苞待放，蜻蜓飞来立在上头，这是小池中常常可以见到的天然好景，一经高手抢拍成功，就会成为可爱的图片。除了画意之美外，作者的语言运用也很微妙。如称花蕾为"小荷"，又形容以"尖尖角"，不但语意亲切，而且形态逼真。进而是"才露"和"早有"的勾勒，诗人似乎揣摩到蜻蜓率先探得小荷之乐，体物入微，与苏诗"春江水暖鸭先知"同妙。

可以说这首诗写的，是一种发现的喜悦：蜻蜓发现了小荷，不亦乐乎！诗人发现了蜻蜓之发现小荷，尤其不亦乐乎！

（周啸天）

◇宿新市徐公店

篱落疏疏一径深，树头新绿未成阴。
儿童急走追黄蝶，飞入菜花无处寻。

此诗写的是作者在新市（叫新市的地方很多，一说在今浙江德清县，一说在湖北京山市，一说在湖南攸县，其实在哪儿都无关紧要）一家姓徐的客店住宿时，所看到的一幅村野情景。

"篱落疏疏一径深"二句，写客舍附近的农村景象，田地有疏疏的篱笆，有一条长长的小路通向远方。小路的两边是什么作者没有说，但从末句看，应该是盛开的菜花。菜花盛开的季节，是一年好景之一。一位当代诗人写道："入望长郊景浩茫，菜花春麦泻晴光。是谁泼彩川西坝，一片青青一片黄。"（郭定乾《春望》）此诗作者兴趣不在写景，而在童趣，所以只交代情节发生的场景。"树头新绿未成阴"（一作

"树头花落未成阴"），树头的花已谢了，但树叶还不很茂盛，这是寒食前后的景象，是日暖昼长蝴蝶飞的时节。

"儿童急走追黄蝶"二句，写作者在小路上看到儿童捕蝶的趣事。三句写儿童急追蝴蝶，快要捉住的那一瞬间，一个"黄"字暗藏玄机，为下文预作铺垫。末句"飞入菜花无处寻"，于是黄蝶的"黄"和菜花的黄，黄作一堆。对黄蝶来说，是危机的突然化解；对儿童来说，是目标的瞬间消失。黄蝶飞入菜花<u>丛</u>中，造成视觉的紊乱，令飞跑的儿童迷失了追捕方向。三、四句一张一弛，构成内在韵律，饶有诗味。

诗人敏捷地捕捉住大自然赋予昆虫以保护色这一奇妙现象，设计了一个富于童趣的情节，读来兴味盎然。诗中黄蝶入花，儿童傻眼的情态如见；而诗中大人对小孩"幸灾乐祸"的神情也跃然纸上，令人忍俊不禁。妙在童趣。有一首咏雪的奇趣诗道："一片一片又一片，两片三片四五片，六片七片八九片，飞入芦花都不见。"结尾写雪花飞入芦花，视觉形象的突然消失，与此诗有异曲同工之妙。

（周啸天）

◇闲居初夏午睡起

　　梅子留酸软齿牙，芭蕉分绿与窗纱。
　　日长睡起无情思，闲看儿童捉柳花。

夏日午觉醒后，不免仍存睡意，没有心思干事，而诗人当时丁忧家居，处于闲适的生活中，"日长睡起无情思"便是实感。然而此诗的好

处却在从无情思中翻出许多情思，而又不动声色。善于捕捉琐细的题材和描写细腻的生活感受，原是杨万里的特长啊。

诗人在午睡前可能饮过酒，并食梅解醒，故一觉醒后，齿间尚有余酸。这种感觉本难名状，大致上下牙接触有不适感，不能咀嚼硬物，俗语谓之"倒牙"，而一个"软"字，恰好写出了这种感觉。这是醒后的第一感觉——味的感觉。古人窗纱多用绿色，日子久后便会褪色，而盛夏芭蕉浓绿充盈，掩映窗外，就使得窗纱变深，似乎是芭蕉分给它一些绿色。这是醒后另一感觉——属于视觉。两句中"留""分"二字，赋客观以主动，很有情趣。以下就垫了"日长睡起无情思"一句，绝句做法以第三句为转关，第四句则是结穴所在——"闲看儿童捉柳花"。户外儿戏当然是诚斋看到的眼前事，而在造语上，则本白居易"谁能更逐儿童戏，闲看儿童捉柳花"。但白诗表达的是一种清醒的遗憾，此诗易"谁能"为"闲看"，在无法参与之外，别有歆羡之意在，诗人至少在感情上参与儿戏，并得到重返天真的乐趣。

　　人生旅途中，成人者的最大遗憾，莫过于丧失了早年的那份童心、童真与童趣。不少诗人画家，只能通过笔来追摩重温那已逝的情景，近人如知堂《儿童杂事诗》、子恺漫画，皆有妙谛。中国古代诗人兴趣在此的并不多，著名的如左思《娇女诗》、杜甫《北征》片段、李商隐《骄儿诗》等，代不数人，人不数作。而诚斋绝句中却有不少儿童题材的传神之作，如此诗，究其创作动机或并不起于午睡后的烦闷，而起于后来见到儿戏时瞬间的精神交通，儿童的天真无闷与成人生活中的虚假无聊，适成鲜明对照，诗人由此得到一种感召和精神上的复归。据说张浚读此诗，赞道："廷秀胸襟透脱矣！"当是就这种自我超越而言的。

（周啸天）

◇月季花

只道花无十日红，此花无日不春风。
一尖已剥胭脂笔，四破犹包翡翠茸。
别有香超桃李外，更同梅斗雪霜中。
折来喜作新年看，忘却今晨是季冬。

　　写月季花，诗人以议论开头，犹如异峰突起且又别开生面。"只道花无十日红，此花无日不春风。"人们常常感叹，花容易衰，只有月季花常开不谢，好似每天都沐浴在春风里，青春常在，永不凋谢。开宗明义，诗人一语道破了独爱月季的理由。

　　月季花四季常开，月月吐芳，所以称"月季"。尽管她没有梅花的冷艳，荷花的高洁，也没有牡丹的华美，海棠的妩媚，然而她属于自然的每一个时令，不挑剔，不做作，不摆弄，不艳俗。因为花开常在，因为生命旺盛，因而她与人亲近，以自己独特的魅力与群芳争艳，为自然增辉。

接下来诗人以工笔手法，浓墨重彩对月季花的外形、色彩、姿态进行了细腻刻画。"笔"写月季花蕾的形，"胭脂"绘色，"一尖已剥"形容花蕾初绽时像裹卷齐整的笔毫，被倏然撑开。"四破"描写月季渐渐开放，花瓣四面舒展。红花总需绿叶配，"翡翠茸"比喻月季花叶鲜美，如碧绿的翡翠上生出一层细细的茸毛。大凡鲜嫩的新叶上都会蒙上一层若隐若现的白色细末，像是新茸，足见诗人观察自然之细致入微。此句描写月季由含苞欲放到尽情怒放时的情态，比喻逼真，丝丝入扣。

因为月季不论秋冬，花香四溢，所以诗人认为她"别有香超桃李外"。桃李徒有其色而少芬芳，花开花落只在朝夕之间，转瞬即逝，月季却能时时散发出醉人的馨香，自然为桃李所不及。而最值得赞叹的是"更同梅斗雪霜中"。梅花是花中君子，以傲霜斗雪、冰清玉洁而深得世人称道，可是，月季也同样毫不逊色。当漫天霜雪、万物凋零的时候，月季与梅花一样顽强，一样可爱，她们斗雪迎风而开，为寂寥的大地装点出"春色"，为凛冽的世界带来惊喜。一个冬日的清晨，诗人独步花间，面对繁花似锦的月季，心生怜爱，情不自禁采折了几束置于身边，仔细赏玩，俯仰间竟为新年也平添了几分吉祥和喜气。这让诗人顿然忘却此刻正是寒冷的冬季，误以为是百花盛开的春天。这一切多么让人振奋，令人欢欣！

杨万里主张："传派传宗我替羞，作家各自一风流。黄（庭坚）陈（师道）篱下休安脚，陶（潜）谢（灵运）行前更出头。"（《跋徐恭仲省干近诗》其三）正因为他不傍人篱下，不影从世风，敢于另辟蹊径，推陈出新，终能独树一帜，自成风流。因其诗风清丽隽永、活泼风趣，无斧凿痕迹，具有很强的艺术感染力，故被严羽称为"诚斋体"。可见，杨万里的诗歌与同时代诗人相较，自成一家。尤其是像《月季花》这样描写自然风物的作品，无论体物、议论、抒情皆自然浑成，信手拈来，清新可爱。

（秦岭梅）

●辛弃疾（1140—1207），字幼安，号稼轩，历城（今山东济南）人。绍兴三十一年（1161），聚义抗金，归耿京，为掌书记。奉京命奏事建康，京为张安国杀害，擒诛安国。次年率部渡淮南归。历任湖北、江西、湖南、福建、浙江安抚使等职。有《稼轩长短句》。

◇定风波·赋杜鹃花

　　百紫千红过了春，杜鹃声苦不堪闻。却解啼教春小住，风雨，空山招得海棠魂。　　一似蜀宫当日女，无数，猩猩血染赭罗巾。毕竟花开谁作主？记取：大都花属惜花人。

　　题为"赋杜鹃花"，竟是一首"宫怨"词；名义上是咏杜鹃花，却从杜鹃鸟的啼声写起。

　　关于杜鹃，四川民间有传说，野史杂记也多记载，然众说纷纭，莫衷一是。李膺《蜀志》云："（望帝）禅位于鳖灵，号曰开明氏。望帝修道，化为杜鹃鸟，或云化为杜宇鸟，亦曰子规鸟，至春则啼，闻者凄恻。"杜鹃鸟每岁"春分先鸣，至夏尤甚，日夜号深林中，口为流血"（《尔雅翼》）。杜鹃啼鸣，使人心生思乡恨别之情，故杜鹃又成为离愁别绪的代称，或用以渲染悲戚的氛围。如：文天祥《金陵驿》："从今别却江南路，化作啼鹃带血归。"李白《蜀道难》："又闻子规啼夜月，愁空山。"

起句："百紫千红过了春，杜鹃声苦不堪闻。"言杜鹃鸟从早春万紫千红时一直哀鸣到百花凋零的暮春时节，其声之苦，让人不堪听闻。稼轩却以为，望帝化为杜鹃鸟后，悲啼不已，凄唳的叫声穿越风雨，萦绕空山，是想留住将尽的暮春，招回海棠杜鹃枯萎的魂魄。招魂，是始于上古时代的一种为亡灵招引魂魄的巫术活动，以免亡灵找不到自己的家，沦为孤魂野鬼。此海棠非指海棠花，而是指海棠杜鹃，乃杜鹃花之一种，此用以暗指蜀宫宫女，与下片过渡。辛弃疾对古代神话传说进行了自我想象和发挥，有如鲁迅先生笔下的《故事新编》，目的是借用神话以表达个人思想情感。

下片开门见山，以花喻人，直言眼前的杜鹃花正恰似当年望帝在世时蜀王宫里无数命运悲惨的宫女。而杜鹃花猩红的色彩，是宫女们血泪染红的千万张赭罗巾化成的。

辛弃疾祖籍为山东济南，但出生时山东已为金兵占领。他二十一岁参加抗金义军，招募军队，力主恢复中原。然而他的抗金策略不仅未被南宋朝廷采纳，反遭打击，长期落魄江湖，壮志难酬。满怀悲愤的辛弃疾一见到杜鹃花便联想到杜鹃鸟，又由杜鹃鸟想到望帝杜宇。

关于杜鹃啼血的真实原因，历来存有异议。如果是甘心禅位于鳖灵，何以如此悲愤难平？以至化为杜鹃鸟世代悲鸣？《说郛》辑录《太平寰宇记》记录了一段隐情："望帝自逃之后，欲复位不得，死化为鹃。"可见，望帝化鹃其实是因为"复位不得"，故而啼叫，故而其声凄怆。

辛弃疾对望帝的遭遇是充满同情的，然而对统治阶级的凶残无耻、荒淫误国同样进行了无情的批判和谴责。蜀宫佳丽们终身幽闭深宫，这只不过是帝王骄奢淫逸生活的一种折射，其罪恶远不止于此。辛弃疾仰天长啸：哪一代腐朽王朝能够逃脱覆灭的下场？且高声问曰："毕竟花开谁作主？记取：大都花属惜花人。"时代更替，花开依旧，眼前这些绚丽多姿的杜鹃花，有如蜀宫里的宫女，她们真正的主人是谁呢？是因忏悔而为残花招魂的杜宇？是哪朝哪代的帝王国君？显然都不是。稼轩正告说：记住，名花有主，可真正的主人是懂花、爱花的"惜花人"！当然，"惜花人"究竟指谁，辛弃疾也说不明白，显示出困惑和迷茫。

　　稼轩词笔力雄健、气势恢宏，然而这首《定风波》在豪放之外也显示了深沉含蓄的别样风格。此篇用笔极深，借杜鹃暗藏讽喻，对偏安一隅、醉生梦死的南宋王朝进行讽谏，给苟且偷安的统治者敲响了警钟。读来意味深长，颇有启迪。

（秦岭梅）

◇粉蝶儿·和晋臣赋落花

　　昨日春如十三女儿学绣，一枝枝不教花瘦。甚无情便下得雨僝风僽，向园林铺作地衣红绉。　　而今春似轻薄荡子难久。记前时送春归后，把春波都酿作一江春酎，约清愁杨柳岸边相候。

　　晋臣，即赵不迁，作者挚友，官至敷文阁学士，有《落梅词》，故辛稼轩和之。

　　落笔即语出惊人，直截了当将昨日之春比喻成"十三女儿学绣，一枝枝不教花瘦"。春天原来是妙龄少女手绣而成，虽初学未精，技艺稚拙，但却将春花绣得枝枝饱满、热闹丰硕，一派生机盎然。由春及花，一簇簇婀娜浓艳的花朵呈现在读者的眼前。以少女绣品喻春，想象奇特，写出了富有生命活力和包含青春激情的春天，难能可贵。至此，诗人突然转笔写落红，情感骤起跌宕，且直逼主题。"僝僽"，本义为憔悴、嗔怒等，此形容被风雨吹折、花叶衰败枯萎的样子。一夜疾风骤雨，落英缤纷，为园中小径铺设了一层带有褶皱的红地毯。"甚无情"暗含嗔怨，有惜春，也是怨春。由昨日之春而引发的春愁，其实无关痛痒，这种淡淡的、迷蒙的愁绪给人以凄婉之美，颇有"少年不识愁滋味"，"为赋新词强说愁"（辛弃疾）的意味。

　　下阕写春光转瞬即逝，比上阕尤显精彩。与起句相对应，诗人将今日之春比作朝三暮四的轻薄男儿、浪荡公子，恰才还是柔情似水、悱恻缠绵，转眼竟恩断义绝，真情不再。值得注意的是，稼轩用叙事手法描写"记前时送春归后"，如同讲那过去的故事，与人娓娓而谈。自从"轻薄荡子"归去后，心怀孤寂，郁郁寡欢，于是将一江春水都酿成美酒，一醉方休。此处显然是暗中化用"问君能有几多愁，恰似一江春水向东流"（李煜）、"抽刀断水水更流，举杯消愁愁更愁"（李白）等诗词意蕴。纵然是将一江的春酎都一饮而尽，这愁依然还是愁，万古难销。于是不如"约清愁杨柳岸边相候"，干脆以"愁"为友、为知音。今日之愁，显然已渗入肝肠，也非"却道天凉好个秋"（辛弃疾）一语遮掩得过去的了，诗人必须面对、承担。此处用意极深，曲折地表达了辛弃疾对南宋王朝的强烈不满。错失良机、抗金无望，国仇家恨，幽怨难平，岂是一个"愁"字了得？报国无门的愤懑，巧妙地溢于笔端。

　　此篇《粉蝶儿》有两大特点：一是在于其语言浅显，用白话写词。

形象、意韵虽近秾丽纤美，遣词造句反倒十分浅近、易懂，且生动活泼，不落俗套。二是比喻出新，通篇设喻，而且上、下阕自成对比、反衬。上阕将春比作"十三女儿"，下阕竟又喻为"轻薄荡子"，十分奇绝、突兀。如此章法，让陈廷焯就很是受不了，他在《白雨斋词话》中评曰："稼轩《粉蝶儿》起句云：'昨日春如十三女学绣'；后半起句云：'而今春如轻薄荡子难久'，两喻殊觉纤陋，令人生厌。后世更欲效颦，真可不必。"然而，仁者见仁，智者见智，陈廷焯的"微词"丝毫不影响千百年来人们对《粉蝶儿》的喜爱、吟诵和品味。当我们在生命中遭遇失意与挫折，心怀抑郁、愁闷的时候，不妨学学稼轩之洒脱与率真，"约清愁杨柳岸边相候"，掬一捧春水绿波如饮琼浆玉液，愁又怎样？怨又如何？"生年不满百，常怀千岁忧。"（《古诗十九首》）大丈夫本该担当忧患、承受苦难。勇者无畏，忧愁烦恼皆可化作美酒，一饮畅然！

（周啸天）

●张镃（1153—1221），字功甫，一字时可，临安（今浙江杭州）人，先世居成纪（今甘肃天水）。张俊之后。官终左司郎官。有《南湖集》。

◇菩萨蛮·芭蕉

风流不把花为主，多情管定烟和雨。潇洒绿衣长，满身无限凉。　　文笺舒卷处，似索题诗句。莫凭小阑干，月明生夜寒。

上片，诗人将芭蕉置于大自然缤纷多彩的背景下加以展示，以议论开篇，直夸芭蕉"风流""多情"。然而，芭蕉"风流"，不是靠炫耀美丽的花朵。它呈穗状的花蕊，低低下垂，不事张扬，从来没有吸引过他人的眼球，谁见过有欣赏或赞美"芭蕉花"的？芭蕉"多情"也不在于它有脉脉含情的姿容、情态，而是因为它与烟雨为伴，甚至可以主宰烟云升腾、雨露普降。诗人直接用比喻手法勾画芭蕉的外形特点——"潇洒绿衣长"。春光明媚、万紫千红之时，百花丛中的芭蕉是寂寥的、沉默的，它独守清凉，与世上的明丽鲜妍、喧嚣繁华无关。"满身无限凉"是诗人欣赏芭蕉之后所得出的感受，"纵芭蕉，不雨也飕飕"（吴文英《唐多令》）。"风流""多情""潇洒""清凉"，这就是

芭蕉，这就是诗人笔下独具情致和个性的芭蕉！让人一见而不得不叫一声"好"的芭蕉！雨疏风骤之后，落红无数，群芳凋零，烟雨蒙蒙中，只芭蕉一片葱翠、生气勃勃，像身着一袭绿色长袍的少年才俊，显露出特有的潇洒俊逸、风流倜傥，使园中群芳黯然无色。可见，表面上诗人是写芭蕉，实为写人。

上片收煞处由物及人，下片即顺势展开，笔触由外在之美深入到内在神韵。李清照写芭蕉："阴满中庭，叶叶心心，舒卷有余情。"（《添字丑奴儿》）易安以为，芭蕉叶的一舒一卷都别有情致，暗藏幽怨。然而，张镃在此基础上再展奇想，以为硕大的绿叶，酷似才子手中展开的文笺。这与上片中芭蕉所代表的文士形象是一致的，而且进一步演变为诗人的知音，想请张镃在绿叶上题诗，彼此唱和，互诉衷肠。可是，芭蕉的"请求"于不经意间却让诗人的情绪发生了明显的逆转。遥望清冷的一轮明月，张镃无奈地"顾左右而言他"："莫凭小阑干，月明生夜寒。"李煜有词："独自莫凭栏，无限江山。别时容易见时难。"（《浪淘沙令》）这位亡国之君呼唤"莫凭栏"，是因"凭栏"不见故国江山，徒增哀怨。而张镃说"莫凭小阑干"，也许是"芭蕉"的才情直逼得诗人一时无从下笔；抑或是张镃受不了芭蕉的清凉、月光的凄冷，由"明月寒夜"牵惹起诗人的某种难言的情愫，拨动了诗人的心弦。

张镃自淳熙十四年（1187）自直秘阁、临安通判称疾去职后，一直在家闲居。人生况味、命运遭际，政治斗争的沉浮荣辱，深藏于内心深处无以言状的隐隐的刺痛与淡淡的忧愁，都融入这茫茫寒夜与明月芭蕉之中，迷离而凄惘，欲说而无语。

芭蕉在古诗词中常用以抒写离怨与孤寂，张镃咏芭蕉的用意也在于此。比之于李清照"点滴霖霪，愁损北人不惯起来听"词句，情感不够饱满，缺乏一泻无余、淋漓畅快的气势，然却显含蓄、朦胧，又别是一番情味和境界。

（秦岭梅）

●姜夔（约1155—1209），字尧章，号白石道人，饶州鄱阳（今属江西）人。少随父宦游汉阳。父死，流寓湘鄂间，诗人萧德藻以兄女妻之，移居湖州，往来于赣、皖、苏、浙间。终生不第，卒于杭。有《白石道人诗集》《诗说》《白石道人歌曲》等。

◇齐天乐

庾郎先自吟愁赋，凄凄更闻私语。露湿铜铺，苔侵石井，都是曾听伊处。哀音似诉。正思妇无眠，起寻机杼。曲曲屏山，夜凉独自甚情绪？　　西窗又吹暗雨，为谁频断续，相和砧杵？候馆迎秋，离宫吊月，别有伤心无数。《豳》诗漫与。笑篱落呼灯，世间儿女。写入琴丝，一声声更苦。

词作为新诗体，唐末宋初滥觞之时不登大雅，多为消遣之作，故既无题也无序。自苏轼之后，宋词走向成熟，东坡词开始命题且常有小序，使词作的主题、情感更为明晰。姜夔词多设序，且文辞优雅，似今之散文诗，与词作珠联璧合，备受推崇。而周济却批评说"白石小序甚可观，苦与词复"，并嘲笑时人"津津于白石词序"。让我们先且读一读《小序》，再作定论。

　　"丙辰岁，与张功父会饮张达可之堂，闻屋壁间蟋蟀有声，功父约予同赋，以授歌者。功父先成，辞甚美。予徘徊茉莉花间，仰见秋月，顿起幽思，寻亦得此。蟋蟀，中都呼为促织，善斗。好事者或以三二十万钱致一枚，镂象齿为楼观以贮之。"

　　此小序不仅交代了词作的时间——宋宁宗庆元二年（1196）、地点——临安（今杭州）张达可（张功父族兄）家，对蟋蟀做了简介，同时还透露了许多信息，当给予足够重视。"顿起幽思"表明诗人是借促织以抒怀，然而"幽思"何来？"幽思"的内容是什么？需要读者到词作中寻找答案。同时，由蟋蟀而怀想中都（北宋都城汴梁）旧事，故国之思注于笔端。斗蟋蟀之风盛行，争相"镂象齿为楼观以贮之"的奢靡生活与诗人之"幽思"亦于暗中自成关联。

　　开篇直接将蟋蟀比作庾郎，即才子庾信。又将蟋蟀的叫声拟为庾郎在吟哦《愁赋》。杜甫诗曰："庾信平生最萧瑟，暮年诗赋动江关。"（《咏怀古迹》）庾信本为南朝梁著名诗人，出使北方时梁覆灭，被北周扣留。信虽显达，却不忘故国，乃作《哀江南赋》《愁赋》以托乡关之思。《愁赋》已亡佚，残文有"谁知一寸心，乃有万斛愁"句。姜夔与庾信所处的时代极为相似，时宋王朝已经南渡七十年整，林升名句"暖风熏得游人醉，直把杭州作汴州"（《题临安邸》）是对当时苟安一隅的麻木心态的极好描摹。显然，面对如此的世道人心，姜夔内心是极为痛苦的，因而蟋蟀的叫声在姜夔听来自然如凄凄私语。

喜栖居阴湿处是蟋蟀的习性。铜铺，衔门环的铜质底座。"露湿铜铺"言大门久闭，了无人迹，与长满苔藓的石井处都是蟋蟀的理想家园。然而诗人却不这样看，这样的生存空间使姜夔产生联想，反而心生悲凉。于是随着蟋蟀的鸣叫声由低而高，姜夔的心境也愈见清冷、落寞，由最初听似凄凄私语而至于"哀音似诉"。在上片的结尾处姜夔塑造了一位思妇的形象。民谚曰："促织鸣，懒妇惊。"据此民间传说，姜夔让夜不成眠的思妇被促织唤起，冷冷秋夜，徘徊于机杼、屏山之间，哀怨彷徨。屏山，即屏风，屏上常绘以山水，故称。思妇的出现，让愁绪更浓，情感递进，读来感人至深。

下片，姜夔将笔触指向了更广阔的外部时空。幽思难解，不经意间推开西窗，却发现天上正飞洒着蒙蒙细雨，蟋蟀时断时续的鸣叫声与远处隐隐约约传来的捣衣声夹杂在一起，更勾扯出万千思绪。候馆，即旅舍；离宫，又称行宫，帝王出行时居住的地方。"离宫吊月"语出自白居易《长恨歌》："行宫见月伤心色，夜雨闻铃肠断声。"以上是以天涯游子与亡国之君的遭遇，表达诗人对南宋王朝前途命运的深深忧患。靖康之难，生灵涂炭，徽钦二宗被掳，北宋皇宫里无数的文物珍宝被金人用长到看不到尽头的车队掠走。往事不堪回首，难以言说，故以"别有伤心无数"一言以蔽之。

"《豳》诗漫与"一句转折收煞得极妙，重新落笔到"蟋蟀"，不至离题，同时情绪上也顿起跌宕。在这样的秋夜，姜夔吟得一首《促织词》（《诗经·豳风·七月》有诗句"十月蟋蟀入我床下"）排解情怀，转而却见到一群不谙世事的痴小儿女，大呼小吆，提着灯盏，在院落篱墙之间搜寻蟋蟀，欢声笑语不绝。姜夔此处写世间儿女之乐，其意不在讥笑"商女不知亡国恨"，指责孩子无知。孩子们本该无忧，本该欢笑，这种欢笑甚至会感染姜夔，让他从愁绪中缓解过来。然而，这样的日子还能持续多久？这样看似平安无忧的生活又能维持到哪一天呢？所以，姜夔将自己的"幽思"谱成琴曲，写入琴丝，自然是"一声声更苦"，亦非世间儿女所能够懂得的。陈廷焯评曰："以无知儿女之乐，反衬出有心人之苦，最为入妙。"郑文焯校《白石道人歌曲》云："下阕托寄遥深，亦足千古已。"然而也正因事涉国仇家恨，诗人字斟句酌、炼字锻句，语意过于曲折隐晦，致使后人读不懂姜夔的"幽思"，招致误解，责为"看是高格响调，不耐人细思"（周济《介存斋论词杂著》）。

姜夔这首和词，与张功父之原作《满庭芳》堪称咏促织词之"双璧"。然，姜夔寄意悠远、幽思深邃，自非张镃浅吟低唱所能比肩。

（秦岭梅）

◇侧犯·咏芍药

恨春易去，甚春却向扬州住。微雨，正茧栗梢头弄诗

句。红桥二十四，总是行云处。无语，渐半脱宫衣笑相顾。　　金壶细叶，千朵围歌舞。谁念我、鬓成丝，来此共尊俎。后日西园，绿阴无数。寂寞刘郎，自修花谱。

这首词作于宋宁宗嘉泰二年（1202），姜夔已年近五十，应是第二次游扬州。时值暮春，芍药花开满城，丝竹歌舞不断，置身其中，诗人顿生感慨，劈头便曰："恨春易去。"其实如此写来，也是为了反衬扬州春色之独特与绮丽。"甚春"，即"是春"。春末时节，许多地方已是百花飞逝，可扬州却春意正浓，似乎格外受到春天的眷顾，流连驻足，迟迟不肯离去。隐隐约约的伤春与突如其来的惊喜，情感上顿生起伏。此刻正当江南梅雨时节，淅淅沥沥的细雨，让扬州的景色笼罩在迷离朦胧的雨雾之中。而含苞欲放、意态娇羞的芍药，带雨凌风，更是令诗人诗兴大发，几经酝酿、琢磨，遂成锦绣辞章。"茧栗"本指初生牛犊之嫩角，如茧如栗（见《礼记·王制》）。姜夔用以形容花之蓓蕾鲜丽娇嫩。其实，姜夔还意在暗喻即将"出场"的美人们，与"红桥二十四"巧妙过渡。李斗《扬州画舫录》云："廿四桥即吴家砖桥，一名红药桥。"二十四桥为扬州古桥，传说桥边芍药弥望，风光旖旎，曾吸引二十四位仙女于桥上吹箫。杜牧《寄扬州韩绰判官》有佳句："二十四桥明月夜，玉人何处教吹箫。"然而沈括另有说法，《梦溪笔谈》卷三注曰：扬州有名之桥有二十四座，至北宋仅存七座。事实上，古桥史实争议的结果，无非为扬州平添几许神秘与意趣，使扬州的春色更加撩人，芍药愈显多姿。而二十四桥则成为美人如云、花开似锦、鼓乐齐天的温柔繁华之地，令人神往，也令诗人们牵念，以至于古人写扬州则必咏二十四桥。结尾处姜夔将笔触指向盛开的芍药，或曰二十四桥的美人们。"无语。渐半脱宫衣笑相顾。"可解作描写芍药，以美人喻花，或曰以花拟美人，有双关之妙。光彩照人、风情万种的娇娃歌女与婀娜多姿、半卷半舒的芍药花朵交相辉映，脉脉含情，巧笑倩兮，美目盼兮，如半脱宫衣的皇家仕女，纵是无语，已让人顿时沉醉，倏然销魂。

　　下阕落笔处继续展示芍药的形态美，与上阕照应。"金壶细叶"言红花需得绿叶衬，在芍药花叶的掩映下，春雨滋润过的花朵更显丰硕饱满，在阳光下熠熠生辉，泛出耀眼的金光。在繁花似锦的芍药花丛中，歌伎舞女们舒展身姿、翩翩起舞。诗人的情怀总是敏感而细腻的，如此良辰美景，风物佳人、歌舞享乐，让诗人于陶醉沉迷之间顿生迟暮之感，长叹一声："谁念我、鬓成丝，来此共尊俎。"这是一种彻骨的孤寂与伤感。末句"后日西园，绿阴无数。寂寞刘郎，自修花谱"，意曰：待到春尽夏来，西园绿肥红瘦、花叶枯萎之时，我愿意如刘郎一样默默无闻地为芍药编修花谱。虽鬓生花发，但惜花之情不改，言辞间自是无奈和怅惘，却又暗藏对自然的热爱、人生的关切。刘郎，指刘攽，《宋史·艺文志》载，刘攽的著述中有《芍药谱》一卷，惜已亡佚不传。姜夔精通音律，作琴曲《古怨》，据说还著有《琴瑟考古图》，自比为刘攽并不为过。

黄庭坚有诗句"红药梢头初茧栗，扬州风物鬓成丝"（《广陵早春》），正是姜夔这首《侧犯》所表达的主题——上阕写芍药"茧栗梢头"，下阕写诗人"两鬓成丝"。山谷以诗言志，姜夔以词遣怀。此外，姜夔还有一首题写扬州的名篇《扬州慢》，作于宋孝宗淳熙三年（1176），姜夔恰二十许，风华正茂，第一次游扬州。然而所到之处，目睹的却是金人铁蹄蹂躏之后的满目疮痍和萧条冷落。末句曰："念桥边红药，年年知为谁生！"表达的是对山河破碎的深沉悲愤。这首《侧犯》则以秾丽华美的语言描摹扬州之春色，由风物到风情；再以明丽婉转的辞句抒写心境情怀，由花及人。前后两首词对照细读，更有意味，也更能解得诗人的内心世界。清代陈廷焯《白雨斋词话》卷二评曰："姜尧章词，清虚骚雅，每于伊郁中饶蕴藉，清真之劲敌，南宋一大家也。"言之甚是。

（秦岭梅）

●赵昂（生卒年不详），孝宗时御前应对。

◇婆罗门引

暮霞照水，水边无数木芙蓉。晓来露湿轻红。十里锦丝步障，日转影重重。向楚天空迥，人立西风。

夕阳道中。叹秋色、与愁浓。寂寞三千粉黛，临鉴妆慵。施朱太赤，空惆怅、教妾若为容。花易老、烟水无穷。

白居易诗曰："一道残阳铺水中，半江瑟瑟半江红。"这首《婆罗门引》词开篇云"暮霞照水"，为读者呈现的便是如此瑰丽绚烂的金秋暮色。然赵昂并非纯然为写景而写景，旨在由水中暮霞引出"水边无数木芙蓉"。美丽的芙蓉花沐浴着金色的夕阳，倒映在波光粼粼的水中，与万道霞光相耀，光彩照人。上片写木芙蓉，最突出之处在于以时空的不断变化、转换来充分展现木芙蓉的千姿百态，可谓穷形尽相。起句既已写过日暮时分的芙蓉，继而便是"晓来露湿轻红"。清晨，芙蓉花悄悄绽放，花叶上还布满了晶莹的露珠，格外鲜丽清秀。但初开的花瓣颜色并不浓重，故曰"轻红"。"十里锦丝步障，日转影重重。"自然是写日转当午时分的木芙蓉。"步障"即屏帐。《世说新语·汰侈》

载，王恺与石崇斗富，王恺"作紫丝布步障碧绫四十里"，石崇则"作锦步障五十里以敌之"。此形容木芙蓉花开之盛，一望无尽，如同用锦绫搭成的帷幕，艳阳高照，投下片片浓阴。"十"为虚数，与首句"无数"照应，极言其多。此句显然是借用杜甫《春夜喜雨》名句"晓看红湿处，花重锦官城"，但点化得聪明而巧妙，不露痕迹。张炎《词源》云："词要清空，不要质实。清空则古雅峭拔，质实则凝涩晦昧。"以上描摹木芙蓉已近极致，再写下去便真要流于"质实"了。故而赵昂转笔写人："向楚天空迥，人立西风。"写宦游羁旅之愁，景象阔大、笔法空灵，且与下片起句"夕阳道中。叹秋色，与愁浓"自然过渡，浑成融通。后来著名的散曲《天净沙·秋思》的名句"古道西风瘦马。夕阳西下，断肠人在天涯"（马致远）所营造的意境，也许便脱化于此。

　　"莫怕秋无伴愁物，水莲花尽木莲开。"（白居易《木芙蓉花下招客饮》）在诗人的眼中，木芙蓉是多情多怨的"伴愁物"。下片先写花使人愁，再写花令人羞。即便是"秋色胜春朝"，金秋时节也是一年四季中最后的美丽与绚烂了，因而不得不让人愁思郁积。由此，赵昂联想到宫中的三千佳丽，"临鉴妆慵"，顾影自怜，在孤寂惆怅中打熬时光。古人形容美人常曰有"闭月羞花"之貌，然赵昂却反其道而行之，偏说花让人羞。面对秾丽鲜妍的木芙蓉，美人感觉自己花容不再，再打扮也抵不过木芙蓉之美丽动人，于是长叹息一声，懒于梳妆，也羞于争艳了。此化用杜荀鹤"欲妆临镜慵。承恩不在貌，教妾若为容"诗意。"施朱太赤"语见宋玉《登徒子好色赋》，言宫女们已不知该如何装扮自己，情绪黯然。末句笔势陡转，境界骤变而拓宽，木莲消退，烟水显现。"花易老，烟水无穷。"似哀叹，也如自我安慰。无论美人鲜花，随着光阴的流逝，总是会凋萎衰老的，此乃自然法则，大可不必为此神伤，徒生烦忧。极目远眺，烟水浩渺，无边无涯，时空是如此的博大而悠远，令人眼界大开。

据陈藏一《话腴》载，此《婆罗门引》是一首应制词。一日宴席间，宋高宗赵构突问太子赵眘："今应制之臣，张抡之后为谁？"赵眘对曰："赵昂。"于是，赵构"命赋拒霜词"，赵昂便以这首《婆罗门引》呈上，据说还因此而升官，得了高宗不少赏赐。所谓"拒霜花"即指木芙蓉，又称地芙蓉、木莲。这首木莲词能得此盛誉，其缘由大致有以下两个方面：

一是形象鲜丽，浓艳而不香软，绮丽而不靡俗，随着时空的变换而尽展木芙蓉之美，具有较丰富的审美意蕴；二是大量用典，符合宋人"以典为诗"的主张，但又运用自如，点化得当，不落窠臼，不显卖弄和造作。可见，这首词在咏物上是具有一定成就的，但细细品读，又觉情感晦涩且不够饱满，有"为赋新词强说愁"（辛弃疾）之嫌。这是南宋，尤其是宋末咏物词之通病，也是应制作品难以避免的缺憾，当以公允视之。

（秦岭梅）

●史达祖（生卒年不详），字邦卿，号梅溪，汴（今河南开封）人。尝为韩侂胄堂吏，韩败，坐受黥刑。有《梅溪词》。

◇双双燕

过春社了，度帘幕中间，去年尘冷。差池欲住，试入旧巢相并。还相雕梁藻井，又软语商量不定。飘然快拂花梢，翠尾分开红影。　　芳径，芹泥雨润。爱贴地争飞，竞夸轻俊。红楼归晚，看足柳昏花暝。应自栖香正稳，便忘了天涯芳信。愁损翠黛双蛾，日日画栏独凭。

此词咏燕。春社在春分前后，其时春暖花开，是燕子归来的时节，燕子旧巢久空，早已尘封泥落，失去向来的温暖。所以燕子归来访问旧居，"度帘幕中间"，便觉"去年尘冷"，这里藏过一番感叹。《诗经·邶风·燕燕》用"参差其羽"来形容双燕尾翼舒张的样子，"差池"即"参差"。词人用极富人情味的笔墨来体贴燕子的感受，想象它们从瀚海飘零归来，是有定居打算的，尽管旧巢败坏，但跳进巢里试了一下，仍感到比海上风雨中的山崖别有温馨，况且"雕梁藻井（天花板）"的环境很不错，真是温故知新。"又软语商量不定"，燕语呢喃，如媚好的吴音，像是在商量谋划收拾旧巢，重建新居。然后便开始

衔泥补巢，劳劳花底。

词人用"飘然快拂花梢，翠尾分开红影"的俏丽彩笔，描绘双燕穿花姿态之美，使人感到勤劳者重建家园、重建新生活的愉快心情，又使人如观任伯年飞燕图。燕子衔泥往往带有腐草，以其纤维增强附着力，诗人美化为"芹泥随燕嘴"（杜甫）、"落花径里得泥香"（郑谷），"芳径，芹泥雨润"点出的正是燕子建筑取材所自，系自然的加惠。紧接写双燕营巢，却并无艰难劳苦之态，"爱贴地争飞，竞夸轻俊"，倒像是在进行着一场劳动竞赛。对小燕子来说，这劳动是一种本能，一种需要和一种享受，所以只有惬意而没有疲倦，"红楼归晚，看足柳昏花暝"。一天劳动下来，新居甫就，它们就共同享受劳动成果，栖香正稳了。

至此我们完全可以认为，词人借小燕子，写出了一种令人羡慕、值得憧憬的理想化的生活图景。此词最大的特点和成功之处，就在于无假乎用典隶事，全凭灵犀一点，用拟人和白描的手法把燕子写活了，写绝了。词中的双燕就像一对自由恩爱的夫妇，亲昵和睦，共同创造美好生活。词中描写，用"欲""试""还""又"等字勾勒，小小情事细腻曲折，委婉动人。相形之下，现实人生则有太多的不幸或缺憾，本词结尾便展示着一颗破碎的心。

"愁损翠黛双蛾，日日画栏独凭"，孤单的少妇呵，你为什么就不配享受燕子的幸福呢？这不是节外生枝。据《开元天宝遗事》有燕足传书故事，所以少妇才嗔怪词中双燕竟不能为她捎个好信，这不免是因嫉妒而生的埋怨和厚诬罢。词人这样悠谬其辞，通过杜撰情节，又从别一面表现了世人对幸福生活的赞美和渴望，从而深化了主题。但有人说这里寄托的是"中原父老望眼欲穿之苦"，恐为云雨无凭之说；而今人则多批评此词内容单薄，"除描写技巧以外，也就没有什么可以称道的了"，则不免为隔膜的苛求，均非知言。

（周啸天）

●高观国（生卒年不详），字宾王，山阴（今浙江绍兴）人。与史达祖同时友善。有《竹屋痴语》。

◇金人捧露盘·水仙花

梦湘云，吟湘月，吊湘灵。有谁见、罗袜尘生。凌波步弱，背人羞整六铢轻。娉娉袅袅，晕娇黄、玉色轻明。

香心静，波心冷，琴心怨，客心惊。怕佩解、却返瑶京。杯擎清露，醉春兰友与梅兄。苍烟万顷，断肠是、雪冷江清。

水仙，又称天葱、雅蒜，别名金盏银台。因长成花蕊后常养于水盘中，且叶姿秀逸，花香馥郁，色泽素洁，亭亭玉立于水中，宛若美人着绿裙青带踏水而来，故有"凌波仙子"的雅号。高观国便牢牢抓住水仙这一特性展开笔墨，先将水仙比作湘水女神，既而又喻为洛神。

"湘灵"即湘水女神，传说舜帝二妃娥皇、女英死后为湘水女神，称湘君和湘夫人。这里用以比拟水仙花，既增加了神异色彩，又能给人以美的联想，让读者置身于神话世界中。湘云、湘月、湘灵，重点在于湘灵，云和月都是极美的意象，用以营造意境、烘托氛围。而梦、吟、吊，则表达了作者对水仙之倾慕与喜爱。《墉城集仙录》卷五曰："洛川宓妃，宓牺氏之女也，得道为水仙。"曹植《洛神赋》描写宓妃：
"凌波微步，罗袜生尘。"此引用前人佳句以形容水仙花如款款行走于
碧波之上的洛神，步履轻盈、体态优雅、婀娜多姿。值得称道的是，高
观国对曹植的诗意进行了拓展与翻新，用"背人羞整六铢轻"来描摹水
仙花的娇羞之美。美丽的洛神盛装出场，也许是清风袭来，突然吹乱了
洛神的六铢衣；也许是女神爱美，猛然感觉自己的衣饰不够齐整。顿时
朱颜易色，羞得背转身去，轻整仙袂。"六铢"指六铢衣，佛经《长阿
含经·世纪经·忉利天品》称，须弥山顶为忉利天，有神人，衣重六
铢。铢，为古代重量单位，约二十四铢为旧制的一两，言仙衣之极轻、
薄。此笔将水仙花花叶翻飞、舒卷纷乱的情态描写得栩栩如生、鲜活动
人。"娉娉袅袅，晕娇黄、玉色轻明。"转眼间，水仙花又恢复了娉娉
婷婷、袅袅娜娜的高雅风姿，肌肤如玉、两颊绯红，异常美丽迷人。上
片，主要是引用神话、典故描写水仙的外在美，形象生动，笔法婉转，
语言流畅。

　　下片开头连写四个"心"，与上片一气呵成的三个"湘"字一样，
显示了高观国的语言功夫，文笔酣畅洒脱。香心写花，娴静而优雅；波
心写水，水仙生于冬季，此时烟波冷寂，碧水清寒。此诗境似"波心
荡，冷月无声"（姜夔《扬州慢》）。琴心，以屈子之哀怨，烘托氛
围。晋代王嘉《拾遗记》载："屈原以忠见斥，隐于湘沅。……被王逼
逐，乃赴清泠之水。楚人思慕，谓之水仙。"屈原有诗句："使湘灵鼓
瑟兮，令海若舞冯夷。"（《远游》）客心，写游子倦客，也是写诗人
自我情怀。迁客骚人因眼前奇妙的景象而心魄撼动，也为水仙超凡脱俗
之飘逸美而感到惊讶，心旌摇曳。于是不免担心好景不长，仙人已解下
玉佩，重返瑶京。此引用江妃二女的神话传说，见刘向《列仙传》。江
妃二女为天帝之女儿，"出游于江汉之湄，逢郑交甫。"交甫见而悦

之，请其佩，二女解予交甫，交甫受而怀之，然"趋去数十步，视佩，空怀无佩；顾二女，忽然不见。"此一段可望而不可即，恍如梦幻的遇仙传奇，再度为水仙涂上一层神异色彩，同时也暗藏对花期易逝、花容易改的伤怀与隐忧。水仙花形似高脚酒杯，别称金盏银台，故曰"杯擎清露"。水仙花似乎正高举金樽，相邀春兰与梅花共饮，一夕酣醉。而眼前所展现的背景，却是烟波万顷、雪冷江清，一片浩渺迷蒙、清寒凄冷景象。

这首《水仙花》意境凄迷清峻，形象绚丽多彩，引用大量典故、神话和传说，处处写人、写仙，但也处处紧扣水仙，做到了不脱不黏。正如陈廷焯点评："竹屋词最隽快，然亦有含蓄处。"（《白雨斋词话》卷二）

（秦岭梅）

●刘克庄（1187—1269），初名灼，字潜夫，号后村居士，莆田（今属福建）人。以荫入仕。淳祐六年（1246）赐同进士出身。官至工部尚书兼侍读，以龙图阁学士致仕。卒谥文定。有《后村先生大全集》。

◇昭君怨·牡丹

　　曾看洛阳旧谱，只许姚黄独步。若比广陵花，太亏他。　　旧日王侯园圃，今日荆榛狐兔。君莫说中州，怕花愁。

《昭君怨》词牌体制短小，字数不多，刘克庄却以《牡丹》为题，写出了大境界、大情怀，值得赏读。

一开篇，诗人便将思绪引向中都旧事，回想当年曾经读过有关牡丹花的书谱，如欧阳修的《洛阳牡丹记》、李格非的《洛阳名园记》。家国之思、黍离之叹已溢于笔端。姚黄乃牡丹极品，“千叶黄花，出于民姚氏家”（《洛阳牡丹记》），与魏紫比肩。姚黄至北宋末已是珍稀濒危花种，以至“一枝千钱，姚黄无卖者”（《洛阳名园记》），故号称“独步”。广陵花指扬州芍药，北宋时以赏“洛阳牡丹”、“广陵（今江苏扬州）芍药”共称南北赏花盛事，声动天下，且自古便有“牡丹为花王，芍药为花相”的说法。南宋王朝偏安江南后，扬州花事益盛。蔡繁卿守扬州时，每年摘芍药万枝与民同赏乐，称"万花会"。然而，身处沦陷区，在金人铁蹄下的洛阳牡丹，山水迢递，寂寞开无主，便是另一番景象了。相形之下，昔日称花王的牡丹若与眼前的花相芍药相比，则处境堪忧，不忍比看，故曰"太亏"。上片以议论作结，至此诗人题牡丹的主旨已初见端倪。写花王牡丹是虚，只是一种寄托与引子；咏国仇家恨是实，作者寄意遥深，是借牡丹的身世遭际，抒发山河破碎的幽愤，以及对北方故土的无比眷恋。

　　刘克庄心目中的故国家园经过战火的洗刷后早已是满目疮痍，惨不忍睹。下片一落笔，作者便写想象中中州的凄凉景象。牡丹国色天香，倾城倾国，王侯园圃才是姚黄、魏紫最理想的家园，然而，如今却荆棘丛生、荒榛满地，成为狐兔野兽的栖息繁衍之所。昔日"一枝千钱"、雍容华贵的牡丹沦落为与荆棘走兽为伴，情何以堪？怨如何深？诗人将满腔悲愤与忧患凝于牡丹的命运与创痛中。中州本为河南别称，此指东都洛阳。随着古都洛阳沦为金人治下的失地，洛阳牡丹盛事便成为永久的记忆，风光不再，更衍化为宋人心中永难愈合的伤痕和挥之不去的哀怨。痛定思痛，痛何以堪？刘克庄不得不就此打住：莫说中州！为什么？是怕牡丹伤心、忧愁！其实，花草本是无情物，花开有期，花谢有时，无所谓乐，也无所谓愁。怕愁的是人，本不是花，其中蕴含着诗人深沉的忧愤、复杂的情怀和幽邃的思虑。同时也暗藏着诗人志在收复失地，却终究报国无门、壮志难酬的愤慨和哀叹。

　　以花为题，多为香艳锦绣篇章，尤其是题写象征富贵与荣昌的牡丹，更少有哀怨沉郁之词。刘克庄独步天下，专写沦为"亡国奴"后牡丹的凄凉境遇，且与中州盛景相比照，引起无限感慨和伤怀，牡丹也可解作南宋遗民的象征。借花事写国事，以小见大，蕴涵丰富、立意高远、主旨深邃，使刘克庄这首短小精悍的《昭君怨》在思想和艺术上都取得了不俗的成就。

（秦岭梅）

●蒋捷（约1245—1305后），字胜欲，世称竹山先生，常州宜兴（今属江苏）人。咸淳十年（1274）进士。宋亡不仕。有《竹山词》。

◇燕归梁·风莲

我梦唐宫春昼迟，正舞到、曳裾时。翠云队仗绛霞衣，慢腾腾，手双垂。　　忽然急鼓催将起，似彩凤、乱惊飞。梦回不见万琼妃，见荷花、被风吹。

这是一首咏"风莲"的咏物词，细细品味，却更似南宋王朝的一曲沉痛的挽歌。

写风莲却从梦境写起，当然不是于梦中见风莲，而是由风莲联想到唐宫梦。清风乍起，如同给夏日宁静而燥热的荷塘带来了一阵"惊喜"，顿时十里荷塘一片摇红曳翠、溢彩流香，激起绿浪翻滚、花枝翩跹。眼前翠红翻飞的荷塘让诗人联想起富丽堂皇的盛唐宫廷，随风起舞的荷花则正如梦幻中的唐宫美人。身着绛彩霞衣的娇娃舞姬歌舞正酣，也许正在伴贵妃舞《霓裳羽衣》，裙裾曳地、襟袖飘舞，望之若翠云队仗。鼓点暂缓，舞姿也渐转轻柔曼妙，让人沉迷，如痴如醉。"垂手"为流行舞姿，"小垂手后柳无力，斜曳裾时云欲生。"（白居易《霓裳羽衣舞歌和微之》）蒋捷所描写的歌舞场景与白居易相似，以浓墨重

彩，将唐宫的歌舞之欢与眼前的荷塘美景融为一体。何为梦境，何为现实，已是浑然莫辨。

下片开端依然沉浸在梦幻中，然而却是风云骤变，战鼓震天，"渔阳鼙鼓动地来，惊破霓裳羽衣曲"（白居易《长恨歌》）。一个"催"字，渲染出紧张、惊恐的气氛。转眼间，战报飞传，奏事的朝鼓一声紧过一声，边关十万火急，大兵压境，骏马嘶鸣、杀声震天。突如其来的变故，惊得头戴翡翠、衣饰华丽的佳丽们四处逃散，朱颜失色，花容纷乱，像一群受惊的彩凤，八方奔突。

丧家失国的苦痛，终于让作者从梦幻中回到现实，然而"梦回不见万琼妃"。又一阵习习凉风吹过，霎时风荷飐动，十里荷塘如绿浪起伏，波澜壮阔。唐宫消失了，歌舞停息了，美人不见了，昔日的盛世繁华与宴乐欢笑转瞬间烟消云散。蒋捷写玄宗旧事，实际上是以古讽今。由荷塘风莲联想到唐宫盛景、安史之乱，再回到南宋的山河破碎、风雨飘摇。最后，幻境消失，一切成空，叠化成眼前在风中摇摆不定，枝叶翻飞的荷花。故国危亡、大厦将倾，然而却无力回天，喟然浩叹，何其沉痛！

　　这首《风莲》，写物并没有进行一般性的客观描摹，而是借刻画梦中舞姿、体态，力求神似。风格空灵婉转、工丽洗练。唐宫、荷塘，美人、风莲，梦幻与现实交替呈现，在给人以迷离恍惚、奇幻绚烂的艺术享受的同时，更抒兴亡之叹。无论体物、抒怀，层层递进、转换自如，淋漓尽致。

（秦岭梅）

●王沂孙（？—约1290），字圣与，号碧山、中仙、玉笥山人，会稽（今浙江绍兴）人。入元后，任庆元路学正。有《花外集》（《碧山乐府》）。

◇齐天乐·蝉

一襟余恨宫魂断，年年翠阴庭树。乍咽凉柯，还移暗叶，重把离愁深诉。西窗过雨，怪瑶珮流空，玉筝调柱。镜暗妆残，为谁娇鬓尚如许。　　铜仙铅泪似洗，叹携盘去远，难贮零露。病翼惊秋，枯形阅世，消得斜阳几度？余音更苦。甚独抱清高，顿成凄楚？谩想薰风，柳丝千万缕。

咏物词在南宋末世词人笔下，成为隐晦迂曲表达亡国哀痛的一种方式。词题为"蝉"，其寄托的深微，则超出了咏蝉。

先写蝉为齐后怨魂所化的传说，赋词情以感伤色彩。马缟《中华古今注》："昔齐后忿而死。尸变为蝉，登庭树嘒唳而鸣，王悔恨。故世名蝉为齐女焉。"蝉鸣于庭树，为提防天敌，得经常转移位置。"乍咽凉柯，还移暗叶"几笔，隐隐写出遗民自危心态。秋雨送寒，蝉命朝不保夕，蝉声却宛转动听，清脆悦耳，如佩玉相叩，玉筝试弹。魏宫人曾

发明一种鬓型，薄如蝉翼（见崔豹《古今注》），词中反用典故，秋蝉娇鬓如许，可惜只是残妆。

从蝉的饮露餐风，词人想到承露金盘，再联想到汉魏易代的故事。魏明帝将长安汉宫中仙人承露盘铜像拆迁至洛阳，铜人临载竟潸然泪下。无生命的铜人尚且如此，何况敏感如蝉者：本属病翼，哪堪惊秋；已自枯形，何忍阅世；只能独抱清高，顿成凄楚了。结尾仍从蝉的角度，回想薰风送暖、柳丝摇曳的季节，大有昨梦前尘不堪回首之慨。

亡国之音哀以思，写蝉处皆是顾影自怜处。遗民词情调固不免低沉，然而心理学告诉人们：一个人忧郁时，借欢乐的音乐来驱散哀伤，会适得其反；而带有忧郁感的音乐，才是排遣忧郁的一帖良药。这就是感伤词的美感与价值之所在。

（周啸天）

◇眉妩·新月

　　渐新痕悬柳，澹彩穿花，依约破初暝。便有团圆意，深深拜，相逢谁在香径。画眉未稳。料素娥、犹带离恨。最堪爱、一曲银钩小，宝帘挂秋冷。　　千古盈亏休问。叹慢磨玉斧，难补金镜。太液池犹在，凄凉处、何人重赋清景。故山夜永。试待他、窥户端正。看云外山河，还老尽、桂花影。

　　这首词约作于南宋覆亡前夕，宋王朝风雨飘摇，但明月依旧，拜月的风情依旧，思之堪伤。作者借新月暗喻国家衰微、骨肉分离之痛；又以"团圆意"寄托恢复故国、天下一统的美好愿望。

　　起句写赏月。新月乍出，缓缓升起后月色朦胧，悬于柳梢头，似一抹淡痕。淡淡的银光穿过花树枝叶，在地面投下斑驳的影子，且渐渐打破眼前的幽暗，给世间万物染上一层清辉。新月虽还是弯弯的一轮，可却像是在努力地由缺而趋圆，所以在诗人看来已经透出一丝团圆的意味。"开帘见新月，便即下阶拜。"（唐·李端《拜新月》）唐代妇女有拜月的习俗，一为乞巧，也祈求爱情幸福、平安团圆。这是当时北宋遗民的殷殷期盼，也是诗人内心最强烈的希冀。然而，愿望终归是愿望，在这清冷的月夜中，香径寂然，有谁和诗人喜相逢呢？什么也没有发生。孤寂凄婉中，诗人联想起了嫦娥奔月的神话故事，弯弯的月牙不正像嫦娥初描未稳的蛾眉么？"嫦娥应悔偷灵药，碧海青天夜夜心。"

（李商隐《嫦娥》）诗人因此而料想，嫦娥虽身为月宫仙子，却是高处不胜寒，愁怀难释，故曰："犹带离恨。"然而转念一想，又觉得弯月煞是可爱，酷似小小的银钩，挂冒宝帘，将一帘秋意和清凉也一并敛起。诗人此处是在故作轻松状，企图让美丽的月色和可爱的新月将深沉的痛苦和悲伤轻松地掩藏，然事实上是欲盖弥彰。

过片"千古盈亏休问"，是在叹月，因月而感怀。月之盈亏，实指国家之兴亡、天下之分合；言"休问"，其实是问不得，由千古明月联想到北宋旧事，一提便肝肠寸断。站在宇宙人生的高度审视，历史的更替、人世的盛衰有如月之圆缺，循环往复，亘古不变，人奈之何？伤怀也是徒然！玉斧修月的神话传说见唐代段成式《酉阳杂俎》：郑仁本表弟游嵩山，逢一工匠，称月由七宝合成，有八万二千户修之。王沂孙自知复国无望，故反用其意，言徒磨玉斧，明月如金镜，破而难补。太液池本为汉武帝建章宫中水池，此指宋代宫苑。陈师道《后山诗话》云："太祖夜幸后池，对新月置酒。"时为宋朝鼎盛时期，卢多逊咏应制诗曰："太液池边看月时，好风吹动万年枝。"当年的太平盛世早已成空，虽宫池楼台依旧，又到哪里去寻觅卢多逊咏诗的盛况呢？眼前的明月清风、废池残垣，便成为历史的见证。北方故国的黑夜是那样的漫长，作者总是等待着、祈盼着，希望国家和明月一样能有重圆的那天，国土也终能恢复完整。抬眼远眺，云天外故国遥遥、河山莽莽，然而却永远是可望而不可即了。桂花影，指月中仙桂的影子。《酉阳杂俎》中有吴刚伐桂的传说，且云："佛氏言，月中所有，乃大地山河影也。"现实中的大宋国土已经残破不全，月圆的时候，如果仙桂有灵，目睹国家民族的命运如此灾难深重，也许都会黯然神伤，花颜变老。

王沂孙工于咏物，含蓄深婉近周邦彦，琢语峭拔又如姜夔。这首《新月》通篇不见一"月"字，但却处处紧扣主题，章法缜密，由赏月、观月到感月、叹月，所有的家国之思、兴衰之叹皆由咏月而传达，读之令人感慨，耐人寻味。

（秦岭梅）

◇天香·龙涎香

　　孤峤蟠烟，层涛蜕月，骊宫夜采铅水。讯远槎风，梦深薇露，化作断魂心字。红瓷候火，还乍识、冰环玉指。一缕萦帘翠影，依稀海天云气。　　几回殢娇半醉。剪春灯、夜寒花碎。更好故溪飞雪，小窗深闭。荀令如今顿老，总忘却、樽前旧风味。谩惜余熏，空篝素被。

　　龙涎香是一种"芬郁满座，终日略不歇"（《铁围山丛谈》）的珍奇香料，呈蜡状，传说为神龙睡时流出的唾液。其实，龙涎香是抹香鲸之肠内分泌物。王沂孙这首《龙涎香》被置于《碧山乐府》和《乐府补题》卷首，是其咏物词中最负盛名的作品，然主题却极隐晦。经夏承焘先生考证，疑为元初发会稽六陵而作。

　　王沂孙为会稽（今浙江绍兴）人，亲历南宋覆灭的惨状，是一位饱尝亡国之痛的宋末词家。公元1278年，杨琏真伽执掌江南佛教，在会稽掘宋理宗、孟妃等六座帝后陵。据传，理宗口含夜明珠，启棺如生。发墓者倒悬其尸于树间以沥取水银珠宝，竟失其首，惨不忍睹。义士唐珏与友人林景熙召集里中少年收诸帝后残骸葬之。后唐珏与王沂孙、周密、张炎等十四人结社填词，咏"龙涎香""白莲""蝉"等五题，借咏物以抒国破家亡之哀恸，词集曰《乐府补题》。天子乃真龙，王沂孙咏"龙涎香"，其苦心已是昭然。

上阕引用神话传说，介绍采香、制香到焚香的全过程，紧扣题旨，层层推进。传说龙涎香出于大食国西海上，"龙蟠洋中大石，卧而吐涎，漂浮水面，为太阳所烁，凝结而坚，轻若浮石。……鲛人采之，以为至宝。"（《岭南杂记》）峤，此形容高峻峭拔的巨礁；蟠，像蛟龙一样盘结不散；骊宫，传说中骊龙的居处；铅水，指龙涎。以上皆与神龙传说有关，交代龙涎香的来历。在波涛翻滚的月夜，鲛人乘着仙槎，到云烟缭绕的遥远的大海上去采集龙涎。"梦深薇露，化作断魂心字。"讲龙涎香的制作过程。清晨，趁蔷薇正在梦中酣睡，赶紧收集花露，拌和龙涎，制成心形异香。"心字"象征男女情爱，一见便令人断魂，更增加了龙涎香的魅力和价值。据《香谱》载，龙涎香须"慢火焙，稍干带润，入瓷合窨"。龙涎香经慢火精制而成后置入红色瓷盒中，乍一打开，便如见少女之纤手玉环，令人惊喜。此"冰环玉指"指制作成指环状的龙涎香。最后，终于可以享受、品味龙涎香奇异诱人的芬芳了。一缕青烟如一脉翠影，萦绕于帘幕间，恍惚迷蒙中令人神思万里，回想起龙涎香不寻常的来历，如见昔日之海天云气。上片收束处气象博大，气势磅礴，引人遐思，耐人寻味。

下阕遥想当年春夜，携美人焚香饮酒，良辰美景，何等逍遥悠闲。"几回"言焚香之乐于从前乃寻常事，更衬出今日之悲。那时候，夜寒、花碎，都不足以让诗人感伤、悲叹，恰是躲进小屋焚香取乐的好时机，有美人伴酒，有异香萦怀。佳人醉眼迷蒙，意态娇羞，相对剪灯夜话，真是美不可言。然而，更美妙的还是故溪飞雪时节，关起门来，深闭小窗，静静体味龙涎香醉人的芳香，这是何等的温馨！何等的令人陶醉！"荀令如今顿老"再度用典。荀令即三国荀彧，习凿齿《襄阳记》云："荀令君至人家，坐席，三日香。"王沂孙反用其意，言荀令已老，已无当年雅好熏香之好兴致了。此亦诗人自比，家国破亡，焚香之乐已成余烬，如香雾飘散，顿成过往烟云。因而，往事不堪回首，风雅不再，徒见空篝素被。一今一昔对比，情绪起落，婉转低回，怅惘沉郁，既昭示了对故国的眷恋、哀吊，也有对现实的痛惜、慨叹。

（秦岭梅）

● 张炎（1248—1314后），字叔夏，号玉田、乐笑翁，先世成纪（甘肃天水）人，寓居临安（今浙江杭州）。张俊后裔，张枢之子。元至元二十七年（1290）北游元都，失意南归。晚年在浙东、苏州一带漫游，与周密、王沂孙为词友。有《词源》《山中白云》（《玉田词》）。

◇解连环·孤雁

楚江空晚，怅离群万里，恍然惊散。自顾影，欲下寒塘，正沙净草枯，水平天远。写不成书，只寄得、相思一点。料因循误了，残毡拥雪，故人心眼。　　谁怜旅愁荏苒？谩长门夜悄，锦筝弹怨！想伴侣，犹宿芦花，也曾念春前，去程应转。暮雨相呼，怕蓦地、玉关重见。未羞他，双燕归来，画帘半卷。

南宋词咏物多取孤凄的物象，如王沂孙咏蝉，张炎咏孤雁，其作用在于发抒遗民特有的寂寞情怀吧。传说北雁南飞经潇湘止于衡阳回雁峰，词中楚江就是指湖南这一带地方。在江天空阔、暮色苍茫的背景上，着一孤雁的形象，给人以极渺小极孤单的感觉。何况它是长途飞行中因失群而惊魂未定的一只呢。大雁是乐群的鸟儿，白天结队飞行，黑夜宿塘有雁奴为之警戒，孤雁首先失去的就是以往的安全感，"恍然惊散"固然写出这种情态，而"自顾影，欲下寒塘"也全是一片惴惴不安的神情。而"正沙净草枯，水平天远"的空旷背景，又有以大压小、以空欺独的作用——由于自卫本能使然，狭小隐蔽的场所给人以安全感，而开阔无余的场所，实在不是可以借宿之地。词人灵机一动，忽出巧思："写不成书，只寄得相思一点。"盖孤雁在天原只一点，直写则失于平淡，于是词人联想到雁字，乃是雁群的队列所致，而单只的大雁是构不成字的，此其一；"相思"二字也不是硬贴上去的，盖雁字像"人"，则易引起怀人的联想（清代词人纳兰性德有"映窗书破人人字"可参），此其二。于是词人又联想到雁足传书故事。据史载苏武被匈奴扣作人质十余年，牧羊于北海。后来汉与匈奴和亲，要求释放苏武，匈奴诡称已死。汉使探得实情，也诡言天子射上林中得雁，足系帛书言苏武等在某泽中。匈奴只得放苏武归汉。有人认为"料因循误了，残毡拥雪，故人心眼"数句，寓有对身在北地的爱国志士如文天祥等人的思念，则这里的节外生枝，又是借端托寓了。

这片以"谁怜旅愁荏苒"引出两个与雁相关的语典。一是杜牧《早雁》中的句子"仙掌月明孤影过，长门灯暗数声来"，本以雁形容乱离中人民；二是钱起《归雁》中的句子"二十五弦弹夜月，不胜清怨却飞来"。词人又从孤雁的角度，替远方的伴侣着想："想伴侣、犹宿芦花，也曾念春前，去程应转。"不怜己身漂泊寒塘，而念伴侣之犹宿芦花；不言己之相思情切，而言同伴盼望自己去程应转，柔肠百折，耐人寻思。以下更凭空想象孤雁在暮雨中归队的情景，这本应是欣喜莫及的事，词人却用"怕蓦地"三字，写其喜极转怕的心理，与"近乡情更怯"（宋之问）笔墨同妙。篇末一气贯注，"未羞他"即不羞他，"双燕归来，画帘半卷"是多么快乐的情景，而"暮雨相呼""玉关重见"的归队之乐，似有过之而无不及了。这里表现了作者深谙生活的底蕴，此即没有乐群的体验，岂知掉队的凄苦；只有充分体会离群的苦楚，才能更珍视重逢的时光。此词实言近旨远，给人以生活哲理的启迪，当时人们称作者为张孤雁，并不仅仅因为词中有一二名句吧。

（周啸天）

◇水龙吟·白莲

　　仙人掌上芙蓉，涓涓犹湿金盘露。轻妆照水，纤裳玉立，飘飘似舞。几度消凝，满湖烟月，一汀鸥鹭。记小舟夜悄，波明香远，浑不见、花开处。　　应是浣纱人妒。褪红衣、被谁轻误？闲情淡雅，冶容清润，凭娇待语。隔浦相逢，偶然倾盖，似传心素。怕湘皋佩解，绿云十里，卷西风去。

　　一开篇便引用典故，将荷花置于金铜仙人的手掌之上，且在云表玉露的滋润下生长、盛开。《三辅黄图》卷三载，汉武帝在建章宫建神明台，"上有承露盘，有铜仙人，舒掌捧铜盘、玉杯以承云表之露"，饮之以求长生。芙蓉即荷花、莲花。白莲有涓涓金盘仙露的浇灌，自与常品不同，如素妆淡抹、轻衣纤裳的水仙子，翩翩似舞，飘飘欲仙。作者是紧扣白莲色白淡雅、心气高洁的特点来展开笔墨的，只寥寥数笔便让白莲的形象凸现眼前。"几度消凝"句，似描写白莲，也犹在刻画诗人自己。多少寒夜，曾经一次次伫立眺望，独自凝愁，面对烟雾迷茫的湖光冷月，黯然神伤。正销魂失魄之际，却见一汀鸥鹭，翩然飞起。此

情此景，明丽清空，寂寥凄婉。夜色、湖光、烟月、鸥鹭，倘由丹青描画便是一幅绝妙的沙汀白莲鸥鹭图。突然，诗人又记起昔日荡舟之乐，驾一叶扁舟，乘夜静风清之时，随兴而往，飘然湖上，何其怡然自得。举目而望，一览无余，但见烟波浩渺，天水茫茫，恍然间已分不清何为夜空，何为湖水，何为明月，何为白莲，只见得银白色苍茫一片，水天一色。霎时，轻风吹过，送来缕缕清香，这才想起美丽的白莲该是花开何处呢？顿时神清气爽，欣喜异常，愁怀一扫而空。由直描白莲形态之美、月夜景色之美，引出诗人与白莲之亲近，明波、暗香、荷影、舟痕，伤怀、寂寞与油然而生的喜悦，情怀顿挫起落，读来趣味无穷。

　　下片着笔写白莲色白之来历，展开奇想。"应是浣纱人妒。褪红衣、被谁轻误？"在诗人看来，白莲原本有鲜丽的色彩，如身着红衣的美人。只因遭浣纱女西施忌妒，被褪去红裳，所以才变成了如今清淡的素白色。然而，美人出自天然，何须浓妆粉饰？褪去红妆后，风姿不减，反愈见清纯。"闲情淡雅，冶容清润，凭娇待语。"诗人用拟人手法分叙白莲之性情、丰姿与情态之美，如淑女般淡雅、清润，欲语而止，如怨如诉，有如电影里的一连串特写镜头。更让人难忘的是，一度与白莲隔水相望，花解人意，将遮住玉颜的荷伞轻轻掀落，似欲倾盖而语。此笔所写本是清风吹动、荷花枝叶摇晃起伏的情形，诗人却以为是白莲多情，暗送秋波，在向诗人表达仰慕之意，怎不让人心醉神迷、心旌荡漾？难怪陈廷焯称曰："若讽若惜，如怨如慕。"（《云韶集》）

结句一个"怕"字，让情绪陡转。正因白莲风姿可爱，让人怜惜，故而使作者忧虑、害怕，联想到西风袭来时荷花的命运。"湘皋佩解"典见刘向《列仙传》江妃二女传说。江妃二女为天帝女儿，"出游于江汉之湄，逢郑交甫"。交甫见而悦之，请其佩，二女解予交甫，交甫受而怀之，然"趋去数十步，视佩，空怀无佩；顾二女，忽然不见"。此以"解佩"喻白莲花瓣零落，飘然无踪。到时候，但见"接天莲叶无穷碧"，却不见"映日荷花别样红"，空余下十里荷塘绿浪如云。翠绿的荷叶在风中翻腾起伏，而白莲却被西风卷去，魂飞天外了。

张炎出身世家，为循王张浚六世孙，南宋末年最重要的一位词家，与姜夔并称"姜张"。前半生生活优游，贵为公子。然而，南宋灭亡后，元兵攻破临安，其祖父张濡被元兵磔杀，张炎从此落魄佯欢，内心凄苦。此篇是借白莲抒发自己身逢乱世却矢志不渝的高洁之志，同时也流露出对时世的忧患，对故国挥之不去的苦恋情怀。词风凄美，情思婉转，表现出"清远蕴藉，凄怆缠绵"（刘熙载《艺概》）的艺术风格。

（秦岭梅）

●蔡松年（1107—1159），字伯坚，号萧闲老人，真定（今河北正定）人。以宋人随父降金，官至右丞相，加仪同三司，封卫国公。词与吴激齐名，号"吴蔡体"。有《明秀集》。

◇鹧鸪天·赏荷

秀樾横塘十里香，水花晚色静年芳。胭脂雪瘦熏沉水，翡翠盘高走夜光。　　山黛远，月波长，暮云秋影蘸潇湘。醉魂应逐凌波梦，分付西风此夜凉。

此词描写的是初秋时节日暮黄昏之时的荷塘景色。此时赏荷，当是荷花最后的美丽与绚烂了，自然暗藏着一缕淡淡的愁绪与伤感，"水花晚色"已定下了全篇的基调。

落笔处先写荷塘秋色。极目远眺，荷叶葱茏，浓荫环抱，掩映着十里荷塘。樾，此指荷叶投下的绿荫。秋风乍起，缕缕清香醉人心脾。开篇不见荷花，先闻荷香，令人遐想。杜甫《曲江对雨》诗云："城上春云覆苑墙，江亭晚色静年芳。"年芳，一年中花儿最美妙的光景。此化用杜诗意蕴，言虽为秋花晚色，但在诗人看来荷花风采依旧，仍堪赞赏。秋风暮色中的荷花，白里透红，红中泛白，如雪肤玉肌、薄施胭脂的水仙子，恰才走出深闺，浑身散发出迷人的馨香；而风姿绰约的荷叶，则如高举的翡翠玉盘，上面聚集的露滴，随风滚动，像晶莹剔透的夜光宝珠，在夕阳中闪耀着熠熠的光芒。沉水，即沉香，古人用以熏染闺房。这里对荷花进行了特写式描摹，细腻而逼真。然王若虚《滹南遗老集诗话》则评曰："此句诚佳，然莲体实肥，不宜言瘦。"以为彭子升易为"腻"字更妥。其实，初秋荷花亭亭而立于秋风中，即便莲体称"肥"，但形神寂寥，以"瘦"喻之也无不可，此便是"神似"矣！无论肥、瘦，皆为审美直觉，何必以"形"相苛责？

下片起句，诗人化用黄庭坚《西江月》词"远山横黛蘸秋波"，选取远山秀色、水波月影、暮云霞光作映衬，渲染气氛，营造空蒙幽暝的境界以突出荷花的鲜丽形象。其实，此笔尚有语义双关之妙，古诗词中常以"山黛"喻蛾眉，"月波"喻眼神，"暮云"喻秀发，活脱脱一个顾盼有情的美人形象，为下句洛神的出现作铺垫，自然妙合。"秋影蘸潇湘"中以潇、湘二水代指荷塘，略显夸张，然场景顿然拓展，视野开阔。蘸，是对荷花倒映在水中的形象化描摹。转眼间，西风阵阵，暮色将逝，夜凉生寒，映照在水中的荷花倩影，倏然消逝，如一缕醉魂，去追逐洛神的潇湘梦境。曹植《洛神赋》形容洛神："凌波微步，罗袜生尘。"此借仙姝以喻荷花。而言外之意，却是提醒人们当珍惜眼前胜景，静心品味荷花的美丽风姿，否则"水花晚色"转眼即逝，追悔莫及。

（秦岭梅）

●党怀英（1134—1211），字世杰，原籍冯翊（今陕西大荔），徙家泰安。金大定间进士，入史馆编修，出为泰定军节度使，后入为翰林学士承旨。修《辽史》。有《竹溪集》。

◇月上海棠

　　傲霜枝袅团珠蕾。冷香霏、烟雨晚秋意。萧散绕东篱，尚仿佛、见山清气。西风外，梦到斜川栗里。

　　断霞鱼尾明秋水，带三两飞鸿点烟际。疏林飒秋声，似知人、倦游无味。家何处？落日西山紫翠。

这是一首菊花词，借咏菊抒写隐逸之志、思归之情。

开篇对菊花进行"特写"式的细致描摹："傲霜枝袅团珠蕾"，然后进一步对菊花所处的环境、氛围进行刻画："冷香霏、烟雨晚秋意。"晚秋时节，冷雨烟霏之中，菊花傲霜绽放，枝叶柔曼，袅袅婷婷，迎风摇曳，散发着阵阵幽香。菊花不畏霜寒、清高孤傲的品性已初见端倪。古人咏菊往往会由菊花而触及"东篱"，再由"东篱"而引出陶潜。陶潜有诗"日夕气清，悠然其怀"（《归鸟》）、"采菊东篱下，悠然见南山"（《饮酒》其五），党怀英正是巧妙应用了陶诗意境和内涵以抒发自家情怀。至此，诗人荡开一笔，写西风乍起，自己恍若已逃脱樊篱，梦随西风直到斜川、栗里，与陶潜、王弘等人神游。陶潜旧事见《南史·陶潜传》："潜尝往庐山，弘令潜故人庞通之赍酒具于半道栗里要之。"现实中不可实现之理想，只能在梦境中遂愿，心向往之，已见一斑。

上片多处引用陶潜诗句和掌故，诗人由赏菊到追慕陶潜，以至魂牵梦绕。其欲归居山林，倦游隐逸之情怀已显现无余，同时为下阕埋下伏笔，过渡自然。

下片，由东篱赏菊、随风梦游回到眼前秋色中，借苏轼诗句"断霞半空鱼尾赤"（《游金山寺》）以写秋景；又用"人生到处知何似，应似飞鸿踏雪泥"（《和子由渑池怀旧》）以抒发对自由的渴望、人生的慨叹。一江秋水倒映着晚霞，如鱼鳞跃金。飞鸿远骛，两三点消失在烟霭中，顿生漂泊之感。明媚澄澈的秋色勾起无限怀想，人生一世，读书、应试、做官，恰如飞鸿，南来北往奔波忙碌，没完没了，不堪烦忧。其中况味，只有林间响起的飒飒秋风能够解得。"倦游无味"的真切感受引发乡关之思，不如归去！此用张翰思归典故。《世说新语·识鉴》载，张翰在洛阳任齐王东曹掾，见秋风乍起，顿生乡愁，曰："人生贵得适意尔，何能羁宦数千里以要名爵！"遂辞官归去。故而后世诗词多借用"秋风"以寓思归。然而，家在何处？极目远眺，满目余晖，夕阳正好，西山一片紫翠，神思怅然。

这首《月上海棠》情思婉转、意象丰盈，或点化诗境、引用掌故；或咏菊写景，抒怀感叹。起落转承、过渡收束，一气贯通，流转自然。况周颐对下片尤为称道，曰："后段……融情景中，旨淡而远，迂倪（元·倪瓒）画笔，庶几似之。"（《蕙风词话》）

（秦岭梅）

●完颜璟（1168—1208），即金章宗，大定二十九年（1189）嗣位登基，改元明昌、承安、泰和。在位二十年。

◇蝶恋花·聚骨扇

几股湘江龙骨瘦，巧样翻腾，叠作湘波皱。金缕小钿花草斗，翠条更结同心扣。　　金殿珠帘闲永昼，一握清风，暂喜怀中透。忽听传宣颁急奏，轻轻褪入香罗袖。

完颜璟乃金世宗完颜雍嫡孙，因父完颜允恭早逝，被立为皇太孙，二十一岁登基，是为章宗。完颜璟雅尚汉文化，擅书法、精音律，金刘祁《归潜志》卷一载其仅存词二首，一为《生查子·软金杯》，其二便是这首《聚骨扇》，皆为咏物词。可见，完颜璟是一位词中咏物高手，可惜作品多亡佚。

聚骨扇是舶来品，即折叠扇。常以竹木或象牙为扇骨，俗称折扇；又因散其尾而聚其头，故称聚头扇。郭若虚《图画见闻志》载，（宋神宗）熙宁丙辰冬，高丽遣使来中国，用折叠扇为私觌物，其扇用鸦青纸为之。聚骨扇一经由高丽传入大宋，便受到中国文士的钟爱。宋代扇文化极盛，据说还流行一种扇礼，如在大街上与熟人相逢，此刻又不便打招呼，便举扇掩面而过，以免彼此尴尬耽误，也不失礼节，不得罪人。

后来，读书人几乎人手一把折扇，以示风雅，同时也有装饰审美的功用，热天还可以纳凉。久而久之，在扇面上作画、题诗便成为极儒雅风流的一种时尚，这首《蝶恋花》正是一首题扇诗，当作于完颜璟即帝位前，为原王或皇太孙时。

上片写折扇之构造、形制，及扇面之漂亮。"湘江龙骨瘦"，指折扇以湘水之滨的湘妃竹做扇骨。晋代张华《博物志·史补》云："舜崩，二妃啼，以涕挥竹，竹尽斑。"引用娥皇、女英泪染斑竹之传说，又以龙骨作比，旨在渲染折扇之非凡与神奇，具有帝王皇家之尊贵与气象。一个"瘦"字凸现扇骨之坚挺精神、玲珑精致。继而，又将折扇之开合比作"湘波皱"，写出了动态美。就在这股掌间的叠折启合之间，人们便犹如目睹了湘江之波浪奔涌、翻滚腾挪，气象阔大，胸襟不凡。"金镂小钿花草斗"是以细腻的笔触刻画扇面的绘画装饰之美，上面是用金线描成的各色花卉野草，千姿百态，争奇斗艳。由于折扇尾散头聚，故曰"翠条更结同心扣"。同心扣即同心结，喻两情相许，心心相印，永结同心。这是舜帝二妃坚贞不渝的爱情故事的后续记述，前后一脉贯通、一气呵成，读来婉转而酣畅，余味不绝。

下片由折扇而及人，抒发情怀，表达文人雅士的闲适潇洒、风流飘逸。金殿乃王室贵胄之居处，与珠帘共为折扇所处之环境。做皇太孙时的完颜璟，青春年少，天姿过人，前程似锦，日子也过得极为消闲与舒适。闲来无事便好摆弄一柄折扇标榜风雅，打发时光。手中一把小小折扇，可拨弄清风。风量虽小，不过一握，但却透凉入怀，令人欣喜，也因此而爱不释手，展玩不已。此处暗中透露出作为诗人兼帝王的完颜璟性情的狂放和按捺不住的得意，今朝玩清风于掌上，他日便将成为这个世界的主宰，想来不免喜不自胜。正在自得其乐、喜形于色之时，忽听得一声诏令，皇帝宣召上殿奏事，于是急忙正襟敛容，将折扇轻轻收起，往香罗袖中一放，做正事去也。随着折扇的被收拢，悠然闲淡的心情也不得不暂时搁置一边了。末句细节描写，如影视作品中精心设置的一个小场景、小片段，无论写人，拟或写扇，都写得极具个性，轻松自如、生动传神。

　　女真族乃北方渔猎民族，入主中原至完颜璟不过百年，作为少数民族天子贵胄，完颜璟却能将词写到如此境界，既展示了一代帝王诗人的艺术才情，也充分显示了中华诗词艺术的无穷魅力。读来令人欣喜感叹，也值得咀嚼回味。此外，作为宫廷词作，完颜璟写物而不流于浮华、雕饰，笔法工巧轻灵，秀逸雅致，值得称道。

（秦岭梅）

●张养浩（1270—1329），字希孟，号云庄，济南（今属山东）人。元武宗至大年间曾拜监察御史，上疏论时政，为权要所忌，后罢官。仁宗即位，召为右司都事，官至礼部尚书，参议中书省事。有《云庄休居自适小乐府》。

◇秋日梨花

雪香吹尽树头春，谁遣西风为返魂？
月影已非前日梦，雨容独带旧时痕。
只知秋色千林老，争信阳和一脉存。
莫讶殷韩太多事，仙家原不计寒暄。

此诗作于元武宗至大三年（1310）。是年九月张养浩（时为监察御史）上时政书万余言，列举朝廷十大弊端，"言皆切直，当国者不能容；遂除翰林待制，复构以罪罢之，戒台省无复用。养浩恐及祸，乃变姓名遁去"（《元史·张养浩传》）。诗即托物寄兴之作。

"雪香吹尽树头春，谁遣西风为返魂？"一起"雪香"，喻指梨花。梨花应是春季开放，而今秋季重开，事殊反常。但诗人不是科学家，他只是借物言情而已。所以，他于欣喜之余，不禁要问：是谁又派遣秋风使梨花再次还魂复活了呢？这就为以下描写梨花姿容和抒发感叹埋下伏笔。

　　"月影已非前日梦，雨容独带旧时痕。"接着写秋日梨花与春日梨花的异同：秋日梨花不像春天梨花那样浓密，却也经受了风雨的考验。月影—梦、雨容—痕，既生动形象，又不为物所滞，物与我，物理与人情巧妙交融，浑然无迹。

　　"只知秋色千林老，争信阳和一脉存。"一笔宕开，抒发对秋色的新见：自宋玉《九辩》以来，悲秋已成文人的思维定式，诗人却批判了这种"只知秋色千林老"的消极情绪，提出"争信阳和一脉存"的新见——人们的积习太深，怎么能相信这"秋色"原是与春天的阳和暖气一脉相承而存留下来的呢？《周易》中七月乾上坤下是阴阳交泰，与正月乾下坤上，三阳开泰，其实阳气相当，故曰"阳和一脉存"。意在说明人过中年，不应壮志消沉，还当奋发有为。一种积极上进的人生观，却含蓄地寄寓在咏叹秋日梨花的物理之中，尤觉警策而发人深省。

　　"莫讶殷韩太多事，仙家原不计寒暄。"再转，从人事说到"仙家"，但仍挽合到花开季节之事上。《续仙传》载，唐代道人殷七七于浙西鹤林寺使杜鹃花秋日开放。"八仙"之一的韩湘子，常于冬季令牡丹花开数色，每朵之上有一联诗，以预示其族叔韩愈的未来遭遇。诗人说：不要惊异殷、韩多事，让花在秋冬开放，因为仙家本来就不计较花开的季节是在寒季还是暖（暄）季。

　　此诗句句未离开秋日梨花的具体形象特征，却又无不暗合诗人的政治经历及人生感受，不即不离，不滞不脱，言浅而意深，是咏物之佳作。

（熊笃）

●萨都剌（约1307—1359后），亦作萨都拉，字天锡，号直斋，回鹘人。其祖父、父以世勋镇守云、代，遂居雁门（今山西代县）。曾远游吴、楚，泰定四年，进士及第。授镇江录事司达鲁花赤（掌印正官）。后任翰林国史院应奉文字。晚年寓居武林（今浙江杭州）。后入方国珍幕府，终年八十余。为诗俊逸洒脱，清新自然。文章雄健，亦擅书画。有《雁门集》《集外诗》等。

◇雨伞

开如轮，合如束，剪纸调膏护秋竹。

日中荷叶影亭亭，雨里芭蕉声籁籁。

晴天却阴雨却晴，二天之说诚分明。

但操大柄常在手，覆尽东西南北行。

雨伞入诗，实为罕见。这首《雨伞》堪称咏伞的绝唱，是一首令人惊喜、给人启迪、为读者带来审美愉悦的好诗。尤其是立意之高远，同题诗作中恐无人能望其项背。

于人来说，雨伞是极熟悉、极寻常的日常生活用品，没什么了不得的功用，但却不可或缺。雨天可挡雨，晴天能遮阳，伴君左右，随您出行，是生活的好伙伴。"开如轮，合如束，剪纸调膏护秋竹。"诗人开篇写雨伞的形状和制作过程。打开时浑圆如车轮，合拢时收束似草把。"轮""束"都是生活中常见的事物，比喻贴切自然，通俗易懂。中国制伞业历史悠久，随着民间造纸业的不断发达，至唐宋时逐渐有人用纸制伞。其工艺为：剪裁纸张，即"剪纸"；然后以上等竹子为骨架，并裱以纸张，即"护秋竹"；裱纸后须张开让它干透，约半月后再涂以上等桐油膏，使伞面坚实、耐用，即"调膏"。等待油面干透之后，纸伞便可进入千家万户，无论烈日暴雨，均可抵御。"日中荷叶影亭亭，雨里芭蕉声簌簌。"张开遮阳时，雨伞如伸展的荷叶，亭亭玉立，写出了雨伞的漂亮、优雅；抵挡风雨时，雨点打在伞面上，滴答作响，有若夜雨芭蕉，淅淅沥沥，道尽了雨伞的情味、意韵。这两个比喻，给人视觉和听觉上的享受，意象优美、生动传神，耐人咀嚼，颇有诗味。

如果说，以上诗人已经不只是从实用的角度书写雨伞的功用，而是以审美的眼光和诗歌的境界去观察、欣赏、体味雨伞的神韵，那么，后面的两联，诗人则是由雨伞的功用和价值进一步升华，抒发生活感悟、人生哲理。"晴天却阴雨却晴，二天之说诚分明。"雨伞的可爱之处就在于，烈日当头之时，它能够为人们遮挡酷暑，带来一片浓荫和清凉；风雨相侵之际，却又能撑出一方晴空，让你改变处境。雨伞下小小的世界，便是另一个天地！诗人自成一统，管你外面的天空是雨还是风，是阴还是晴！这表明诗人追求独立的人格与清明的环境，不愿与世沉浮，为世事所累。

末句诗人突发议论："但操大柄常在手，覆尽东西南北行。"伞柄，暗喻统治者手中的权力。诗人突发奇想，借雨伞直抒胸臆。希望自己有朝一日能够大权在握，行遍东西南北，荫蔽世间万物、天下苍生，用手中的权力为民造福，实现自己的政治理想。尽管，这种愿望在元朝是无法实现的，但诗人写出了心中豪气、胸中块垒和满怀抱负，何等畅快淋漓。

普通的一把雨伞被诗人描摹得如此出神入化、耐人寻味，丝毫不觉做作、呆板、枯涩、俗套，展示了这位少数民族诗人独特的艺术才华和深邃的思想情感。时人称赞曰：（萨都剌）"清而不佻，丽而不缛。"（顾嗣立《元诗选》）虞集也说："进士萨天锡者最长于情，流丽清婉，作者皆爱之。"（《傅与砺诗集原序》）以上评价都极公允。

（秦岭梅）

●谢宗可（生卒年不详），生平不详。约元文宗至顺初前后在世。有《咏物诗》。

◇卖花声

春光叫尽费千金，紫艳红香藉好音。
几处唤回游冶梦，谁家不动惜芳心。
韵传杨柳门庭晚，响彻秋千院落深。
忽被卷帘人唤住，蝶蜂随担过墙阴。

作者是元代擅长咏物的诗人，有《咏物诗》百首传世。《卖花声》一诗，咏写卖花一事，而句句落在卖花之声上；这声音是连接卖花者、买花者、惜花者之间的直接纽带，而引发不同人感情涟漪的，却是共同的惜芳爱时、恋念青春的心态。

"春光叫尽费千金，紫艳红香藉好音。"入手擒题，用"叫尽""好音"扣"声"，"费千金"扣"卖"，"春光""紫艳红香"扣"花"，无一字闲置。按，叫卖本身就是古代市民社会的一道风景，随卖的物什不同，各有各的叫法，卖花的叫法不知如何，要亦是高低疾徐，抑扬顿挫，极为诱人的。

"几处唤回游冶梦，谁家不动惜芳心。"以"唤"字应承叫卖之意，而通过"几处""谁家"的勾勒，实现了一系列转换：一是描写对象的重心，由春光春花和卖花之事转入了突出一般人对春花的情感反应；游子因春感梦而生故乡之思，爱花之心闻声而动买花之欲；二是由上联的叙写方式转变成突出抒情意味，即将首联的情感暗流变成了明显的情感抒发；三是将上联暗示的个人惜芳之意，推广为处处家家共同的惜花心情。

"韵传杨柳门庭晚，响彻秋千院落深。"两句专从声音着想，"韵传""响彻"是此联的关键词语，"杨柳门庭""秋千院落"是空间概念，是卖花声流转的平台，只有在这样沉寂空旷的地方，韵才能传，响才能彻。

"忽被卷帘人唤住，蝶蜂随担过墙阴。"写买花，是叫卖的效果。叫卖声因卷帘人的呼唤而戛然停止，而它的目的也就达到了。一群蜂蝶，追逐着卖花人的担子，被卷帘人引过墙阴。人是看不见了，诗的余味却无穷。结尾巧妙地摄入一个卖花的场面，蜂蝶追花飞入墙内的形象，既别致又耐味，实是画图难足。

（杨胜宽）

◇纸鸢

孤骞稳驾剡溪云，多少儿童仰羡频。
半纸飞腾元在己，一丝高下岂随人。
声驰空碧东风晓，影度遥天化日春。
谁道致身无羽翼，回看高举绝红尘。

　　历代吟咏风筝的诗歌不计其数，如："依稀似曲才堪听，又被风吹别调中"（高骈《风筝》），"竹马踉跄冲淖去，纸鸢跋扈挟风鸣"（陆游《观村童戏溪上》），"何处风筝吹断线？吹来落在杏花枝"（骆绮兰《春闺》）。纸鸢是风筝的一种，形状或图案为鸟形，故名。每个人的童年记忆中也许都少不了风筝的影子，人们熟悉风筝，了解风筝，喜爱风筝。然而，在中国古代诗歌中，风筝所具有的审美意味和象征意义，则大多是高处不胜寒的清冷、随人摆弄的不自由，以及飘浮不定的孤寂。特别是断线的风筝，更是意味着身世飘零、无所依傍、吉凶难卜。然而，谢宗可这首《纸鸢》则一洗颓废、哀婉之气，写出了崭新的气象和昂扬的精神，贵在主旨新、立意高、构思巧、情感真。

　　漂亮的纸鸢在剡溪（浙江省曹娥江上游）的上空飞翔，自然有一根丝线牵引着它。在诗人看来，这对纸鸢的自由翱翔没有丝毫的妨碍，没什么值得感伤和颓丧的。一个"驾"字，言纸鸢飞得极高，已经凌驾于白云之上。同时也描绘出纸鸢在云彩之间翻飞、穿行的情景，随心所欲，悠然自在，舒展而张扬，万人共仰，自在得意。继而，诗人将人们的思绪拉回地面，拉回到孩子们中间，甚至拉回到自己的孩提时代。自古以来，有多少孩子抬头仰望风筝，对风筝充满羡慕。这是对天空的向往，对飞翔的渴望，对自由的憧憬！诗歌一开篇就令人遐思，催人振奋，给人欣喜。

　　"半纸飞腾元在己，一丝高下岂随人。声驰空碧东风晓，影度遥天化日春。"半张白纸便可制作一个风筝，一旦放飞便得自由，只属于自己，属于浩渺的天空。"一丝"和首字"孤骞"前后照应。纸鸢凌空飞舞，随风上下，身之所至，率性而为，岂是手中那根小小的丝线所能左右和控制的？人们清晰地听见，纸鸢发出的清脆哨音，在天地间鸣响，声彻云霄，随着东风传至遥远；人们又惊喜地看到，纸鸢沐浴着和煦的阳光，不仅装扮着初春的天空，而且在广袤的大地上留下了美丽的身影，与绚烂的春色浑然一体，为自然增色。这样的描写，使诗歌洋溢着一种飘逸、悠然、超脱的情味，意境宽广，令人心旌摇曳。

　　除这首《纸鸢》外，谢宗可还有《风筝》诗十首，足见其对风筝的喜爱，寄寓甚多。的确，风筝是天空的孩子，她驾驭东风，和白云游戏，以碧空为伴，自由自在、无拘无束，这正是人们所追求和企盼的理想人生境界。特别是在元代社会，知识分子思想苦闷、精神压抑，更希望人性解放、思想自由，这一切，诗人都通过对纸鸢的描绘和议论得以充分展现。"谁道致身无羽翼，回看高举绝红尘。"谁说风筝没有翅膀？她不是已经高飞入云，远远地超越于红尘之上了吗？"红尘"暗喻当时的黑暗现实，曲折地表达了知识分子对元朝统治的不满，以及对世俗社会的否定。其实，任何统治，都只能束缚人的肉体，却无力禁锢人的思想。只要人心不死，人的心灵便永远自由，思想也永远鲜活。就像没有羽翼的纸鸢，随时可以自由飞翔，风行万里，毫无羁绊！

　　整首诗，语言流畅、自然、纯朴，一气呵成。用曲折的笔触，借小小的纸鸢，巧妙地展示了元代知识分子复杂的内心世界和执着的精神追求，引人共鸣，发人深省。

（秦岭梅）

●贯云石（1286—1324），畏兀儿人，阿里海涯孙，父名贯只哥，遂以贯为氏，名小云石海涯，自号酸斋。元仁宗朝拜翰林侍读学士，后称疾辞仕，移居江南。卒后追封京兆郡公，谥文靖。

◇双调·清江引·咏梅（录二）

　　南枝夜来先破蕊，泄漏春消息。偏宜雪月交，不惹蜂蝶戏。有时节暗香来梦里。

　　贯云石原名小云石海涯，号酸斋，出身畏兀儿族贵胄，毅然将世袭爵位让于弟，北游求学。元仁宗时拜翰林侍读知制诰，旋即称疾辞官，隐居杭州西湖一带，飘然世外，性情旷达疏放。《咏梅》小令四首，正是这种生活情调和潇洒心境的再现，颇有个性。此篇为《咏梅》第一首，在赞美梅花的同时，表达了贯云石对梅花孤高超脱，不争春、不媚俗，傲立霜雪的高贵品格的赞赏，从侧面突出了诗人的心灵追求。

　　李峤有《红梅》诗："大庾天寒少，南枝独早芳。"此曲中的"南枝"同样指梅花，只是将之人格化了："南枝夜来先破蕊，泄漏春消息。"蕊，即花蕾。杜甫称"漏泄春光有柳条"（《腊日》），报春的是杨柳。但贯云石则以为梅花比柳条更早知春，后毛泽东《卜算子·咏

梅》亦有"俏也不争春，只把春来报"词句。乘着夜色，梅花羞羞答答地绽开花蕊，像是一位多嘴的女孩，不经意间泄露了春天的消息，给人们带来欣喜，带来希望。梅花初放时的娇羞与妩媚，独立寒冬的俊朗与精神，不着一艳词竟自展现无余。

接下来诗人开始刻画梅花的傲岸清高、不畏风雪，这是梅花的灵魂。"偏"一字道破了梅花孤高不群、与众芳迥异的秉性——与冰雪、冷月为友，不招蜂惹蝶，更不屑与春花争艳，以媚态示人。这是讴歌梅花，也是诗人自况。雪、月皆为圣洁无瑕、纤尘不染的意象，此处用以衬托梅花，愈显梅花之高洁与坚贞。

称梅花"暗香"的诗人不少，如"暗香浮动月黄昏"（林逋《山园小梅》）、"遥知不是雪，为有暗香来"（王安石《雪梅》）。贯云石继承了前人的意境并进行了拓展，将暗香引入梦中。恍惚迷离的梦境与若有若无的幽香融合在一起，共同构成了一种缥缈深邃的诗境。

作为少数民族诗人，贯云石文武双全，工诗、书、文，尤擅散曲。如《咏梅》此类描写山林隐逸、啸傲风月生活的作品，以清俊、爽朗见长，同时也浸染上了江南诗歌清丽秀美的色彩，当时最为流行，备受称道，与徐再思合称"酸甜乐府"。

　　芳心对人娇欲说，不忍轻轻折。溪桥淡淡烟，茅舍澄澄月。包藏几多春意也。

古人有喻美人为解语花者，"芳心对人娇欲说"，则是反过来，说梅花解语。于是梅就成了一位冰肌玉骨的美人，也就教爱花赏花的人不忍轻折，唯恐亵渎。

"溪桥淡淡烟，茅舍澄澄月"对仗精工。溪桥、茅舍，表明所咏是野梅。淡淡烟、澄澄月，恰合其疏淡、莹洁的风神，可谓妙于造境。

野梅冷清、寂寞，然而预告着春的消息，也可以说包藏无限春意。恰如高洁的美人，不苟言笑，内心生活却是丰富的，细腻的。"包藏几多春意"之说，更使人加深了对"娇欲说"的理解。此曲用拟人法是成功的。

（秦岭梅）

●徐再思（生卒年不详），字德可，号甜斋，嘉兴（今属浙江）人。与张可久、贯云石同时。

◇双调·殿前欢·观音山眠松

老苍龙，避乖高卧此山中。岁寒心不肯为梁栋，翠蜿蜒俯仰相从。秦皇旧日封，靖节何年种，丁固当时梦？半溪明月，一枕清风。

题为"观音山眠松"，松为主角，观音山为地名，"眠"状老松之形态、走势。因松树倒卧盘环如蛰龙，故称"眠松"，非曰诗人卧眠于松下，故作一高士姿态。至于观音山，中国同名的名胜古迹甚多，经前人考证，当为扬州城西北之蜀冈东峰。上有寺院，宋时名摘星寺，元代至元年间复开山扩建，供奉观音菩萨，故又称观音山。显然，这棵形状奇特的倒卧老松当生于奇峰怪石之上或悬崖绝壁之间，蔚为奇观，故牵动甜斋先生情怀，作曲咏之。

作者紧扣老松之独特外形展开笔墨，称之"老苍龙"。古松表皮斑驳嶙峋，状如龙鳞。加之曲折盘桓，根节交错，形似蛰伏的龙身，故古诗词中常以苍龙喻之。如："苍龙转玉骨，黑虎抱金柅"（苏轼《柏石图》），"地耸苍龙势抱云，天教青共众材分"（李山甫《松》）。

"避乖"写老松之性情风骨；"高卧"喻老松之品格操守。老松历尽沧桑，性格乖舛，不合时宜，故而远避世间纷扰、喧嚣，高蹈出世，长卧于此深山峰峦之上。此笔不言而喻，与其说是写松，不如说作者自况。"岁寒心"言心志不改其高洁，语出《论语·子罕》："岁寒然后知松柏之后凋也。""不肯为栋梁"，指行为上特立独行，心系山林，以归隐为乐。"为栋梁"，犹言入朝为官，低眉折腰，为统治阶级所用。作者自比为老松，直言不愿放弃凌霜傲雪之风骨，威武不屈、玉洁冰清，决不肯去充当什么国家栋梁。"翠蜿蜒"指寄生于老松枝干上的翠绿色茑萝藤蔓；"俯仰"，形容藤蔓依附松枝，上下曲折、缠绕盘旋。这些蜿蜒而上的藤萝，岂能与苍松相媲美？只不过是借松枝的高度，满足虚荣，增加威仪，反倒成了松树的陪衬。此又作另一种解法，或以为古人常以"藤缠树"喻夫妻恩爱和美，言作者与妻子隐居世外，过琴瑟相和、淡泊相守的恬静日子。

总之，面对如此高雅傲岸的苍松，作者感慨万端，徘徊左右，心生仰慕。于是突然回想起有关松树的若干掌故，心潮起伏，玄想此眠松即当年秦时古树，或是由陶公亲手所植，抑或为丁固梦见的那棵腹上奇松。秦皇事见《史记·秦始皇本纪》：二十八年，始皇议封禅，"遂上泰山，立石，封，祠祀。下，风雨暴至，休于树下，因封其树为五大夫。"五大夫，秦官爵第九级。其实《史记》并没有明言始皇躲雨的那棵树是松树，但后人却一致肯定，徐再思也就为我所用了。陶渊明号靖节先生，《归去来兮辞》曰："三径就荒，松菊犹存。"徐再思据此推想。丁固，三国时吴人，字子贱。据《吴书》载，丁固任尚书时，忽梦松树生其腹上，故曰："松字十八公也，后十八岁，吾其为公乎？"后来果然当上了大司徒，位列"三公"。作者连用三个典故，一是推测老松年岁久远，如年高德劭的长者；二是赞叹老松身世不凡，非同寻常。

　　结句一笔宕开，意境突转清空，文思极为幽邃，写老松亦写自身。
老松如一位山中隐士，伫立于明月星空之下，徜徉于山水夜色之中，听
潺潺溪水，赏松间明月，枕一缕清风，妙不可言，其乐无穷！其意境与
"明月松间照，清泉石上流"（王维《山居秋暝》）相似。置身于大自
然如此美丽静谧、清幽明净的怀抱中，作者定然凝神静气、心如明镜、
了无尘埃，已达到圆融通透、物我两忘之境界了吧？

　　徐再思以清丽工巧见长，《太和正音谱》赞其曲如"桂林秋月"，
意为：澄澈空灵、清朗秀美。此篇咏松佳作正是如此。

（秦岭梅）

●鲜于必仁（生卒年不详），字去矜，号苦斋，渔阳郡（治所在今天津蓟州区）人。生活在元英宗至治（1321—1323）前后。出身官宦，却布衣终生，寄情山水。

◇双调·折桂令·棋

烂樵柯石室忘归，足智神谋，妙理仙机。险似隋唐，胜如楚汉，败若梁齐。消日月闲中是非，傲乾坤忙里轻肥。不曳旌旗，寸纸关河，万里安危。

散曲中尤数小令灵活、精悍，常为文人用以表达生活情趣和点滴感怀。此曲为鲜于必仁重头小令之一，本为四首，分咏琴棋书画。这种串联组曲，在元散曲中并不少见。除咏琴棋书画外，还有题春夏秋冬、歌舞吹弹，甚至酒色财气等，不一而足。总之，多半与文人的闲情逸致有关。

棋，为消闲之技艺，博之取乐，不在高下，贵在参与，古人深爱之。"烂樵柯石室忘归"引用《述异记》（卷上）有关烂柯山的传说。浙江衢州市衢江区南有石室山，晋时樵夫王质伐木至，"见童子数人，棋而歌"。王质受其感染，驻足观之。"童子以一物与质，如枣核。质含之，不觉饥。俄顷，童子谓曰：'何不去？'质起视，斧柯烂尽。"

王质急急归去，已非当世。后石室山故称"烂柯山"，柯，即斧柄。
"足智神谋，妙理仙机"是作者借王质之口称赞棋局之精彩多谋、变幻
莫测。此笔极显下棋之乐，摄人心魄，纵是观之闻之，已足使王质陶然
忘归，同时意在烘托围棋之神异色彩。接下来，作者又对棋局的扑朔迷
离、胜败难料进行细致描写。下棋虽常被称作雕虫小技，但暗藏玄机，
技法深奥，犹如兵家相争，杀伐有道。"险似隋唐，胜如楚汉，败若梁
齐。"连用历史上有名的三大著名战例，淋漓尽致地展示了棋局的奇异
变化，步步推进。先是两军对峙，杀气腾腾，险象环生；继而棋子一
落，胜败已定，局势明朗。胜者如楚汉之争，十面埋伏、四面楚歌，刘
邦逼项羽败走乌江，怆然自刎；败者则如齐梁覆灭，顷刻间金陵王气黯
然而收，土崩瓦解，空余楼台烟雨中。

　　神话传说、历史故事都讲完了，作者开始发表议论和感悟。下棋虽是末技，但却能供人消遣，打发时光，闲中取乐。人闲生是非，饱食终日无所事事，难免心态扭曲、牢骚满腹，然而手握小小棋子，便觉神清气定，闲愁顿消。落子声中，悠悠岁月不知不觉飞逝而去。在作者眼里，棋局亦如世事。棋盘上的风云变幻、生杀予夺、胜负兴亡，有如没有硝烟的战场，虽不见旌旗摇曳、金鼓震响，但方寸之地却事关英雄霸业、江河雄关、社稷安危。转瞬间楚灭汉立、隋亡唐兴，时代更替、江山易主。总之，现实中不可企及的追求、梦想，在棋盘上都能得到精神上的满足；人世间的兴亡破立，在对弈中也能够得到演绎与再现。人间事便与博弈一样，不过是一场游戏一场梦而已，何须忙忙碌碌、蝇营狗苟，或忙于争夺江山，执掌乾坤；或志在建功立业，追名逐利。故深谙棋道者，常常笑看人间、傲视乾坤。鲜于必仁生于元末，长期隐居浙西。咏棋当有弦外之音，其归隐出世不过是玉在奁中，待时而飞罢了。有朝一日出人头地，便会主宰时事如经营棋局，玩天下于股掌之间。豪气冲天，狂傲非凡。

　　这篇《棋》曲深藏理趣，立意高远、境界雄阔、格调清峻，当被今日爱棋之人悬挂于高堂之上，日日玩味，引以自省。

（秦岭梅）

●乔吉（？—1345），一名吉甫，字梦符，号笙鹤翁，又号惺惺道人。太原人，流寓杭州。剧作存目十一种，有《杜牧之诗酒扬州梦》等三种传世。

◇双调·水仙子·咏雪

冷无香柳絮扑将来，冻成片梨花拂不开。大灰泥漫了三千界，银棱了东大海。探梅的心嗻难揸。面瓮儿里袁安舍，盐罐儿里党尉宅，粉缸儿里舞榭歌台。

古人写物，以寄托为要。后人以为乔吉这首《咏雪》纯为歌咏，无关情怀。此类纯咏物作品能得以传世，在古代诗文中当为罕见。

天寒地冻，雪花飘然而来，晶莹悠扬，虽称为"花"却无香味，故曰"冷无香"。从古至今，人们酷爱雪花。寻常百姓称"瑞雪兆丰年"，何况文人！《世说新语·言语》载，东晋宰相谢安，寒雪日召集子侄辈讲论诗文，开展"素质教育"。"俄而雪骤，公欣然曰：'白雪纷纷何所似？'兄子胡儿曰：'撒盐空中差可拟。'兄女曰：'未若柳絮因风起。'公大笑乐。"兄女，即安西将军谢奕之女，后来王羲之儿子王凝之的妻子——才女谢道蕴。用梨花比拟雪花，见唐代诗人岑参《白雪歌送武判官归京》："忽如一夜春风来，千树万树梨花开。"柳絮状雪花之细密，梨花则喻雪片之硕大。雪花扑面而来，铺天盖地，拂之不去，不见天日。乔吉借前人诗意，将雪花比作柳絮、梨花，自然称不上新颖，但继而称"大灰泥"则顿显别致和独特。雪花纷纷扬扬，如同大片泥灰弥漫了三千世界，给浩渺的大海也镀上了一层银白色。"三千界"为佛家语，指客观世界、宇宙万物。"探梅的心"典出自唐代，传说孟浩然于大雪天骑着一匹跛足驴儿踏雪寻梅，何等风雅。然而，如此遮天蔽日的大雪，则让乔吉望而却步了，不得不将效仿古人的兴致暂时收敛起来。此极言天寒，暗衬大雪之强劲，来势猛烈，难以抵御。

结句最佳。"胡儿"将雪花比作盐巴，谢道蕴又比作柳絮，乔吉独出心裁先喻为灰泥，现又呼为面、粉。大雪纷飞，弥漫天地，一派银装素裹。因而袁安舍、党尉宅、舞榭歌台皆如同覆在了面瓮儿、盐罐儿、粉缸儿里，成为囫囵一块，看不出形状棱角来。举目远望，万物沉寂，好一片白茫茫大地！袁安，东汉寒士，居洛阳。冬日大雪，别人外出乞讨，他仍自恃清高，躺在屋里睡大觉，门户久闭以至大雪封门。县令掘雪救之，问："何以不出？"袁安答曰："大雪人皆饿，不宜干人。"（《后汉书·袁安传》李贤注引《汝南先贤传》）后以"袁安卧雪"喻志士安贫乐道、清高有节。党尉，即党进，北宋太尉。一介武夫，每逢大雪便幽居家中，饮酒赏雪，赋诗取乐。门户也被大雪封住，成了盐罐子。以面瓮儿、盐罐儿、粉缸儿设喻，不仅新奇古怪，且诙谐有趣，于俚俗中见趣味，堪称大俗大雅。

这首《水仙子》朴素浅近、幽默诙谐、比喻奇巧，读来反觉清新活泼、天真可爱，令人耳目一新。通过歌咏雪花，字里行间流露出作者对自然的无限热爱，表现了作者与自然之默契、相知与亲近。这是否也可以解作乔吉咏雪的另一种情怀与寄托？也许，这恰好正是这首"纯粹的"咏物散曲得以传世之奥妙所在。

（秦岭梅）

●王冕（1287—1359），字元章，号煮石山农、饭牛翁、梅花屋主等。诸暨（今属浙江）人。农家出身，刻苦自学。试进士不第，遂下东吴入淮楚。至正间北游大都，荐官不就，归隐九里山。朱元璋攻下婺州，闻其名，延入幕府，授咨议参军，未几卒。工画。有《竹斋集》。

◇白梅

冰雪林中著此身，不同桃李混芳尘。

忽然一夜清香发，散作乾坤万里春。

白梅与墨梅的不同，表现在画法上。墨梅是用没骨法，以淡墨点出花瓣，"个个开花淡墨痕"。白梅则是用白描双钩法，用细线勾勒出花瓣，更能直接地表现梅花冰清玉洁的神韵。所以《白梅》的第一句即"冰雪林中著此身"。就色而言，是以"冰雪"形"此身"之"白"也；就品性而言，是以"冰雪"形"此身"之坚忍耐寒也，而梅花非人，何以"此身"言之？这就是拟人，这梅树可不就是王冕其人的化身！

已经标举白梅的冰清玉洁，接着就拿桃李作反衬。夭桃秾李，花中之艳，香则香矣，可惜争春太苦，未能一尘不染。"不同桃李混芳尘"

的"混芳尘"，是说把芳香与尘垢混同，即"和其光，同其尘"（《老子》）。相形之下，梅花则能迥异流俗，"已是悬崖百丈冰，犹有花枝俏"。所以"清香"二字，只能属梅，而桃李无份。

"忽然一夜清香发，散作乾坤万里春。"这是诗中惊人之句。也许只是诗人在灯下画了一枝繁梅而已。而诗句却造成这样的意象：忽然在一夜之中，全世界的白梅齐放，清香四溢，玉宇澄清。较之"前村深雪里，昨夜一枝开。风递幽香出，禽窥素艳来"（齐己《早梅》），其气概何如也？单就气概而言，简直可与宋太祖《咏初日》"一轮顷刻上天衢，逐退群星与残月"、《秋月》"才到中天万国明"等豪句媲美。但日月是帝王的取象，梅花则是志士的取象。故二者给人的质感不同。王冕《白梅》给人以品高兼志大、绝俗而又入世的矛盾统一的感觉，这又正是王冕人格的写照。

宋濂《王冕传》载，王冕"尝仿《周礼》著书一卷，坐卧自随，秘不使人观。更深人寂，则挑灯朗讽，既而抚卷曰："吾未即死，持此以遇明主，伊、吕事业不难致也'"。宜其借颂美梅花的芬芳中，寄托发抒如此兼善天下之壮志也。

（周啸天）

●迺贤（1309—1368），一作纳新，字易之，葛逻禄氏。世居金山之西，后寓居南阳（今属河南）。随兄到江浙，遂家鄞县（今浙江宁波）。惠宗年间，入翰林。有《金台集》二卷。

◇京城燕

三月京城寒悄悄，燕子初来怯清晓。河堤柳弱冰未消，墙角杏花红萼小。主家帘幕重重垂，衔芹却向檐间飞。托巢未稳井桐坠，翩翩又向天南归。君不见旧时王谢多楼阁，青琐无尘卷珠箔。海棠花外春雨晴，芙蓉叶上秋霜薄。

作者自注云："京城燕子，三月尽方至，甫立秋即去。有感而作。"这是说因京师气候较冷，燕子在三月底才飞来，刚立秋就飞走了，其间为时不长。引起诗人对于人间荣华难久的感慨，因而作诗。诗中又暗用了"旧时王谢堂前燕，飞入寻常百姓家"（刘禹锡《乌衣巷》）诗意，加强盛衰之感。

如果是江南三月，早已是杂花生树，群莺乱飞，气候温暖宜人了。而地处北国的京华，三月底尚春寒料峭，燕子这时飞来已不算早，却仍"怯清晓"，这就写出了地域差别。"河堤柳弱冰未消，墙角杏花红萼小。"与苏东坡"花褪残红青杏小,燕子飞时,绿水人家绕"的词句比较,相映成趣。同是燕子归时,同在暮春,南方是绿水长流,而北国却河冻初开;南方已结杏子("青杏小"),北国杏花始放("红萼小");南方"枝上柳绵吹又少",北方却柳芽初吐,不胜娇弱。正因为气候寒冷一些,所以"主家帘幕重重垂",为的是保暖,不是拒绝燕子。而燕筑巢心切,于是"衔芹却向檐间飞",将就着在屋下找个避风处做窝。以上六句都写燕子"三月尽方至"的情况,写景绘事,细致入微,可谓化工之笔。一"怯"字有点睛之妙。

以下两句一跳写立秋,直是骏快。"托巢未稳井桐坠,翩翩又向天南归。""井桐坠"三字写尽秋色,与上段写初春物候相比,一何简洁。"托巢未稳"四字,则写京城燕居留时间太短。不能在繁华富贵的京城久住,窝还没有睡热,"翩翩又向天南归"矣,慨曷胜言。

于是诗人自然联想到人间的荣华,也和燕子居京华一样不可久持。"王谢"本是南朝两大豪族,与北国无关,与元代的京师无关。但它早就成了富贵人家的代名词,何况刘禹锡又把他们和燕子搭上联系。周邦彦从刘禹锡《乌衣巷》诗得到灵感,在其名作《西河·金陵怀古》中也兴叹过:"酒旗戏鼓甚处市?想依稀、王谢邻里。燕子不知何世,向寻常、巷陌人家,相对如说兴亡、斜阳里。"又翻出新意,他不是以燕嘲人,而是将人比燕:"君不见旧时王谢多楼阁,青琐无尘卷珠箔",这是"旧时王谢堂前"景观。眼前呢?妙就妙在根本不说这个,而以春花秋叶荣枯对照作结:"海棠花外春雨晴,芙蓉叶上秋霜薄。"前句之景何等明媚,有如人家兴旺之时;后句之景一何萧条,有如人家破败之时。世事无常,荣华一梦。这一切不是和京华之燕的"托巢未稳"有几分相似么?

(周啸天)

●杨基（1326－1378后），字孟载，号眉庵。原籍嘉定（今四川乐山），生长于吴中，为"吴中四杰"之一。初为张士诚幕僚。明初官山西按察使，后谪为输作，卒于工所。有《眉庵集》。

◇清平乐·柳

欺烟困雨，拂拂愁千缕。曾把腰肢羞舞女，赢得轻盈如许。　　犹寒未暖时光，将昏渐晓池塘。记取春来杨柳，风流全在轻黄。

起句不俗，写春雨霏霏，烟霭沉沉，新柳笼罩在一片迷蒙凄清的氛围中，用了"欺""困"二字。虽是借用史达祖《绮罗香》词"做冷欺花，将烟困柳"。但前人写雨，杨基则直接用以写柳，亦见新意。新柳恰逢春雨，乃自然现象、寻常景观，于新柳更无所谓哀乐，然而，此情此景融为诗句，便是另一种情怀了。刚刚吐出嫩芽儿的细柳，被烟雨欺困，让诗人顿生寂寥困厄之悲。那丝丝缕缕的柳枝，化作万千剪不断的愁绪，在诗人的心中飘荡、萦绕。"隔溪杨柳弱袅袅，恰似十五女儿腰"（杜甫《漫兴》），杨基学杜诗，也将新柳人格化，想象成多愁善感、身材窈窕、姿态优雅的豆蔻美人。她如此漂亮的腰肢一度让向以"好身材"自诩的舞女们羡慕不已，甚至羞于歌舞。因而，杨柳终以体态轻盈、风姿婀娜而著称，"赢得轻盈如许"。上片直写烟雨杨柳，格调虽显愁闷低回，但也算自然真切。

下片开端，将时空拉开，对杨柳生存的大环境进行展示。境界骤变，气象开阔，一扫上片留下的凄怆与清冷。一是交代时间——乃新春伊始，乍暖还寒时候，将昏渐晓时分；二是告知地点——清浅美丽的池塘边。这里便是杨柳生长的地方，寻常而温馨。春寒料峭，新柳愈显精神，一树屹立在晨光中，枝叶飘逸、身姿绰约的新柳映入眼帘。然而，最让诗人难忘，也是最值得称道的，还是初春杨柳吐出的嫩芽所泛出的鹅黄色。远远望去，鹅黄柳烟，鲜丽清新，洋溢着生命的活力和青春的气息，催人振奋，令人欣喜，这才是新柳最美丽迷人之处。故诗人叹曰："风流全在轻黄。"

描写初春新柳的诗词，佳句名篇迭出，不胜枚举。如韩愈《早春呈水部张十八员外·其一》"最是一年春好处，绝胜烟柳满皇都"，李商隐《咏柳》"江南江北雪初消，漠漠轻黄惹柳条"等。此《清平乐》亦独有个性，虽体制短小，却自然晓畅、工丽精致，毫不做作巧饰，颇耐赏读。

（秦岭梅）

●高启（1336—1374），字季迪，长洲（今江苏苏州）人。元末隐居吴淞青丘，自号青丘子。与杨基、张羽、徐贲并称"吴中四杰"。洪武初，召修《元史》，授翰林院国史编修。拜户部侍郎，不受。后被明太祖借故腰斩。有《高太史大全集》。

◇卖花词

绿盆小树枝枝好，花比人家别开早。陌头担得春风行，美人出帘闻叫声。移去莫愁花不活，卖与还传种花诀。余香满路日暮归，犹有蜂蝶相随飞。买花朱门几回改，不如担上花长在。

有道是"贩花为业不为俗"（《聊斋志异·黄英》），本篇即通过对花农生活的描述，表现了贩花者以业为荣、积极乐观的人生态度。诗用卖花人的夸耀口吻写来，极有情趣。

养花是技术性很强的行当，没有丰富的经验很难把花养好。诗中主人公则是养花有术的行家，他用盆栽熏养花，花就比别家开得更早更好："绿盆小树枝枝好，花比人家别开早。"这样便能"为近利市三倍"（《易·说卦》）。你看他抢先上市，多么春风得意。连盆花都变轻了，使他跑起来特别快。"陌头担得春风行"，妙在不言"担得花枝行"，所以传神。一叫卖立刻就召来了买主："美人出帘闻叫声。"此人不仅卖花束，而且卖花苗（或盆花）。他非常懂得买卖的诀窍，便是"信誉第一"，"和气生财"。不该保守的，他一点也不保守："移去莫愁花不活，卖与还传种花诀。"买主最担心的就是买了花种不活，经他眉飞色舞地面授机宜，哪有不动心的。只要无欺，将来都成了他的老主顾。高启呀高启，你的语言真厉害，这些诗句将因生活的美而成为永久，这个花户将因这些诗句而不朽。

日暮归途，花已卖完，而余香犹在，所以沿途蜂蝶追随。此情此景，真可令卖花郎顾盼生姿，风流自赏了。他精于他的手艺，他热爱他的职业。如果要他选择来世做什么，他将一千次地回答："我还种花。"卖花人虽非神仙，能阅尽沧桑，但朱门大户的变迁和中落，他是见过的："买花朱门几回改，不如担上花长在。"富贵不可恃，"人生如此自可乐"（韩愈），这才是见道语。那些耽于富贵荣华而临深履薄者，见识不如卖花郎。

（周啸天）

●袁凯（约1310—？），字景文，号海叟。华亭（今上海松江）人。元末为府吏。明初由举人授御史。因事为太祖所恶，伪为疯癫，遂以病罢归。有《海叟集》。

◇白燕

故国飘零事已非，旧时王谢见应稀。

月明汉水初无影，雪满梁园尚未归。

柳絮池塘香入梦，梨花庭院冷侵衣。

赵家姊妹多相忌，莫向昭阳殿里飞。

何景明等人推袁凯为明初"诗人之冠"，与这首《白燕》诗所赢得的诗名颇有关系。据说袁凯拜谒杨维桢，见几上置时大本题白燕七律诗，诗曰："春色年年带雪归，海棠庭院月争辉。珠帘十二中间卷，玉剪一双高下飞。天下公侯夸紫颔，国中俦侣尚乌衣。江湖多少闲鸥鹭，宜与同盟伴钓矶。"杨维桢对诗中"珠帘十二""玉剪一双"等句十分赞赏。时袁凯尚未出仕，少年意气，当即提出异议："诗虽佳，未尽体物之妙。"翌日便呈上自己的这首《白燕》诗。当读到"月明汉水初无影，雪满梁园尚未归"等句时，"维桢大惊赏，连书数纸，遍示座客"。时人呼之为"袁白燕"，声震诗坛。

　　既然袁凯批评别人"未尽体物之妙"，那么他这首诗所追求的就是"妙在体物"了。所谓体物，就是对客观事物进行艺术性的描写。"体物之妙"，不仅在于穷形尽相、惟妙惟肖，而且还要求"咏物之作，须如禅家所谓不黏不脱、不即不离，乃为上乘"（王士禛《带经堂诗话》）。袁凯为了显示自己高人一筹，一是大量使用掌故，且着意翻新，以此拓展诗境、增加内涵、驰骋想象；其次，便是力求"不黏不脱、不即不离"，写出白燕的内在精神和风骨神韵，却不见一"白"字，也不落一"燕"字。

　　首句，诗人因白燕而引出家国之思、首阳之叹，化用刘禹锡《乌衣巷》诗句："旧时王谢堂前燕，飞入寻常百姓家。"王谢，指东晋贵族王导和谢安，后成为豪门世家的代称。在此，袁凯对刘诗感慨时代更迭、世事沧桑的诗意进行了创新。这只白燕可不是昔日王谢堂前的家燕，大厦将倾时便飞入寻常百姓的屋檐下另筑新巢。先秦时期，燕子又称"玄鸟"，"天命玄鸟，降而生商。"（《诗经·商颂·玄鸟》）可见，燕子以羽色玄黑为平常，通体雪白的燕子为极少数，纵是王谢这样的高门显贵，依旧少见，故当为稀世珍禽。一个"稀"字，点出白燕之不凡、不俗。

　　最受称道的当是中间两联。白燕的宝贝之处在于其洁白的羽毛，诗人便抓住这一特征进行想象、构思。可是，诗人写白燕却反说白燕"无影""不归"，根本不见白燕的踪迹。汉水，乃长江最长的一条支流，于汉口入江。梁园，是汉梁孝王刘武会集天下名士的大型园林，故址在今河南商丘，又称菟园。月明汉水、雪满梁园，诗人选取银色的月光、晶莹的白雪作为映衬物，使读者在想象中已经不自觉地将白燕美丽的形象与自然环境融为一体，难以分辨。也许是太晚，白燕已经息憩；也许是酷寒，燕子尚在南方；也许是稀有，白燕难得一见。然而，尽管诗人并没有对白燕进行任何客观描写、刻画，却将白燕的特征、形态巧妙地凸现出来，用笔精巧。柳絮池塘、梨花庭院，当是春天的景象了。本来，唯有人才可"香入梦"，也只有人能感觉"冷侵衣"，然而，诗人却用拟人化手法展示白燕的内在情怀和心灵世界，写出了精灵般的白燕。同时，以白色为基调的梨花、柳絮与前句中的冷月、飞雪和谐地统一起来，营造出清丽、冷峻的氛围。

结句依旧用典。赵家姊妹，指汉成帝皇后赵飞燕和其妹妹，居昭阳殿。"汉赵飞燕体轻腰弱，善行步进退。女弟昭仪，不能及也。但弱骨丰肌，尤笑语。二人并色如红玉，当时第一，擅殊宠后宫。"（《太平广记》）为了争宠，姐妹俩相互忌妒、倾轧，因而诗人规劝白燕：千万不要飞入昭阳殿。一是提醒白燕，这样险恶的地方，栖身不易，恐遭不测；二是不堪为伍，最好是远离污浊之地，洁身自好。诗人显然是借咏燕子，由燕及人，用曲笔抒发对明初统治阶级"金樽共相邀，白刃不相饶"的知识分子政策的强烈不满。从后来袁凯佯狂避祸的遭遇和身世来看，袁凯的担忧是不无道理的。而倘若朱元璋读懂了袁凯的这首诗，对袁凯的种种猜忌与迫害，自是在所难免。

（秦岭梅）

●薛瑄（1389或1392—1464），字德温，河津（今属山西）人。永乐十九年（1421）进士，擢御史，历大理寺少卿。天顺初（1457）以礼部侍郎兼文渊阁大学士入内阁，未几，引疾致仕。卒谥文清。有《薛文清公全集》。

◇梅花落

> 檐外双梅树，庭前昨夜风。
> 不知何处笛，并起一声中。

《梅花落》本为笛曲。本篇咏笛，兼写春风落梅，其佳处全在巧心隽发。诗的首二句是两个对仗的名词性的词组："檐外双梅树，庭前昨夜风。"用文法来读这样的诗句是读不通的，因为它只说了"什么"，没有说"怎么样"。但用诗法来读则绝无窒碍。"庭前""檐外"是同一地方，"双梅树"与"昨夜风"并置，则大有梅花落的意味了。这里的风是春风，梅花较百花开放得早，凌寒先放，到春暖花开的季节，它倒先落了，此所谓"俏也不争春，只把春来报"（毛泽东）。

三、四两句忽引出笛声，诗中并未明言此笛所奏何曲。但"梅花落"这个诗题，和末句"并起一声中"，告诉读者，它吹奏的正是《梅花落》。所谓"并起"便不止"一声"，至少有两声。很清楚，这两声

便是使得"梅花落"的风声和吹奏《梅花落》的笛声。说它们都为一声,是就其统一于"梅花落"而言。所以这一句实为独到的佳句。"不知何处笛"云云,表面是说莫知笛声之所至,而语气上则是颇具怨意的。似乎有些责怪笛声不该来凑这趣儿,以致加速了梅花的飘落。事实上这没有道理。那吹笛的人,或许正是有感春惜花之心,才对着落梅风吹起应景的笛曲呢。所以这两句很耐人回味。五言绝句虽小却好,虽好却小,有时就靠那么一点巧思取胜。

(周啸天)

●于谦（1398—1457），字廷益，号节庵。浙江钱塘（今杭州）人。永乐十九年（1421）进士。宣德初，授御史。以才迁兵部右侍郎，巡抚河南、山西。迁兵部尚书。土木之役，英宗被俘，瓦剌首领也先率兵进逼北京。于谦提督军马，击退瓦剌军。英宗复位后，被诬陷，弃市。后赠太傅，谥忠肃。有《于忠肃集》。

◇石灰吟

千锤万凿出深山，烈火焚烧若等闲。
粉骨碎身浑不怕，要留清白在人间。

相传为作者十七岁在杭州吴山三茅观读书时所作。作者少时受祖父影响，崇敬文天祥殉国忘身，舍生取义的抱负和气节，用以作为自己立身行事的准则，应是其写《石灰吟》的思想基础。

前两句写石灰的采制。"千锤万凿出深山"写开采石灰石，说明石灰的出处。石灰由石灰石烧炼而成，石灰石出自"深山"，说明路途之遥远，"千锤万凿"形容石灰石之坚硬，可见开采之难。"出深山"，既言开采之难，又写运输之艰。这是取得石灰的第一步，故先写。"烈火焚烧若等闲"，写石灰的炼制过程。这是在有了石灰石后，进入第二道工序，即制作石灰的关键性过程。"烈火焚烧"，极言火力之猛，炉温之高，时间之长，非此不能成为石灰。面对这一步的"考验"，诗人用拟人法写石灰石的态度是视"若等闲"，好像很平常，毫不畏惧。这既是对"烈火焚烧"而言，又同时兼及上一句的"千锤万凿"。这就赋予石灰以品格之美。

后两句转写石灰功用。"粉骨碎身浑不怕"，写石灰的浸泡、分解过程。有了成块状的生石灰，多数时候要用水浸泡使之分解成粉状的熟石灰，才能派用场。"粉骨碎身"一语极形象地说明了这一分解成粉末的过程。这就较锤击和焚烧更进了一层，而"浑不怕"三字，已是拟人——诗人赋予石灰勇于自我献身的精神。"要留清白在人间"是全诗的结穴，是主题句。有了浸泡好后的熟石灰，就可用以砌墙抹壁了。"清白"表面上是指用以砌墙抹壁的熟石灰的颜色，实际上是双关名声的"清白"——进而赋予石灰以高尚的人格。

此诗立意高远，取材新颖，譬喻生动，字句铿锵有力，气势坦荡，读之令人鼓舞，堪称咏物诗之上品。既是少年作者的誓言，又能成为其一生的写照。

（蓉生）

●文徵明（1470—1559），初名璧，以字行，更字徵仲，号衡山居士。正德末年以岁贡生诣都，授翰林院待诏。世宗时，预修武宗实录。年九十而卒，私谥贞献先生。诗文书画皆工。有《甫田集》。

◇鹧鸪天·秋雁

万里南来道路长，更将秋色到衡阳。江湖满地皆矰缴，何处西风有稻粱。　　随落日，渡清湘，晚鸦冲散不成行。相呼莫向南楼过，应有佳人恼夜凉。

大雁乃候鸟，为避寒暑，春来北上，秋至南迁，本属自然特性。文徵明却借秋雁南飞路途上的坎坷际遇，抒写明代知识分子艰难的人生境遇和痛苦的内心世界。

落笔处气象阔大，写秋雁千里迢迢南来过冬，一路振翅高飞，拨云凌风，不辞辛劳。而更可喜的是，秋雁如同秋的使者，它的到来，将金灿灿的秋色也带到了衡阳。这是一幅极其绚烂美丽的金秋大雁画卷，既展示了由北而南气候时序的渐变，也体现了秋雁的可亲可爱。"回随衡阳雁，南入洞庭天。"（唐李群玉）传说秋雁南飞至湖南洞庭、衡山一带而止。衡阳东北有南岳衡山，高大的山脉抵挡住北方冷空气，使衡阳冬季气候温润，成为大雁最理想的越冬栖息地，衡山回雁峰即因此得名。秋雁经过漫长的艰难飞行之后，终于到"家"了，本该欢呼雀跃，然至此却顿起转折，"江湖满地皆矰缴，何处西风有稻粱。"秋雁的处境竟是如此的险恶和令人担忧。江南水乡，江湖遍布，但也矰缴满地，并不如人们想象那样是大雁飞行的终点、幸福的港湾，反而杀机森然，随时可能惨遭不测。矰，射鸟用的箭；缴，系在箭上的丝绳。大雁为人们带来了美丽的秋色，而人们回报给大雁的却是冷冷矰缴，人心如此险恶，悲愤之情溢于言表。而当西风肆虐之时，大地枯萎、萧瑟，一片死寂，大雁又该到哪里去觅食和栖身呢？作者对大雁生死难卜、温饱无着的未来命运，充满了关切和忧虑。

下片紧承上片意境展开描写。正因为无处容身，大雁不得不开始新的飞行。日薄西山，飞鸟栖息。当别的鸟儿都已经入巢息憩的黄昏时分，大雁却不得不展开翅膀继续飞渡湘江。落日是那么的灿烂辉煌，湘水是那样的清冽澄澈，而大雁的心境也是如此的悲戚和苍凉。更可恶的是，晚鸦出现了！这个丑陋而渺小，与大雁根本无法匹敌、攀比的宵小之辈，竟然冲散了大雁的人字队列，打破了井然的秩序和一往无前的飞行。此乃知识分子企求修身远祸，忧谗畏讥，寻找安宁而不得的无奈心境的曲折展现，读来令人酸楚、心寒。夜色降临了，茫茫夜空传来了大雁清脆的鸣叫，声声相唤、急急相呼。原来，大雁是在彼此提醒，不要往南楼飞过。自古便有鸿雁传书的神话传说，大雁象征着思念，意味着真情的传递、爱的讯息。尤其是闺楼颙望、盼郎归来的思妇，更是闻雁心惊，会勾起无限惆怅与伤怀。而大雁孤独而凄凉的处境和思妇是一致的，因而，唯大雁能够了解思妇，是为知音。

元灭后，明代知识分子一度欢欣鼓舞。然而，没想到封建统治乌鸦一般黑，残酷的厂卫制度让知识分子人人自危，朝不保夕。这首《鹧鸪天》明写秋雁，暗中却托雁喻人，揭示知识分子的悲惨命运和处境，抨击黑暗现实，勇气可嘉。感情细腻、深沉，主旨深刻、明晰。气韵沉郁，意象哀婉，矰缴、西风、晚鸦皆有所指，当细细品味。

（秦岭梅）

●李梦阳（1473—1530），字天赐，又字献吉，号空同子。庆阳（今属甘肃）人。后徙河南扶沟。弘治进士，曾任户部郎中。因反阉宦刘瑾下狱。瑾死，起用为江西提学副使，后因事夺职家居。他倡言复古，反对虚浮的"台阁体"。与何景明等相呼应，号称"前七子"，在当时影响颇大。但因过分强调复古，亦有不良倾向。其诗亦有深刻雄健之作。有《空同集》。

◇林良画两角鹰歌

百余年来画禽鸟，后有吕纪前边昭。二子工似不工意，吮笔决眦分毫毛。林良写鸟只用墨，开缣半扫风云黑。水禽陆禽各臻妙，挂出满堂皆动色。空山古林江怒涛，两鹰突出霜崖高。整骨刷羽意势动，四壁六月生秋飚。一鹰下视睛不转，已知两眼无秋毫。一鹰掉颈复欲下，渐觉飒飒开风毛。匹绡虽惨淡，杀气不可灭。戴角森森爪拳铁，迥如愁胡眦欲裂。朔云吹沙秋草黄，安得臂尔骑駬骥（tié）？草间妖鸟尽击死，万里晴空洒毛血。我闻宋徽宗，亦善貌此鹰。后来失天子，饿死五国城。乃知图写小人艺，工意工似皆虚名。狡猎驰骋亦末事，外作禽荒古有经。今皇恭默罢游燕，讲经日御文华殿。南海西湖驰道荒，猎师虞长俱贫贱。吕纪白首金炉边，日暮还家无酒钱。从来上智不贵物，淫巧岂敢陈王前？良乎，良乎！宁使尔画不直钱，无令后世好画兼好畋。

　　林良（约1416—约1480）是明代著名画家，广东南海人，弘治间为内廷供奉，精于水墨飞禽，用笔刚劲流利，独创一格。这是作者在见到他留传下来的《两角鹰图》时写下的一首诗（角鹰即鹰，因头顶有毛角，故名）。这自然是一首咏画诗，但它却并不单单停留在歌咏画幅上，而是通过对与画幅相关的内容的叙述、描写和议论，十分委婉含蓄地表达出了希望当今皇上不要沉溺于游宴田猎的劝谏之意，在动人的艺术感染力中，寄寓着较为深刻的思想意义。全诗分为两个部分。

　　第一部分从开始到"万里晴空洒毛血"，共二十四句，主要是再现画幅本身的内容。但作者刚开始时却不直接写画幅，而是先宕开一笔，远远地从"百余年来画禽鸟"的画家写起，用林良之前的边景昭（即"边昭"，福建沙县人）和稍后的吕纪（浙江宁波人）这两位颇为知名的宫廷画家来和林良进行比较。当时，取法宋代的院体花鸟画在画坛上占领导地位，边、吕二人长于着色花鸟，落笔精工，造型准确，是这派画家的主将。作者用两句诗来概括他们创作的指导思想和绘画的基本技法："二子工似不工意，吮笔决眦分毫毛。"他们作画只求花鸟的外形逼肖而不重表现内在精神，画起来舔笔、瞪眼，着力描画，务使毫发毕现。这两句高度概括，而又十分形象，边、吕二人作画时的情形宛然在目。而林良怎样呢？他却与边、吕二人殊途扬镳，大异其趣：一是他画鸟不着色，"只用墨"；二是他不精细描画，而是挥笔直"扫"。其结果，却达到了自然的妙境，不管画的水禽、陆禽，挂出来都极其生动。在两相比较中，林良的画风鲜明地呈现在读者眼前。这中间，作者没有作一字褒贬，只是客观地叙述，但联系苏轼的"论画以形似，见与儿童邻"（《书鄢陵王主簿所画折枝》）的著名论断来看，作者的倾向性却是十分明显的，他充分肯定了林良大胆革新，一洗以边、吕为代表的院体习气，向写意方向发展的创作方法。这在当时，对于推动水墨写意花鸟画的发展，具有积极的意义。

到此，诗意水到渠成，作者自然地把描写的笔触落到《两角鹰图》的画面上。然而作者却又不急于写鹰，而是先写出背景"空山古林江怒涛"，先用这雄壮的景色一衬垫，然后才正面写出"两鹰突出霜崖高"，使这两只威武的雄鹰，像电影中的特写镜头一样，有力地跃现在读者面前，给人以极为矫健、清晰、突出的感觉。它们正在"整骨刷羽"，意态如生，气势飞动，仿佛这盛暑六月的屋子里，也顿然生起了飒飒秋风。这自然是夸张的描写，但联系整幅画来看，却又显得自然、真实。接着，作者又进一步细致地描写了两只角鹰的神态"一鹰下视睛不转"，着重写鹰眼的专注和锐利；"一鹰掉颈复欲下"，着重写头颈部的动作，表现鹰的劲健之美。对两只鹰的描写虽各有侧重，但其共通之点，却都在表现"意势动"三个字，把前八句中暗含的林良画鹰"工意"的特点，具体写了出来。由于描写生动，笔墨飞舞淋漓，我们仿佛亲眼见到了这幅画上栩栩如生的角鹰，作者的高度传神之笔，与林良的一支"工意"之笔毫无二致，起到了相同的妙用。

作者的笔触在画幅上稍作停留，进行正面描写之后，紧接着从"匹绡虽惨淡"起开始引申，从画上的鹰，想到了自然界中真正的鹰，希望"臂尔骑驷骥"（臂尔：打猎时将鹰置于革制的臂衣之上。驷骥：赤黑色的骏马），到北方打猎，击死草间"妖鸟"，在万里晴空中洒下毛血。这八句化用了杜甫两首咏画鹰诗中的句意：一是《姜楚英画角鹰歌》的"楚公画鹰鹰带角，杀气森森到幽朔"；二是《画鹰》的"何当击凡鸟，毛血洒平芜"。但这些作用，都十分自然，用在这里很贴切。并且，在描写上也比杜诗更为细致，特别是把"凡鸟"改为"妖鸟"，深刻地表现出作者那种疾恶如仇的刚烈性格和勇于同邪恶势力作斗争的一贯精神。这八句虽系引申，但都与画面有着紧密联系，笔力也雄健豪迈，精神与画幅的内容完全一致，因而使这一部分得到了完满而有力的收束。

如果全诗到这里为止，似乎也可，因为围绕画面已经写得够具体、够细致了，显得气足神完，再写下去很有可能难以为继。但是，作者却自有安排，因难见巧，在叙述、描写之后，从"我闻宋徽宗"起到末尾，共十九句，写出了第二部分，接以议论，另开新境，把诗意进一步引向深入。这一段洋洋洒洒的议论，仍和开篇一样，先从远处写来，从宋徽宗说起。宋徽宗工书画，善绘花鸟，但玩物丧志，不理政事，于靖康二年（1127）与其子钦宗赵桓一起被金兵虏往北去，后死于五国城（今黑龙江省依兰县）。作者用这一历史事实说明："乃知图写小人艺，工意工似皆虚名。"意思是说，绘画只是普通人的毫末技艺，不管"工似"还是"工意"，所得仅只虚名而已，于国事无补。并且进一步指出："狡猎（即打猎）驰骋亦末事，外作禽荒古有经。"禽荒，即沉迷于田猎。《书·五子之歌》："内作色荒，外作禽荒。"不仅绘画，连打猎也只是小事，沉迷于此，非但无益而且有害。这几句，将前一部分对《两角鹰图》和带鹰打猎的生动描写，一笔扫空，似乎连作者自己的描写也成为多余的了，这真是出乎意料的惊人之笔，好像与前一部分的描写很不协调。但这正是作者的匠心所在，故意在前面热热闹闹的描写之后，忽然出此冷语，猛地一跌，将意思翻进一层，然后引出更深的议论。

"今皇"（指正德帝）以下，作者步步深入，逐渐揭出全篇主旨：

如今的皇帝恭俭而静默，不事游乐宴饮，因而"驰道"（专供君王行驰
车马的大道）荒废，"猎师""虞长"（掌管山林水泽和苑囿田猎的官
员）贫贱，像吕纪这样知名的画家也穷得连酒钱都没有。由于皇上不喜
欢这些东西，"淫巧"（过于精巧）之物如图画之类，又怎敢送到皇上
面前去呢？最后，作者在深长的感慨中，将主旨和盘托出："良乎，良
乎，宁使尔画不直钱，无令后世好画兼好畋。"原来，作者写这篇诗歌
的最终目的，并不在赞扬林良精湛的绘画技艺，也并不在希望这幅画受
到皇上的奖赏，似乎反倒在庆幸它的流落人间，没有进入宫廷。诗中看
似在颂扬当今皇上不好游乐，勤于研究政治，而实际上是在恳切劝谏。
这一切意思，都表现得十分委婉含蓄，在深藏不露中，让人领会到了弦
外之音。从这些地方，也表现出了作者的政治识见，体现出不务虚名、
讲求实际的思想，这在当时是难能可贵的。

　　这首诗在结构（即章法）上有一个明显特点，就是分成前后两个
部分。前一部分以描写《两角鹰图》为中心，先写人，次写画，再写打
猎，井然有序；后一部分则是由远而近，人、画、猎交叉穿插，层层深
入，步步推进，是后点明主题。这样，从两个部分单独看，描写从容不
迫，议论侃侃而谈，都极有条理；但是，又各有变化，绝不雷同，特别
是在曲折变化中，跳跃跌宕，错落有致，真有峰断云连之妙，行文构篇
极尽摇曳之能事。并且，前后两部分相互补充，相互衬托：前一部分的
具体描写，成为最后一部分议论的基础和有力陪衬，使得议论更为深
刻；而后一部分的议论，又使第一部分的描写显得更为生动。它们在相
辅相成中，化为一个浑然的整体，难以截然分开。

（管遗瑞）

●孙承宗（1563—1638），字稚绳，号恺阳，高阳（今河北省高阳）人。万历三十二年（1604）进士，授编修。天启初（1622）官兵部尚书，兼东阁大学士，奉命督师山海关及蓟、辽、天津、登莱诸处军务。十一年（1631），清兵深入畿南，守高阳，城陷，自缢死。有《高阳诗集》八卷。

◇二月闻雁

几听孽鸟语关关，尽罢虚弦落照间。

却讶塞鸿偏有胆，又随春信到天山。

此诗作于作者奉命督师山海关及蓟、辽、天津、登莱诸处军务期间。诗人通过"二月闻雁"，设为寓言，抒发了有我无敌的无畏气概，同时对一些在边防大计上怯懦无能之辈进行了讽刺。

《战国策》有一则故事："更羸与魏王处京台之下，仰见飞鸟。更羸谓魏王曰：'臣为王引弓虚发而下鸟。'魏王曰：'然则射可至此乎？'更羸曰：'可。'有间，雁从东方来，更羸以虚发而下之。魏王曰：'然则射可至此乎！'更羸曰：'此孽（病者）也。'王曰：'先生何以知之？'对曰：'其飞徐而鸣悲。飞徐者，故疮痛也；鸣悲者，久失群也。故疮未息而惊心未至也。闻弦音引而高飞，故疮陨也。'""孽鸟"即出于此，指负了伤的雁。因为久失其群，故鸣呼其曹。《诗经·周南·关雎》有"关关雎鸠，在河之洲"一句，"关关"是禽鸟求侣的叫声。故此处用来形容失群孽雁的悲声。

"尽罢虚弦落照间"，从"尽罢"二字可知这种惊弓之鸟并非一只，在夕阳惨淡的余晖中，纷纷闻空弦而坠落。这显然不是写实，而是一种象喻。"几听"二句告诉读者，边塞向来有类似情况的。本来胜败乃兵家常事，但偏有一些败军之将一蹶不振，对强敌闻风丧胆，谈虎色变。诗人的讽刺不一定是专指某人某事，但这种人和事在现实中却不乏其例。

与"孽鸟"丧胆惊弓的同时，雁群并没有放弃既定的路线，又随春信的到来而回返北方："却讶塞鸿偏有胆，又随春信到天山。"相比之下，这是何等从容、何等勇敢的行为。"又随"二字颇有前赴后继的意味。这也是一种象喻，它比喻的是所有忠勇的爱国将士，他们到边关来就有不惜牺牲的准备，在他们的字典里有"死"字，却没有"怕"字。诗句"却讶塞鸿偏有胆"，是用孽鸟惊讶的口气道出的，特别有味。勇士的无畏，不是足以振懦起顽，叫一切胆小的人感到羞愧么！

这首诗采用比兴手法，使得它的内涵远远超过作者面对的具体事实，从而具有广泛的象征意义。它甚至可以使今日读者联想到鲁迅《非革命的急进革命论者》一文所说的几句话："在行进时，也时时有人退伍，有人落荒，有人颓唐，有人叛变，然而只要无碍于进行，则愈到后来，这队伍也就愈成为纯粹，精锐的队伍了。"本篇中"又随春信到天山"的"雁群"，就让人感到，由于淘汰了几只"孽鸟"，反而更加纯粹和精锐了。

（周啸天）

●黄体元（生卒年不详），字长卿，谷城人。万历三十二年（1604）进士，官至山东按察司副使。

◇菊花

平生肯受霜雪欺，谁向东篱认故枝。
三径有人夸送酒，重阳无处不题诗。
生成傲骨秋方劲，嫁得西风晚更奇。
寄语群芳休侧目，何曾争汝艳阳时。

梅、兰、竹、菊"四君子"在传统诗歌中各有寄托。菊独立寒秋，不如兰花名贵，缺少梅花的芳香，也比不上翠竹摇曳多姿、清荫宜人。然而，菊有菊的品格和个性，每当秋风萧瑟、万物凋零的时候它一枝独秀，且不受地域限制，此优点胜于梅花。大江南北、北国南疆，皆能寻觅到菊花的身影，品类繁多、形色各异，颇得人们喜爱。"不是花中偏爱菊，此花开尽更无花。"（元稹《菊花》）除去元稹，爱菊者恐怕首推五柳先生陶潜。"采菊东篱下，悠然见南山。"（《饮酒》）在陶家院子里，主人遍种菊花，虽值深秋，繁花似锦。于是，只要一提及菊花，自然就会联想到陶渊明，似乎已成一体。黄体元作这首《菊花》，同样也是通过"咏陶"而写菊，借陶潜旧事来抒发内心情感，寄托人生

慨叹。

　　"平生肯受霜雪欺，谁向东篱认故枝。"全诗以设问开头，"肯受"即"岂肯受"，赞美菊花不畏霜雪的品格。"谁向"更是明知故问，向东篱之下寻觅陶家秋菊的自然是诗人黄体元，意在突出自己乃菊之知己，同时也暗示自家种植的菊花和陶公家无异，一样的淡泊、傲气。陶潜称自家庭院"三径就荒，松菊犹存"（《归去来兮辞》）。"三径"典出自《三辅决录》，据说汉代隐士蒋诩在院落中开三条小径，只与求仲、羊仲二人交往。这里既是写陶潜，也是自喻。九九重阳节，陶潜在菊丛中闲坐，恰逢江州刺史王弘前来送酒，陶公一边夸酒送得好，一边躺在花丛中畅饮至酣醉，意态狂放（事见萧统《陶渊明传》）。陶渊明这种淡泊名利、心无挂碍的生活态度和人生境界，正是黄体元所羡慕、向往和追求的。

　　"生成傲骨秋方劲，嫁得西风晚更奇。"诗人一笔宕开，倏然从"东篱赏菊""醉倒花荫"的遐思中回到现实，运用拟人手法对眼前菊花傲霜绽放的绰约姿态展开描述和评论。一个"嫁"字，让秋菊与西风浑然一体。菊花不仅不畏西风，不怕严寒，反而在凛冽的寒风中愈见精神、愈显洒脱。"寄语群芳休侧目，何曾争汝艳阳时。"从字面上看，寄语者是菊花："诸位春花请不要冷眼相对，咱菊花何曾同你们争奇斗艳、分享春光？"其实，诗人是在借菊花之口抒写心中孤愤，是对封建文人怀才不遇、处世艰难、忧谗畏讥的凄凉心境的无声叹息，读来意味深长。

（秦岭梅）

●谭元春（1586—1637），字友夏，湖广竟陵（今湖北天门）人。天启七年（1627）举乡试第一。崇祯十年（1637）赴京应试时，卒于旅舍。与钟惺主张相仿，为"竟陵派"代表诗人。

◇麦枯鸟

　　麦枯当晓窗，啼作田家声。青黄接平畴，老农一饱情。开窗语麦枯："啼时莫向城。城中富人子，挟弹伤汝生。旧谷正须卖，恐令米价平。"

　　鸟有不同的叫声，人们往往把它附会成人语，如"布谷""提壶卢"等等，而且用作鸟名。宋人又创为"禽言诗"，多因鸟声作借题发挥，以讽世。谭元春本篇代老农立言虽非"禽言"，但仍就禽言立意，在构思上仍属同一路数。

　　"麦枯"是一种麦熟时飞鸣的鸟儿，其声像"麦枯"——即"麦子熟了"，如同向农家报告丰收的消息。所以此鸟很得农家的喜爱。诗中的麦枯鸟在一个晴明的清早啼叫，适逢田地里麦子长势很好，由青转黄，丰收在望。它啼得正是时候，使老农心情舒畅。"一饱情"三字之妙，尤在那个"饱"字，尽管还没有吃到麦饼，就先得"饱情"了！以下写老农殷勤地关照麦枯鸟，纯出想象，构思极有佳致，他叮嘱麦枯鸟不要飞向城中啼叫，因为城中囤积居奇的富人巴不得年成不好，他们好趁机以高价抛售旧谷，牟取暴利。所以他们决不要听麦枯鸟报道丰收的消息。"只怕他们要持弓挟弹伤害你的性命呢。"老农的话语中饱含关心爱惜之情。

　　诗中通过老农与麦枯鸟的对话，揭示了在农业丰收面前截然不同的两种思想感情。一种是老农所代表的广大农民，为丰收在望而喜悦。一种是城中富商，他们为了攫取更多的不义之财，对丰收的消息很不高兴。前者是正常的美好的感情，而后者是异化了的丑恶的心态。诗人对前者是歌颂的，对后者则持批判的态度。在表现上，他不是正面地描写剖析这两种人的思想、心理状态，而只通过他们对"麦枯鸟"的爱憎截然相反的态度来侧面表现，诗的成功便在于构思的巧妙。

（周啸天）

●冯琦（生卒年不详），字用韫，一字琢庵，山东临朐人。万历进士，累迁礼部尚书。有《北海集》。

◇葡萄

晻暧繁阴覆绿苔，藤枝萝蔓共萦回。

自随博望仙槎后，诏许甘泉别殿栽。

的的紫房含雨润，疏疏翠幄向风开。

词臣消渴沾新酿，不美金茎露一杯。

　　题咏葡萄的诗歌极少，这首《葡萄》诗给人的第一印象是思路非常明晰。先写葡萄的藤架和藤蔓，接着讲葡萄的来历、传说，然后对葡萄进行鲜活的描绘，最后特别推出葡萄的独特功用——酿酒。葡萄酒甘甜、消渴，美如甘露。层层递进，娓娓而谈，惹人细细品味，道尽了葡萄的全部特征和内涵，是一篇诗化了的"说明文"。

　　晻暧，阴湿昏暗的样子。"繁阴覆绿苔"极言葡萄枝叶、藤蔓之繁茂，相互缠绕，密不透光，以至于藤架下的地面长久不见天日，长满了青苔。一袭浓荫，凉意扑面而来，炎炎夏日，令人欣喜。

　　葡萄是由西汉张骞出使西域时，从大宛带回中土长安的，从此便在中国扎下了根。因历尽磨难，利在千秋，汉武帝封张骞为博望侯，以示褒奖。这一重要的史实，被后人演绎成美丽的神话传说。据载，汉武帝令张骞使大夏，寻河源，乘槎经月而去。此后便有了"张骞槎"的传奇故事。葡萄外形漂亮，饱满浑圆、玲珑剔透。尤其是雨后挂满水珠的紫葡萄，晶莹润泽，鲜亮迷人，像是彩色珠串，诗人将之形容为"的的紫房"，难怪汉武帝一见到葡萄就喜爱异常。加之味甘如饴，满口纯香，立即诏令在甘泉等各处宫殿、内庭遍植葡萄。"疏疏翠幄"是照应首句，进一步描绘葡萄藤架的苍翠青葱，枝繁叶茂，像是搭起的绿色帷幕。浓密的枝叶在清风中摇曳，送来阵阵香甜、丝丝凉意，令人陶醉。既是审美上的一种满足，也可大饱口福，大快朵颐。

　　末尾，冯琦引用掌故，表达对葡萄酒之情有独钟，也从侧面进一步展示了葡萄的价值。"金茎露"是金铜仙人手承露盘所接贮的"云表之露"。西汉时武帝在建章宫建神明台，"上有承露盘，有铜仙人，舒掌捧铜盘、玉杯以承云表之露"（《三辅黄图》卷三），以为饮之可以延年益寿。后，三国魏明帝也仿造承露金茎，高十一丈。诗人宁可饮一口新酿成的葡萄酒，也不取一杯可以长生不老的金茎露，对葡萄的偏爱已是不言而喻。读过这首《葡萄》，当我们再去品尝葡萄和葡萄酒时，也许会觉得更加美味、更加喜悦，更加余味无穷。

（秦岭梅）

●朱之蕃（生卒年不详），字符介，金陵（今南京）人。万历二十三年（1595）会试传胪第一，官终礼部右侍郎。善画。

◇野鹤

> 劲翮凌风掠远游，一声清唳九霄闻。
> 巢松不恋乘轩宠，惊露时留篆籀文。
> 注顶丹成迎日彩，昂身玉立出鸡群。
> 朝元应待仙真御，隐映青山白雪纷。

宋代尤袤云："州亦难添，诗亦难改，然闲云孤鹤，何天而不可飞。"（《全唐诗话》卷六）中国的文人士大夫一向追求"闲云野鹤"式的精神境界。

此篇题为《野鹤》，一开始便透出一丝仙风道骨和超脱隐逸气息。诗人以野鹤的振翅远游、凌风高举作为野鹤的"出场"和"亮相"，展现的是一个神态昂然、刚健有力、翩然而去、杳不知其所之的野鹤形象。"劲翮凌风"写野鹤擅飞，"一声清唳"则写野鹤善于鸣叫。化用《诗经·小雅·鹤鸣》"鹤鸣于九皋，声闻于天"诗意。鹤声清脆嘹亮、悠扬婉转，直达九霄云外。唳，专指鹤的叫声，如：风声鹤唳。清唳的鸣叫、强健的羽翼，诗人只寥寥数笔就勾画出野鹤之风神俊逸、非

同凡响。

　　自古以来，爱鹤者比比皆是。文人中当以宋代称"梅妻鹤子"的
林逋为代表，而帝王中则首推春秋时期的卫懿公。《左传·闵公二年》
载："卫懿公好鹤，鹤有乘轩者。"冬，十二月，狄人伐卫，"将战，
国人受甲者皆曰：'使鹤！鹤实有禄位，余焉能战？'"轩，春秋时乃
士大夫以上达官贵人乘坐的豪华马车，而卫懿公竟然让一只鹤享有如此
高的待遇，以至于国人不满，打仗时都不愿为国效力，要让这只显贵的
鹤去应战。爱鹤以至于误国，既为千古奇谈笑话，亦足见卫懿公爱鹤之
走火入魔。然而，卫懿公爱鹤却不知鹤，渴望自由、追慕浮云的野鹤留
恋的绝非所谓"乘轩"之宠，招致国人的怨怒，实在无辜。诗人笔下的
野鹤，巢于松柏、栖于乡野，徜徉林间、寄情山水，高堂华栋非其所

好，宝贵荣华亦非所恋，这才是鹤之本性。尽管身世漂泊、生活动荡，常常被秋夜冷浸的露滴所惊醒，仓促间在湿地上留下了弯曲斑驳的指爪印，然而，野鹤仍怡然自得、独享其乐。

"篆籀文"为古代汉字的一种书法字体，此用以形容指爪印的形状。诗人巧妙运用卫懿公爱鹤的掌故和野鹤被秋露惊起时的神态举止，借野鹤表达了对宝贵名利的蔑视和对自由闲适生活的向往。

"注顶丹成迎日彩，昂身玉立出鸡群"是对野鹤的外形美进行描绘。野鹤最美丽的就是头顶那红得耀眼的鹤冠，与浑身上下洁白的羽毛形成鲜明的比照，有如迎着太阳升起的彩霞，格外醒目靓丽，光彩夺目。一只昂身翘首、傲然屹立的野鹤呈现在读者的面前。"鹤立鸡群"典出南朝刘宋刘义庆《世说新语·容止篇》"嵇延祖卓卓如野鹤之在鸡群"。"鸡群"是陪衬物，意在称赞嵇康的儿子嵇绍"卓卓如"，即才华超群、容止出众、气度不凡。诗人用此典故，反而是以人赞鹤。

结句写出了野鹤之仙风道骨。古人称鹤，"行必依洲屿，止必集林木。盖羽族之宗长，仙人之骐骥也"（《相鹤经》）。道家又有费文祎驾鹤乘云而去、成仙得道的传说。诗中的野鹤，礼拜初升的太阳，栖居于自然山水之间，就是为了等待仙人的到来。那时候，野鹤就会载着仙人，倏然奋飞，好似纷纷扬扬的白雪，在青山的怀抱中翩翩飞舞，最后悠然远去，消失在天地之间。

（秦岭梅）

●钱谦益（1582—1664），字受之，号牧斋，晚号蒙叟。江苏常熟人。明万历进士。历官编修，礼部侍郎。因事免职，归家以读书为乐。南明福王时召为礼部尚书。清兵南下，降清。出为礼部侍郎受秘书院事、明史副总裁。为诗反对前后七子模拟因袭之风，转移了时代的风气。为文宏肆奇恣，一时被推为文宗。有《初学集》《有学集》《投笔集》等。另编有《列朝诗集》。

◇和盛集陶落叶

秋老钟山万木稀，凋伤总属劫尘飞。
不知玉露凉风急，只道金陵王气非。
倚月素娥徒有树，履霜青女正无衣。
华林惨淡如沙漠，万里寒空一雁归。

顺治四年（1647）三月底，作者因受人牵连被捕于南京，在狱四十日，出狱后仍受看管，在南京常与诗人林古度往来，林有邻居盛斯唐（字集陶），三人互有唱和，诗作于顺治五年。

"秋老钟山万木稀，凋伤总属劫尘飞。"首联直写本地风光，南京钟山万木叶落，一片萧条。用佛家眼光看，落叶也即是世上纷飞的"劫尘"。"劫尘飞"隐喻亡国气象。"凋伤"从杜甫《秋兴》"玉露凋伤枫树林"化出，二句咏物起兴，气势不凡。

"不知玉露凉风急，只道金陵王气非"二句写南京遗民对落叶的特殊感受。树叶之落本是自然现象，由秋深露冷风凉造成，不关人事；但在遗民心中，却会自然地将它同故国灭亡的"王气非"相挂靠，而产生特殊的悲痛（旧传金陵有"王气"，故楚威王掘地埋金以镇之）。"玉露"二字仍本杜诗，照应"凋伤"。

"倚月素娥徒有树，履霜青女正无衣"两句推拓题旨，空际驰思，暗有托寓。按写诗的这一年，南明桂王的永历朝仍未灭亡，桂树犹存，显然指此；嫦娥可倚，暗示遗民的希望。"无衣"的"青女"，可以引申为钱、林、盛三人的自我象征，因为作者这时身受管制，狱案未结；而林、盛二人，皆属处境穷困的遗民。

"华林惨淡如沙漠，万里寒空一雁归"两句再次渲染秋深叶落景象，借以再次渲染亡国气氛。出句写旧时林苑荒废（华林，园名，见《三国志·魏书·文帝纪》，南京也有一处华林园，与林氏有关系），犹如边塞的沙漠；对句写万里寒空，只有孤雁独飞，并无好消息可传。

全诗句句写落叶，又始终不点出"落叶"二字，只以"木""风""树""林"暗示，不即不离，不脱不黏。写落叶是表层题材，写亡国才是深层寄托。加上藻采华赡，笔力坚苍，凡此种种，使它成为咏物诗的上乘之作。

（周啸天）

●吴伟业（1609—1672），字骏公，号梅村。太仓（今属江苏）人。明崇祯四年（1631）进士，官左庶子。南明时，任少詹事，乞归。入清后，官国子祭酒，因母丧乞归。有《梅村家藏稿》等。

◇猿

得食惊心里，逢人屡顾中。
侧身探老树，长臂引秋风。
傲弄忘形便，羁栖抵掌工。
忽如思父子，回叫故山空。

猿，外形酷似人类，是极聪明的灵长类动物，据说智商相当于五六岁的小孩。群居于山林，情感丰富、动作敏捷，其叫声清唳凄婉。郦道元《水经注》载巴东民歌，有"猿鸣三声泪沾裳"的诗句。中国古代诗人也常以猿之啼鸣表现内心的悲凉、哀伤情绪，如："杜鹃啼血猿哀鸣"（白居易《长恨歌》）。但以猿为题，专为猿吟唱的古代诗歌则罕见。吴梅村独步天下，托物寄情，意韵遥深。

由于猿举止可爱、表情滑稽，兼之聪明伶俐，所以一向受人宠爱。然而，猿对人却谈不上喜欢，相反时有防范之心。"得食惊心里，逢人屡顾中"，描写的就是猿与人之间的这层微妙关系。猿久居深山老林

之中，对人类并不熟悉和了解，乍一与人相逢，必然心存疑虑，神态紧张，左顾右盼，唯恐遭人暗算。尽管爱猿的人常以食物相施与，然而，得到食物之后猿并不心安理得，反而心惊胆战，怕中人圈套。一落笔，诗人由猿及人，形象地刻画了猿的神态、举止，同时也折射出猿之机灵、聪慧。

　　猿，双臂过膝，最擅长的就是攀缘，随意抓住一棵老树，便可在林间飞跃腾挪、自由穿行，引来阵阵秋风。"侧身"写出了猿对周围世界的警惕、提防，时时不忘观察、张望。再加上一个动词"探"，又再现了猿攀缘时动作之熟练、沉静，以至漫不经心、得心应手。"引秋风"表现出猿攀缘跳跃时动作之迅猛、潇洒、敏捷，虎虎生风。下联"傲弄忘形便，羁栖抵掌工"，进一步对猿的情态、性格加以刻画。得意的时候，它会像人一样放浪形骸，忘乎所以，甚至傲气十足、做作卖弄。然而失意时候，又如受人羁绊、栖居他乡，只能无助地摆动双臂，击掌而呼，以此发泄内心的愤懑和落寞。这些动态描写，展示了猿的外在形态和内心世界，让猿的形象更加鲜活，如在目前。

对猿之动作、表情和天性进行细致刻画之后，自然该对猿之啼鸣加以表现了。"忽如"二字说明诗人在此已加上了自己的主观情感、个人感受和艺术想象，是以人写猿，或曰以猿喻人。"忽如思父子，回叫故山空。"凄怆、哀怨的猿声在山林中萦绕、回荡，诗人听来似乎是在思念自己的父老兄弟，因而回首哀号，呼唤亲人、故山。然而，家乡在哪里呢？昔日的山林又在哪里呢？

整首诗，尽在写猿，却从未脱离过人的情感、思绪和哀愁。崇祯帝于吴伟业曾有知遇之恩，明亡后，吴伟业几欲自杀，大病一场。君臣如父子，猿牵念父子、故山，其实是暗写诗人对故国、旧主念念不忘。吴伟业虽被迫事清，内心却极为痛苦，且时时惕然，如临深渊，提心吊胆。诗人只能用曲笔，也唯有用曲笔方可一展胸臆，抒发内心隐藏极深的忧虑。临终前，吴伟业自称为"天下第一大苦人"，其内心的压抑、凄苦与哀怨，从他所描写的猿及猿声中足可领略到几分了。

（秦岭梅）

●黄宗羲（1610—1695），字太冲，号南雷。浙江余姚人。明末，曾从鲁王朱以海抗清，入清不仕，潜心著述。有《南雷文定》《宋元学案》《明儒学案》《明夷待访录》等。

◇周公谨砚（录二）

弁阳片石出塘栖，余墨犹然积水湄。
一半已书亡宋事，更留一半写今时。

剩水残山字句饶，刬源仁近共推敲。
砚中斑驳遗民泪，井底千年恨未消。

南宋爱国词人周密，字公谨，号草窗，著《草窗词》，颇有悲慨亡宋之作。此诗借周密旧砚复出井中，抒写异代同悲的亡国之痛。

第一首写获周公谨砚的感慨。周密在北宋灭亡时自济南流寓吴兴，住在弁山。宋亡，自号弁阳萧翁。"弁阳片石出塘栖"，言其旧砚在浙江杭县塘栖镇出井了。"余墨犹然积水湄"，经四百年冲洗，余墨犹存实不可能，这是一种象征精神不朽的说法。"一半已书亡宋事，更留一半写今时。"前一半，说的是砚的故主周密写《武林旧事》，倾诉眷念故国之痛；后一半，则是说砚的新主，即作者自己，将用此砚续写爱国之情。袁枚《随园诗话》评曰："先生不以诗见长，而言之有味。"信然！

第二首写《武林旧事》寄托的良苦用心。"剩水残山字句饶"即指《武林旧事》一书。"剡源仁近共推敲"，"剡源"指戴剡源，"仁近"指仇仁近，都是周密的朋友，曾参与《草窗词》的切磋。"砚中斑驳遗民泪，井底千年恨未消"，是透过故物，体会逝者当日的心情，因为处境相同，作者更能设身处地地理解周密等人的痛苦。时在清初，作者不畏文字贾祸，大胆抒怀，正如潘飞声云："先生身遭鼎革，危言危行，不负所学，而苦心著述，能言人所不敢言者，洵所谓真儒，所谓豪杰之士！"（《在山泉诗话》）

（顾启 丁赋生）

●宋琬（1614—1674），字玉叔，号荔裳。山东莱阳人。清顺治四年（1647）进士。曾出任浙江按察使。后因于七起义事，被人诬告下狱。释放后在家闲居近十年。后出任四川按察使。一生多遭困顿，诗多愁苦之音，与施闰章齐名。有《安雅堂集》。

◇舟中见猎犬有感

秋水芦花一片明，难同鹰隼共功名。

樯边饭饱垂头睡，也似英雄髀肉生。

舟中养猎犬，实在是多此一举。水上天然是鱼鹰、水貂展才之处，哪是猎犬的用武之地？舟中猎犬吃饱，煞是无聊，只好在船樯边垂头大睡。"秋水芦花一片明"，好一派江景。而猎犬的向往，却在平原高岗，或深山老林。而"秋水芦花一片明"，只能使它感到陌生和格格不入。

"难同鹰隼共功名"是猎犬的感伤。由猎犬而联想到"功名"，这就巧妙地将人事联系进来了。汉高祖刘邦统一天下后，就曾譬武将为"功狗"，并不是骂人。

三、四句用典，《三国志》注引：刘备作客荆州，有一次与刘表相聚，"起如厕，见髀肉生，慨然流涕。还坐，表怪问备，备曰：吾常身

不离鞍，髀肉皆消。今不复骑，髀里肉生。日月若驰，老将至矣，而功业不建，是以悲耳。"髀里肉生"即大腿长肉，意指弃置不用，精力消磨。将舟中猎犬比作失路英雄，自是巧思。然而就诗人的寄意而言，这又是将生不逢时的人才比作舟中猎犬，其现实意义又远在一般游戏笔墨之上。

　　将世间英雄比作猎狗，并不是一种亵渎。《史记·勾践世家》中范蠡遗文种书曰"狡兔死，走狗烹"，也曾将功臣比作忠心的猎犬。盖猎犬如同骏马，以忠诚不贰和奋不顾身而成为主人伙伴。所以诗人见舟中猎犬，才会产生上述联想。

（周啸天）

●尤侗（1618—1704），字同人，一字展成，号西堂。江苏长洲（今苏州）人。清顺治年间拔贡。康熙十八年（1679）举博学鸿词科，授翰林院检讨。三年告归，隐居林下。诗近温、李，晚学白乐天。有《西堂全集》。

◇闻鹧鸪

鹧鸪声里夕阳西，陌上征人首尽低。
遍地关山行不得，为谁辛苦尽情啼？

这首诗是写世路艰难的。关于这个主题，在中国古典诗歌中曾反复歌咏过，大都是从正面来描写世路艰难，不仅道理讲得深刻，形象也十分生动。要在这样的题目中写出新意，颇不容易，必须突破传统别具匠心。我们且看尤侗如何写法。

尤侗的颇具新意之处，首先在于他不是正面去铺写人生如何之险恶、世路怎样之艰难，而是通过鹧鸪鸟的叫声，融声于景，由景而人，将行路之难从侧面烘托而出。这从题目上就可以看出，他不直书"行路难"，而是写"闻鹧鸪"，通过鸟叫的谐音，把行路艰难之意暗示出来。鹧鸪，是类似鹌鹑的一种鸟，常栖息于灌木丛中，它的叫声像是说："行不得也哥哥！"前两句："鹧鸪声里夕阳西，陌上征人首尽低。"在夕阳西下的惨淡气氛中,行走于乱山丛中的"征人"(即在外奔波的行客)已经人困马乏了,瞻望前路,遥远而又崎岖,正不知何时方是尽头。此时,忽然听得鹧鸪鸟一声声"行不得也哥哥!"的呼唤,心中不禁凄然、惨然,全都垂下头来。这两句的中心,就是开始三字"鹧鸪声",那亲切而又带有劝说意味的"话语",是在反复告诫人们,前路不堪行。再加上夕阳西下、日暮途远的苍凉景象,这种叫声就更加悲伤而又凄怆,难怪征人们要"首尽低"了。一个"尽"字,说明对于世路艰难的深切体验,征人们个个都有,那难过得低下头来的形象,与鸟声相应,把行路之艰难,表现得极为充分而又生动。一切都妙在不言之中,而言外之意,又让人回味无穷。

这首诗的新意,还在于它不仅写了世路艰难,而且进一步写出了虽然艰难而又不得不行之意,这就在前人的诗意中突进一层,更为深刻。后两句:"遍地关山行不得,为谁辛苦尽情啼?"前一句写人世间到处都是重重叠叠的、险恶崎岖的关山,将鹧鸪鸟的叫声巧妙地点破,说明那艰险的世路,实在是"行不得"啊。这一句是肯定了鹧鸪的叫声说出了人间的真相,但下一句却紧接着反问鹧鸪道:既然谁都知道行不得,你还在辛辛苦苦地为谁啼劝呢?言外之意是,尽管人人都知道世路艰难行不得,但却又不得不行,你辛苦地啼劝又有什么用呢?这里,不仅在诗意上深入了一层,而且还进一步流露出面对这种艰难世路的无可奈何的心情。这在一定程度上,真实地反映了清代初期,在政治高压下汉族知识分子不想涉足仕途,但又不得不涉足仕途的矛盾心理,具有典型而又普遍的意义。这首诗虽然短小,又是从侧面烘托,但它的社会认识意义,却是十分深刻的。读了这首诗,作者巧妙的处理,也叫人耳目为之一新。

(管遗瑞)

●王夫之（1619—1692），字而农，号姜斋。湖南衡阳人。明崇祯十五年（1642）举人。曾从桂王抗清。明亡后，筑土室于湘西石船山，潜心著述，学者称船山先生。博通经史，著述甚丰，为明末清初著名学者和思想家。其诗寓意深，用语奇而晦。有《船山遗书》。

◇补落花诗（录一）

记得开时事已非，迷香逞艳炫春肥。

尽情扑翅欺蝴蝶，塞耳当头叫姊归。

桃李畦争分咫尺，松杉云冷避芳菲。

留春不稳销尘土，今日空沾客子衣。

王夫之写了《正落花诗》十首之后，又写了《补落花诗》九首，以进一步抒发江山易代之悲。这里所选的一首，借咏落花而寄意，对南明小朝廷的覆亡进行深刻反思，总结了历史的惨痛教训，其间充满着作者对误国君臣的愤慨，表坬了对故国的深情思念。

南明，是明亡后其残余力量在南方建立的政权，有福王弘光政权、唐王隆武政权等，这首诗寓意的对象，主要是指福王弘光政权。福王即朱由崧。1644年，明王朝在北京被推翻后，朱由崧被马士英、阮大铖等拥立于南京，称弘光帝。他昏庸腐朽，沉迷声色，政权内部党争激烈，

朝政完全把持在马、阮等人手中，排斥异己，卖官鬻爵。镇守江北四镇的四个总兵刘泽清、高杰、刘良佐、黄得功在清兵大敌当前之时，又互相争权夺利，彼此仇怨极深，都不以国事为重，只有史可法在扬州孤军奋战。1645年5月24日，清军攻破南京，弘光帝逃至芜湖被俘，南明政权很快土崩瓦解。从此，清兵长驱南下，明朝彻底灭亡。南京政权像一朵匆匆开落的"花"，初放时已显病态，稍经风雨，即飘残零落，不可收拾。诗中针对这段历史，回荡着深沉的慨叹之情。

　　诗题是咏落花，但起手却从花开写起，遥遥落笔。首句"记得"二字，是表示对往事的追忆，从时间上把读者从眼前带到了遥远的过去，暗含着一种追溯往事时的如烟如梦、迷离怅惘之情。接着就写"开时"，这里表面是指花开，而实际是指南明福王政权的建立，但刚刚建立之时就极不正常，露出了明显的败症，故曰"事已非"，这也就暗示它必然很快零落。第一句看来是遥遥着笔，而实际上却在非常委婉地切题，显出作者构思时深刻的用心。第二句紧接第一句的"开时事已非"，写出花开情形："迷香逞艳炫春肥。"其中"迷""逞""炫"三字，说明这"花"是为了争春，为了故意卖弄而开，而"香""艳""肥"三字，更婉曲地表示出，像这样脆弱的花，是经不起风雨的。首联这两句，比喻福王政权建立时朝局已非，君臣昏庸，沉迷声色，以为小朝廷可以偷安。全诗一开始，就极富包容性，给人以十分深刻的印象，从中领悟到丰富的内涵，在遣词用字上，十分准确、生动，富于弦外之音，耐人咀嚼。

然后，作者接着进一步写花开后亦即福王政权建立后的情形。第二联说，春花在尽情地招引蝴蝶，而对"姊归"的鸣叫，却充耳不闻。其中"蝴蝶"，是比喻那些风流轻薄之徒，如马、阮之辈，他们在朝中勾结邪佞，倾陷好人，为非作歹。"姊归"即子规，传说是古蜀帝杜宇的魂魄所化，因又叫杜鹃，这里用来比喻忠贞正直、敢于谏诤之士。这杜鹃就在"花"的头上不停地啼叫，而"花"却塞耳不听，无动于衷。诗句中表现出作者对福王君臣的极大愤慨，以及对言路堵塞的悲哀，在含而不露中，蕴藏着极为强烈的感情。第三联的意思是，在春天，自恃邀宠的桃李为各自的界限争斗不休（"畦"，种植时在土地上划分的界限），那看来不合时宜的松杉之树，只好避开它们，到偏僻冷落的地方去生长了。两句比喻小朝廷诸臣钩心斗角、争权夺利，正直之士只好高举远引，洁身而退了。前一句中"咫尺"，表明争斗的短兵相接，其激烈程度可想而知，充满着极其厌恶之情；后一句中"冷"字，既说明了松杉所处的地位，也表示出正直之士看到朝局日非、君臣沉迷不醒的情形，内心的焦虑不安和对于前途的心灰意冷，作者的思想感情，通过曲折的比喻，被表现得清清楚楚，十分深刻。中间这两联，是在第一联之后的自然引申，通过深入的描写，把福王政权内部的黑暗和腐败，彻底揭露出来，并且对误国君臣特别是马阮之流，进行了鞭挞，表示了深深的义愤。

由于这"花""开时事已非"，中间又经历过那么多的风风雨雨，它的结局自然是很快败落。诗的最后一联，远接第一句，水到渠成，于是写了花的凋零；它在枝头生长不稳，留不住春天，不久就飘落到地上化为尘土，比喻福王政权很快就倾覆了。如今想到这些事情来，使我这个到处漂流的"客子"，忍不住泪下沾衣，悲痛不已。"今日"与"记得"相呼应，经过中间的路转峰回，曲折变化，读者从遥远的过去自然地回到了眼前的现实。眼前的现实是什么呢？不仅福王政权败亡，南明的所有政权，也都走马灯似的一个个先后灭亡了，如今，国破家亡，江山易主，作者自己也难有栖身之地，其中充满着多么悲痛的孤臣血泪。诗歌以其深沉悲痛的感情，激荡回旋，形成了动人心魄的力量，感染着无尽的读者。

这是一篇南明政权特别是福王政权衰亡的绝好总结，抵得上一篇深刻的政论。但它又分明是诗。作者采用寓意于物的艺术手法，通过咏物，写落花，来附丽自己的思想，寄托深刻的政治意义，使得诗意深厚绵长，极其耐读。而作者在写落花这个具体形象时，又不为落花所拘，正如《远志斋词衷》所说："咏物故不可不似，尤忌刻意太似，取形不如取神。"它不黏不脱，不即不离，取落花之神，在似与不似之间，做到了形、神结合，既咏物又咏史、咏人，寓情于其中，收到了神余言外的良好效果，堪称咏物诗的上乘之作。

（管遗瑞）

●陈维崧（1625—1682），字其年，号迦陵，宜兴（今属江苏）人。早慧，幼年有"神童"之称。清康熙十八年（1679）以荐举博学鸿词，授翰林院检讨，参与修《明史》。尤长于词及骈体。有《湖海楼全集》等。

◇醉落魄·咏鹰

　　寒山几堵，风低削碎中原路，秋空一碧无今古。醉袒貂裘，略记寻呼处。　　男儿身手和谁赌，老来猛气还轩举。人间多少闲狐兔，月黑沙黄，此际偏思汝。

　　此《醉落魄》题为咏鹰，实为抒怀。古人常咏梅菊以喻高洁，咏松柏以喻栋梁，咏骏马以喻良才。此咏雄鹰，则意在抒写豪迈气概、英雄情怀。

　　开篇描写雄鹰出场，背景是"寒山几堵"。一脉寒山，群峰耸峙，雄鹰从层层叠叠的远山飞来，俯冲直下，风卷而过。苏轼《江城子》云："老夫聊发少年狂，左牵黄，右擎苍……千骑卷平冈。"陈维崧化用东坡词意境曰："风低削碎中原路。"雄鹰拍打着雄健有力的翅膀，如劲风从大地上掠过，削土碎泥，一羽荡平中原路，激起风尘滚滚。此笔写出了雄鹰的非凡气势和排山倒海般的力量。转瞬间，雄鹰又振翅高

飞，如"万古云霄一羽毛"（杜甫），直上云天。一低飞、一高翔，俯仰间，展示了雄鹰之身手矫健，气魄惊人，殊难匹敌。目睹在湛蓝的天空中翱翔盘旋的雄鹰，何等舒展而骄傲，作者不禁回想起自己的年轻时代——恃才傲物、潇洒风流。据陈维崧弟陈宗石回忆，陈维崧少时"意气横逸，谢郎捉鼻，麈尾时挥"，即言陈维崧常效仿东晋谢安，与才子们往来聚会，诗词唱和，有时还牵黄擎苍，出城狩猎。兴致勃勃时，开怀畅饮，乘醉解开貂裘，袒胸露怀，性情狂放而豪迈。然而随着时间的流逝，这些美好的记忆已经渐渐模糊，只依稀还记得当年打猎的地方，恍若隔世。"寻呼"：形容呼鹰围猎的热闹场景。"略记"，谓时间久远，记之不详，为下片写"老来"壮怀作好铺垫。

下片在思想、内容上进行了一定的提升，以设问切入。好男儿身怀绝技，才华横溢，该与谁比试较量呢？作者并未作答，却说如今虽已年迈，却如老骥伏枥，猛志常在，壮怀不已，锋芒不减当年。轩举，即轩昂。月黑风高、黄沙漫漫时候，狐兔出没，猖獗肆虐，此时，人们首先想到的便是雄鹰，希望它能够施展身手，除奸惩恶。狐兔，指代世间一切邪恶事物。其实，诗人的弦外之音是：青春少年仅仅在围场上跑马射猎算不上真正的英雄，当如雄鹰一样，惩恶扬善，铲除世间不平，救民于水火，才称得上是真豪杰、大丈夫。这也算是对起句设问的解答。一个"偏"字，流露出诗人企盼英雄辈出的急切心情。

陈维崧词向以"气魄绝大，骨力绝遒"（陈廷焯《白雨斋词话》）著称，吴伟业又以其词采瑰玮称之"江左凤凰"。此篇《醉落魄》笔力雄健、情感激越。借咏雄鹰，呼唤正义、呼唤英雄，疾恶如仇，声如洪钟，洋溢着阳刚之美。陈廷焯称之"声色俱厉"。

（秦岭梅）

●姜宸英（1628—1699），字西溟，号湛园。浙江慈溪慈城（今属宁波市江北区）人。康熙三十六年（1697）进士，官翰林院编修。三十八年任顺天乡试副考官，因科案死于狱中。有《苇间诗集》等。

◇惜花

一年强半是春愁，浅白深红付乱流。
剩有垂杨吹不断，丝丝绾恨上高楼。

花，是美好的象征，然而花开自有花落时，当春意阑珊，飞红满地之际，自然会引起人们的无限惋惜之意。因而，惜花就成为中国古代诗歌中一个重要的主题，鲁迅先生早年也写过《惜花四律》。不过，花在诗歌中，又不仅仅是自然意象，有时它又会转换为代表美好事物的人事意象或社会意象。这首诗题作《惜花》，从表面意义看，是对大好春光倏然逝去的依恋，但是，如果联系作者的身世来看，它的意义又不仅仅局限于此。姜宸英生于明清鼎革之际，而且一生的绝大部分时间是在民间，自然会对明朝产生深深的怀念之情。所以，诗中的"花"，显然是指那已经破亡的明朝。全诗以花喻国，通过对暮春时节水流花落的描写，寄寓着对前朝的深深痛惜之情。

"一年强半是春愁，浅白深红付乱流"，"强半"即大半。前句说，一年中大半的愁绪都集中在春季。言外之意，一年中有着难以排解的忧愁。这种持续不断的"愁"，自然不是个人小事，而是与时代社会有着密切的联系。这是诗中最初隐隐透露的一点消息。到了暮春时节，眼看着那浅白深红的各种花，在风雨无情的吹打中，飘落水里，被"乱流"卷走，此时，由于"花"的触动，使得本来就有的愁绪更加强烈了，这就是"强半是春愁"的原因。这里的"乱流"二字大可玩味，它显然不是指的一般的湍急的流水，而是指整个时代的"沧海横流"。正是这种"乱流"，在无情的冲刷中，毁掉了那永远值得怀念的美好事物——明朝故国。这是诗中再一次透露的消息。这两句写得毫不经意，如与人对面晤谈，随口说出，但深含于其中的意蕴，却是极为沉痛的。

后两句"剩有垂杨吹不断，丝丝绾恨上高楼"，虽然"花"已被"乱流"卷走，春天已经成为匆匆过客，但毕竟剩下了垂杨，那丝丝柳条在随风飘荡，任凭多大的狂风也吹它不断。显然，这里的"丝"字是谐音双关，即"思"，亦即对于故国的"剪不断，理还乱"的缕缕情思。此刻，作者被无尽的情思所牵动，登上高楼，凭栏眺望，仿佛要追寻那随水漂去的落花，找回无限思念的故国。然而，"风景不殊，正自有山河之异！"（《世说新语·言语》）那丝丝柳条牵系的春愁，顿时变成了一腔亡国之"恨"。到此，诗中消息再一次透出，从"愁"而"恨"，作者的故国之思，易代之恨，从诗中跳脱而出，表现得极为深刻。这两句写得非常婉曲巧妙，它通过拟人手法，将柳丝写得具有人的感情，并且与"恨"联系起来，读来一往情深。

"绝句要避短用长，含蓄不可不讲。这不单纯是一个表现技巧的问题，实际上关系到诗歌意境的深浅或典型化程度的高低。"（周啸天《唐绝句史》）这首绝句可谓含蓄之至。诗只四句，而且都明白如话，但在意象含义的转换中，却具有非常深厚的言外之意，"融情入景，使人味而得之；寄意于境，使人思而得之"（同上），显得含吐不露，语近情遥，意境典型而又深刻，这正是诗歌含蓄美的生动体现。

（管遗瑞）

●陈恭尹（1631—1700），字元孝，号半峰，又号独漉子，广东顺德（今佛山市顺德区）人。清初继承父志，曾奔走各地力图复明。不成，乃弃家远游，隐居广州避祸。与屈大均、梁佩兰并称"岭南三家"。有《独漉堂集》。

◇木棉花歌

　　粤江二月三月天，千树万树朱花开。有如尧时十日出沧海，更似魏宫万炬环高台。覆之如铃仰如爵，赤瓣熊熊星有角。浓须大面好英雄，壮气高冠何落落！后出棠榴枉有名，同时桃杏惭轻薄。祝融炎帝司南土，此花无乃群芳主。巢鸟须生丹凤雏，落花拟化珊瑚树。岁岁年年五岭间，北人无路望朱颜。愿为飞絮衣天下，不道边风朔雪寒。

　　这是一首歌行体的咏物诗，主角是木棉花。从内容看，当创作于诗人追随南明永历帝，举兵抗清时期。咏花之作，事涉风月，往往流于纤巧秾艳、香软哀婉，然而，陈恭尹的这首《木棉花歌》却是大气磅礴、势拔山河，堪称中国古代花卉诗歌中的一朵奇葩。

　　诗人落笔处先化用岑参"忽如一夜春风来，千树万树梨花开"（《白雪歌送武判官归京》）诗意，描写二三月间，粤江两岸红棉盛开，千树竞放、如火如荼的绚丽春光。对木棉花的刻画是诗歌中最精彩的部分。诗人引经据典、用墨泼洒，连用六个比喻以塑造木棉花。《淮南子·本经训》云："尧之时十日并出，焦禾稼，杀草木，而民无所食。"尧乃令后羿射日，中其九日。薛灵芸，为魏文帝曹丕所宠爱的美人，据说出身穷贱而貌绝世。为了迎接美人的到来，曹丕动用了豪华的车队和仪仗，以至"尘起蔽于星月，时人谓为'尘霄'。又筑土为台，基高三十丈，列烛于台下，而名曰'烛台'，远望如列星之坠地"。（《太平广记》）在诗人眼中，木棉花如喷薄而出的十个金灿灿的太阳，又像当年迎接美人薛灵芸时魏文帝所布下的十里高台红烛，光彩辉煌。木棉花倒过来像铃铛，立起来像酒杯，鲜红的花瓣像燃烧的火焰，又像灿烂的星星。诗人还把红棉树比喻成头戴高冠、浓须阔面、光明磊落的伟丈夫！木棉的英雄形象至此已是呼之欲出矣。有人称，木棉被称作"英雄花"当始于此。其实，"英雄花"的称谓起源于黎族传说。海南岛五指山有黎族英雄叫吉贝（又曰古贝），抵御外敌，屡建奇功，深受百姓爱戴。后被敌困，身中数箭，仍傲然屹立于山巅，身躯化作一株木棉，箭翎变为树枝，殷红的鲜血盛开出火红的花朵。后人为纪念英雄，称木棉花为英雄花，或曰吉贝。陈恭尹显见正是引用这一民间传说，以木棉喻抗清志士。

为了进一步突出木棉的非凡气度和伟岸风姿，诗人又将木棉与春花对比，同时引用神话传说赋予木棉以神异色彩。迟开的海棠、石榴皆徒有虚名，而与木棉争艳的桃花、杏花，轻佻浅薄，当自惭形秽。木棉花如此火红绚烂，是因为火神祝融、火德王炎帝统领南方，给予木棉超凡脱俗的容颜，独冠群芳（《淮南子·时则训》曰："南方之极……南至委火炎风之野，赤帝（炎帝）、祝融之所司者，万二千里。"）。高高的木棉树，当引来丹凤筑巢、栖息，生育凤雏。即使花落，残红也会化作瑰丽的珊瑚树，生生不息。岁岁年年，木棉花在群山之中傲然绽放，由于山水阻隔，北方人竟无缘一睹其风采。其实，此句是暗叹南明王朝苟存于南方，不得北上复国，壮志难酬。

然而，木棉的可爱与伟大还不止于此。木棉，古称斑枝花、古贝，后又称攀枝花、吉贝、英雄花，生长于热带、亚热带，我国主要分布在广东、云南、台湾中南部等地。宋郑熊《番禺杂记》载："木棉树高二三丈，切类桐木，二三月花既谢，芯为绵。彼人织之为毯，洁白如雪，温暖无比。"可见，木棉还有衣被天下、抵御风寒的功用。"愿为飞絮衣天下，不道边风朔雪寒。"展示了木棉"大庇天下寒士俱欢颜"（杜甫《茅屋为秋风所破歌》）式的崇高理想和献身精神。值得注意的是，此处以"边风朔雪"影射大清王朝，直抒内心幽愤。

整首诗境界阔大、形象瑰丽、笔触雄健，格调高昂却又气韵沉雄，颇有杜诗风范。这既得之于木棉花本身所具有的特质，同时也与陈恭尹的人生经历和精神境界有关。陈恭尹，广东顺德人，其父陈邦彦在明末抗清斗争中殉难。他继承父志，力图复明而不成，弃家远游，晚年隐居广州。诗人或用典，或抒情，或议论，或对照，运用多种手法，从不同的侧面展示木棉风采，刻画木棉形象，骨子里却是饱含热情讴歌抗清英雄。因此，《木棉花歌》既是对木棉的深情礼赞，更是一首惊天动地的"英雄赞歌"。至于诗中几度出现的"朱"花、"朱"颜，是否寄寓着诗人对明王朝故国旧主的深切眷恋与伤吊，个中情怀，唯诗人自知了。

（秦岭梅）

●王士禛（1634—1711），字子真，一字贻上，号阮亭、渔洋山人，新城（今山东桓台）人。雍正时避帝讳，改称士正、士祯。顺治十五年（1658）进士。历扬州府推官、礼部主事、刑部尚书。后因事革职。诗宗唐人，倡导神韵。著作甚富，名重一时。有《带经堂集》等。

◇秋柳(录一)

秋来何处最销魂？残照西风白下门。

他日差池春燕影，只是憔悴晚烟痕。

愁生陌上黄骢曲，梦远江南乌夜村。

莫听临风三弄笛，玉关哀怨总难论。

《秋柳》共有四首，这里选的是第一首。这是作者在顺治十四年（1657）二十四岁时，作于济南大明湖中。他后来在《菜根堂诗集序》中说："顺治丁酉秋，予客济南，诸名士云集明湖。一日会饮水面亭，亭下柳千余株，披拂水际，叶始微黄，乍染秋色，若有摇落之态，予怅然有感，赋诗四章。"诗成后不胫而走，一时间大江南北和者甚众，遂成为他早期崭露头角之作。诗中多借用与柳有关的典故，咏柳寄怀，以感慨良辰易逝，好景不长，充满着哀怨的情调。

首联"秋来何处最销魂？残照西风白下门"。用问句领起，引出与柳有关的典故。面对"披拂水际，叶始微黄，乍染秋色，若有摇落之态"的无数秋柳，诗人不禁怅然于怀，脱口问道，在这肃杀的秋天到来之际，什么地方最感人情怀而悲伤愁苦呢？其中，"销魂"二字，即悲伤愁苦之意，虽然是以疑问语气说出，但意思却是肯定的，这就为全诗定下了悲抑的基调。接着，在下句作者就回答了这个问题：在南京的白下门（也叫白门，南京城西门名）那里，秋风凄紧，残照当楼，一片衰飒景象，最使人销魂。这里为什么不说"历下"（即济南）而忽然扯到南京的"白下"那里去呢？原来，在古诗中"白下"与杨柳直接有关。李白《杨叛儿》诗："何许最关人？乌啼白门柳。"这里点出"白下"，正是要借用李白的诗，来说明"何许（即何处）最关人"。同时，作者也有可能用"白下"来代指"历下"，因为"白下"是六朝故朝所在。如同柳色年年衰老一样，朝代在这里更替无常，更显出不胜兴亡之叹。总之，起始一联两句一开一合，自问自答，如同愁绪万端的人，面对一片衰景，在喃喃自语，传神地写出了作者当时的情状。

接着，在颔联，作者抓住时间上春与秋的对比，来突出眼前秋柳的销魂。"他日差池春燕影，只今憔悴晚烟痕。"前一句是反衬，回想美好的春天，千万条柳丝在春风中荡漾，那"差池其羽"（语出《诗经·邶风·燕燕》）的燕子在柳丝中轻快地穿翔，这时的春柳是多么引人起兴致啊！可是，才时隔几许，　一片春柳已经变得这般衰老而憔悴。叶子微黄的柳条，在寒冷的秋风中飘摇，在傍晚烟雾的笼罩中显出淡淡的哀愁。通过前一句的反衬，后一句秋柳的衰败和憔悴，以及由此而引起的人们情绪的感伤，就见得更加鲜明而强烈，而韶华易逝、人生无常的感叹，也就自在其中了。

到颈联，作者继续借用典故写销魂，但诗意稍稍推开，并且加进了流离丧乱之由。"愁生陌上黄骢曲，梦远江南乌夜村。"《黄骢曲》，乐府曲调名，据《唐书·礼乐志》说，唐太宗所骑战马，名黄骢骠，及征高丽，死于道，颇哀惜之，命乐工制《黄骢叠曲》。"乌夜村"，村名。据范成大《吴郡志》说，晋穆帝后，何准女，其母生后时，群鸟夜啼，因名其村为乌夜村。乍看来，这两个典故似乎与柳无关。其实，作者是用联想的方法，用音乐和鸟声来把南北广大地区的秋柳连成一片，造成更加浩远迷蒙的愁绪。此时，在哀伤的《黄骢曲》声中，在凄然的鸟啼声里，那路边和荒村里的秋柳，在西风残照里，就显得更加憔悴了，它们仿佛也经历了动乱的摧残，受不住乱离的痛苦，一枝枝开始凋零。这一联妙在不即不离。给人们留出更多的想象的余地，从中委婉地透出作者的一腔愁思。

最后，尾联总括全诗，使用与柳直接关联的典故，把销魂的愁绪推向高潮。"莫听临风三弄笛，玉关哀怨总难论"，"三弄笛"和"玉关"，交织使用了两个典故。一个是唐王维《送元二使安西》，又称《阳关三叠》。再一个是唐王之涣《凉州词》"羌笛何须怨杨柳，春风不度玉门关"。两诗都提到杨柳。而且，句中点出"笛"字，而笛子吹奏曲中本有《折杨柳》之曲，表现送别的伤怀，这里用笛声自然而巧妙地暗示出秋柳在人们别离、漂泊之中，尤其显得十分哀怨。句首冠以"莫听"二字，说明哀怨之深，简直不忍再听下去。而句尾缀以"总难论"三字，说明由秋柳而引出的销魂的愁绪和内心的哀怨，复杂而又迷茫，简直无法诉说清楚。全诗经过层层铺衬，一路曲折写来，到最后以"哀怨"结尾，与开始的"销魂"遥相呼应，不仅很好地表现了秋柳的形象，而且通过秋柳传达出了耐人寻味的深意。作者处于明清易代之际，在他的诗文中往往含蓄地流露出一种兴亡之感，这首诗在"销魂""哀怨"中，渲染了深沉的兴废盛衰的伤感情绪，显然含有一定的时代政治内容。但这已经不能坐实，只能靠读者自己去细心领会了。

（管遗瑞）

●杭世骏（1696—1772），字大宗，号董浦。浙江仁和（今杭州）人。早年家贫，刻苦力学。雍正二年（1724）举人，乾隆元年（1736）举博学鸿词科，授翰林院编修。以言事切直罢归。晚年主讲于粤东、扬州书院。生平博通经史，尤擅长诗。有《道古堂文集》《道古堂诗集》。

◇咏木棉花

目极牂牁水乱流，低枝踠地入端州。
最怜三月东风急，一路吹红上驿楼。

木棉，亦称攀枝花、英雄树，亚热带落叶大乔木，高达三四十米，早春先叶开花，形大，红色，广东、广西尤多此树，春日花开，一片绯红，为南国特有的景观。这首诗以生动形象的笔墨，歌咏了遍地木棉花，虽写暮春景色，却无伤春之意，洋溢着一片热烈情绪。

开始两句是叙事："目极牂牁水乱流，低枝踠地入端州。""牂牁"（zāngkē），古代南方郡名，这里指广东地区。"踠"，屈曲之意。"端州"，古州名，治所在高要，即今广东肇庆。这两句说，作者一路向端州进发（杭世骏是杭州人，晚年主讲于粤东书院，此诗当作于此时），目光所及，但见到处是纵横交错、密如蛛网的河流，水边长满了高大、茂密的木棉树，枝丫弯曲下垂，直接地面，这样的景象一直连到端州。诗中"低枝跕地"四字是这两句诗的中心，表面看好像只写了木棉树枝的形态，其实是用曲折之笔写花，读者从低矮接地的树枝中，完全可以想象到树枝上花的繁密，大而且多，至有"重"的感觉（杜甫诗有"花重锦官城"之句），仿佛那跕地的低枝是被花压下来的，繁花的生动形象宛然在目。第一句的"水乱流"，则是为"低枝跕地"的木棉花预先安排的背景，这花团锦簇、色彩红艳的木棉花，经过碧绿的春水一映衬，就显得格外鲜艳了，更加生机蓬勃。第二句最后的"入端州"有两层意思，既是指作者的行踪，同时也是指在整个广东之地都有木棉花的芳踪，这绿水红花，好像跟着作者的脚步，相随相伴，一起走进了端州城，这就使城里与城外广大地区连成一片，在地域上给人以十分辽阔的感觉，而木棉花的无边无涯，花红似海，也就自在不言之中了。细味这两句诗意，一往情深，表现出作者对木棉花的赞美和喜爱，欣然之意溢于言表。

　　后两句在前面叙事的基础上深入一层，写木棉花最为引人入胜之处："最怜三月东风急，一路吹红上驿楼。"作者仿佛在说，那"低枝跕地"、繁花似锦的景象，虽然已经够叫人叹赏的了，但那还不是最好的景象。到了暮春三月，你站在"驿楼"（驿站的高楼）上看吧，广袤的原野东风浩荡，木棉花的花瓣被吹得随风起舞，扑面而来，满天飞动的红花与寥廓澄澈的碧空相辉映，才显得更加鲜艳夺目、瑰丽无穷呢！言辞之间，透露出作者难以自抑的欣喜之情，叫人为之心动。这两句中的"一路"二字，用得十分巧妙。作者不是写一处所见，也不是写处处所见，而是用"一路"把一处一处的奇景一下贯穿、组合起来，形成了浩荡无垠的辽阔境界，让读者在这空灵阔远的诗境中，去领会那满空飞舞的花的世界的动人景象。这很像唐人高适《塞上听吹笛》中"借问梅花何处落，风吹一夜满关山"的手法，通过"风吹一夜满关山"而造成美妙阔远的意境，大大增强了诗的感染力。读了这首《咏木棉花》，我们仿佛置身于红色的花海中，那一望无际、随风起舞的木棉花，是这般火红热烈，它以特有的南国情调，激荡着读者的心，人们也忍不住想要和作者一起，为木棉花唱一曲颂歌了。

（管遗瑞）

●叶燮（1627—1703），字星期，号已畦，学者称横山先生，吴江（今属江苏）人。康熙九年（1670）进士，官宝应县令，因忤上司落职。后漫游四方。晚居横山，教授生徒。著《原诗》，有《已畦文集》《已畦诗集》等。

◇梅花开到九分

亚枝低拂碧窗纱，镂云烘霞日日加。

祝汝一分留作伴，可怜处士已无家。

这首诗的题目很有意思。如果梅花开到十分，便是全盛。而古人很早就明白满招损、盈必亏的道理。全盛后便是凋零。所以慧心的诗人宁愿花只半放，以蓄其开势，有道是："山脚山腰尽白云，晴香蒸处画氤氲。天公领略诗人意，不遣花开到十分。"（元璟《马家山》）花取半放，诗亦取不尽，是其妙处。叶燮本篇亦从九分着意，寓惜花之心情，是一首富于情韵之作。

"亚枝低拂碧窗纱，镂云烘霞日日加。"二句写作者窗外园中之梅，花开日盛。"亚枝低拂"句虽是写临窗梅树，没有清浅的溪水，却仍具疏影横斜之意。诗人形容花色的明艳，常引云霞为喻。"镂云"偏重写花的质感轻盈匀薄，"烘霞"偏重写花的颜色艳丽鲜明。"日日

加"则是从含蕊到吐放，渐渐盛开，不觉已"开到九分"。再下去便要
开到全盛即"十分"。开到十分的花朵固然美丽无以复加，但诗人还是
宁愿它保持九分的势头，接下去便写这种祝愿。

"祝汝一分留作伴"，这也是"不遣花开到十分"的意思。留一分
保持九分，就可以长久与人为伴了。至于留作谁伴，那是语出有典的。
盖宋代处士林逋，杭州人，少孤，力学而刻意不仕，结庐西湖孤山。时
人高其志，赐谥和靖先生。逋不娶无子，所居多植梅蓄鹤，泛舟湖中，
客至则放鹤致之，因谓梅妻鹤子。（据吕留良《宋诗钞·林和靖诗钞
序》）

"祝汝一分留作伴"便是就以梅为妻的林和靖作想，然而林和靖
早已作古，故末句云："可怜处士已无家。"处士既已无家，那么梅花
还留一分何为呢？所以末句实际上又暗含对第三句的否定。其实花开花

落，自有规律，"祝汝一分留作伴"只是主观上的美好想法。

　　无论处士有家无家，梅花既开到九分，也就会开到十分，其花期已近尾声。而诗中却从梅花的有伴无伴，处士的有家无家作想，写得一波三折，一唱三叹，也就将诗人的惜花心情，于此曲曲传出，极富情致，几令人不忍卒读。

（周啸天）

●郑燮（1693—1766），字克柔，号板桥，江苏兴化人。乾隆元年（1736）进士。历任山东范县、潍县知县。有政绩。后因赈济饥民，得罪豪绅而罢官。后寄居扬州，为画坛"扬州八怪"之一。有《板桥全集》。

◇竹石

咬定青山不放松，立根原在破岩中。

千磨万击还坚劲，任尔东西南北风。

郑板桥众多的《竹石图》是中华民族的艺术瑰宝，题写于这些珍品上的《竹石》诗，则为画作锦上添花，让名画弥显珍贵。此《竹石》诗，板桥曾题写在多幅《竹石图》上，但文字略有更改。如："破岩"又作"破崖""乱岩"；"坚劲"又为"坚净"；"东西南北风"又称"癫狂四面风"。但，诗意一致、境界相同，皆借物以喻人，托物以言志。与其说是"竹石颂"，不如说是"志向篇"。

后世认为，"扬州八怪"首推郑燮。这不仅因为板桥在诗、书、画领域所取得的卓越成就，还在于其人格魅力。他立身清正，性情洒脱、刚直不阿。画面上的竹石，是对诗人人格的描摹；而竹石画上的题诗，则是对诗人内在精神的诠释。"咬定青山不放松，立根原在破岩中。"诗人喜爱的竹，是扎根山岩，咬定青山、矢志不移的山竹。山石上生长

的竹子，土浮石坚，自然根基不牢，很难站稳脚跟。然而，性格刚毅的
山竹咬住青山不放，深深地扎根山峦，同样枝叶婆娑，一片葱郁。这
是对竹石进行全景式展现。动词"咬"用得奇绝，以拟人化手法，写出
了竹之执着、坚定、有力，扎深根、破山岩，与后句的"坚劲"遥相呼
应。形容词"破"既交代竹之生存环境恶劣，同时也再次强调了竹之顽
强、坚挺。其身躯虽不称伟岸、粗壮，然而却不能小视，力可摧裂山
岩，石破天惊而出，绝非等闲。

　　"千磨万击还坚劲，任尔东西南北风"是对前面诗意的承接、拓
展和延伸，同时另起一端，抒写诗人情怀，表达爱憎。表面上貌似歌咏
竹石，实为抒心中块垒。屹立在山石上的竹子，虽历尽磨难、摧折，无
论是浩荡的东风、寒冷的北风，还是和煦的南风、呼啸的西风，都一概

等闲视之，犹自风姿秀拔，四季苍翠。所谓"东西南北风"是各种邪恶势力和艰难困苦的象征。"任尔"充分表达了诗人对种种人生磨难、摧残、倾轧的漠视和轻蔑，似有几分张狂、自恃，又透出一丝乐观、旷达。郑燮一生仕途坎坷、命运多舛，自嘲曰："康熙秀才、雍正举人、乾隆进士。"四十四岁进士及第之后，只做过短暂的知县小官。据《清史稿·郑燮传》记载，板桥任潍县县令时，逢山东大饥，人相食，毅然开仓赈灾，活民无数。然板桥也因此而触怒上司，被罢免。百姓对这样的好官遮道相送，并建生祠以祀。竹石这种虽经"千磨万击"，依旧坚韧不拔、不屈不挠的精神，不正是郑燮不平凡的人生际遇和威武不屈的高尚人格的真实写照吗？

语言通俗浅显、用字熨帖精当，朴素且平实，粗犷而豪迈，言简意赅却又耐人寻味，是这首《竹石》诗的总体艺术特点。一首绝句，寥寥数语，不仅生动地勾勒出竹石之形态，而且写出了竹石之精神、诗人之风骨。清初一代，唯板桥先生能为之。板桥曾曰："非唯我爱竹石，即竹石亦爱我也。"也许，正是因为板桥与竹石之间真情相连、性灵相谐、息息相通、心心相印，故而才能写出这样好的《竹石》诗来，实在值得我们去细细品味。

（秦岭梅）

●张实居（生卒年不详），清诗人，字宾公，号萧亭，山东邹平人。著有《萧亭集》。

◇桃花谷

小径穿深树，临崖四五家。
泉声天半落，满涧溅桃花。

桃花谷这个名称就很美，使人联想到世外桃源。虽然不通水路，未许渔郎问津，但由于泉声的吸引，游人可以寻找小径，穿过深树渐渐走近这山谷。"小径穿深树"一句，就暗含这样的探幽情事，有类似经历者自能体会，并不像它字面写的那样简单。走出深树，眼前豁然开朗，于是看到那满是桃花的山谷、山涧和仰头看不见顶的崖壁，一道飞瀑很有气势地从上面泻下来。"临崖四五家"，这里的居民不多。山里人，性情纯朴，绝类桃源中人，诗中不写，读者悠然心会。

最美的是后两句："泉声天半落，满涧溅桃花。"上句能使人联想到李白的"飞流直下三千尺，疑是银河落九天"（《望庐山瀑布》），但诗人不说"泉水"而说"泉声"，妙在一个字就把桃花谷的声息环境和盘托出。那声音是清壮的，虽然很大，但在谷中回荡，很有韵味，绝不同于噪声。尤妙的是末句，泉水落入潭中，会溅起水沫，未必能溅起满涧桃花。但涧中多落红，也是实情。

诗人一高兴，就桃花谷的名称和眼前一片红云似的景色着想，遂造成这样的幻象："满涧溅桃花。"至于哪是涧底的花片，哪是空中的飞花，哪是树头的鲜花，一时都分不清，仿佛都成了瀑水溅起的桃花。这境界足可比美于李贺的"桃花乱落如红雨"（《将进酒》），使这首小诗给人以难忘的印象。

（周啸天）

●纪映淮（生卒年不详），女，清诗人纪映钟妹，字阿男。早寡。有《真冷堂诗》。

◇秦淮竹枝词

栖鸦流水点秋光，爱此萧疏树几行。
不与行人绾离别，赋成谢女白雪香。

本篇咏秦淮河边的柳树。诗的前两句描绘秋天薄暮秦淮河上的景色。由于时近黄昏，水天空阔之间，栖鸦成阵。"栖鸦流水点秋光"，妙在"点"字。它固然是从秦少游"斜阳外、寒鸦万点，流水绕孤村"（《满庭芳》）化出的，"虽不识字人，亦知是天生好言语"（晁补之）。然"点秋光"三字又意味着"栖鸦"和"流水"点染成一片秋色，这却是秦词没有的意味。"爱此萧疏树几行"，第二句开始写到河上柳树，虽然有数行之多，却又显得疏朗有致，自是可爱的。这是栖鸦的归宿，又是流水的陪衬，是秋光中少不得的一组景物。

最妙的是诗人接下去不再作直接的描写，而用嗔怪的语气，赋柳树以人格："不与行人绾离别，赋成谢女白雪香。"可以推测，作者当时正有送别的情事。汉唐皆有折柳送别习俗，所谓"长安陌上无穷树，唯有垂杨管别离"（刘禹锡）。但事实上柳树是系不住行舟的，而作者面对的又是秋柳，似乎更不关心人的离别了。他忽然又记起谢道韫"未若柳絮因风起"那段咏雪的佳话来，于是生出一个奇想，觉得那柳树的不管离别，是因为它把才思用偏了。为了帮助谢女写成咏雪名句，却不务正业，冷淡了许多的行人。这种拟人的手法是十分婉妙的，于曲曲传出作者的离情之外，还有了一点风趣。

"赋成谢女白雪香。"本来是谢女看见飞雪而联想起飞絮情景，作成佳句，诗句却说是柳絮作成谢女咏雪之句，从而赋予了白雪以清香。在秋天，本来没有飞絮的景象，但诗人浮想联翩，坐驰万景，才有此独得之句。作者本人也是才女，她由柳联想到谢女咏雪的故事，也很自然。此外，飞絮是作用于视觉的图景，而诗句是作用于想象的语言。彼此互换，也有通感的妙用。正因为这些原因，使本篇颇具神韵，从而得到王士禛的激赏，其名篇《秦淮杂诗》就写道："栖鸦流水空萧瑟，不见题诗纪阿男。"

最后应对诗题作点辩证。按本篇的内容，诗题应作《秦淮杨柳枝词》才对。《竹枝词》和《杨柳枝词》皆是唐代歌辞，风调皆近民歌，但"竹枝泛咏风土，杨柳枝则咏柳，其大较也"，"于咏柳之中寓取风情，此当为杨柳之词本色"（《石洲诗话》），所以此词非"竹枝"体而应为"杨柳枝"体无疑。

（周啸天）

●袁枚（1716—1798），字子才，号简斋，又号随园老人，浙江钱塘（今杭州）人。乾隆四年（1739）进士，授翰林院庶吉士。历任溧水、江浦、沭阳、江宁等地知县。辞官后，于江宁小仓山筑随园，以诗酒为娱。诗倡性灵说。有《小仓山房集》《随园诗话》等。

◇咏钱（录一）

人生薪水寻常事，动辄烦君我亦愁。
解用何尝非俊物，不谈未必定清流。
空劳姹女千回数，屡见铜山一夕休。
拟把婆心向天奏，九州添设富民侯。

此篇为《咏钱》组诗中的一首。以典为诗，以议论为诗，是这首《咏钱》的主体风格。

开篇便是议论，且落笔轻灵。人生一世，离开钱寸步难行，所以是"寻常事"。又正因为动辄要花钱，所以常常讨扰"钱先生"，而我等也常为囊中羞涩而发愁。"烦君"将钱人格化，拉近了钱与人的距离。文人一向将"视金钱如粪土"者引以为君子。"囊中恐羞涩，留得一钱看。"（杜甫《空囊》）"管城子无食肉相，孔方兄有绝交书。"（黄庭坚《戏呈孔毅父》）"不为五斗米折腰"的陶渊明更是堪称典范。薪

水，即工资。陶潜任彭泽令，"不以家累自随"，留在家中的儿子没人照顾，便以一僮仆相送，帮助砍柴汲水。并致书信曰："汝旦夕之费，自给为难，今遣此力，助汝薪水之劳。此亦人之子也，可善遇之。"（《南史·陶潜传》）"薪水"称谓源于此。袁枚却一反传统，斗胆尊称金钱为"君"，既幽默诙谐，也显示了袁枚的标新立异、思想前卫。他要重新对钱作一番审视和评介，为钱正名。

中间两联，诗人连续用了五个典故。先直言钱是个"俊物"，即今人说的"好东西"，以振聋发聩，然后以史实相证。如王衍之辈，以谈钱为耻，但未必是清流名士。《世说新语·规箴》载，西晋大臣王衍"口未尝言钱字"，其妻故意试他，让仆人用钱绕其床，晨起不得行。王衍"呼婢曰：'举却阿堵物'"。然而，这位王衍却是"口中雌黄"之辈，后为羯人石勒所俘，竟撺掇石勒称帝以求苟活，为勒所杀。可见，不谈钱者也不一定是真君子。"姹女数钱"指东汉灵帝贪财好敛，公开卖官鬻爵，童谣讽之曰："车班班，入河间，河间姹女工数钱。"足见民怨沸腾。"铜山"，故址在今四川省荣县。汉文帝曾将一座铜山赐予宠臣邓通，任其铸钱发家。结果景帝抄没其家财，邓通因穷饿而死，所以叫"一夕休"。尽管钱是好东西，但也当正确对待，王衍式的"假清高"、灵帝般的横征暴敛、邓通之流的贪婪成性，都将置民于水火。

"拟把婆心向天奏，九州添设富民侯。"正因为钱可以富民强国，让百姓过上好日子，所以袁枚希望设置富民侯。"富民侯"指西汉武帝时宰相田千秋。汉武帝一生穷兵黩武、征伐不断，给百姓造成了深重灾难。武帝晚年幡然醒悟，封田千秋为富民侯以示忏悔。袁枚将富民强国的梦想寄托在明君清官的身上，其实是有一定局限性的。然而，作为诗歌，表达一种愿望和企盼则不必苛求。

以议论为诗切忌空泛、枯涩，以典为诗则不可卖弄、堆砌，《咏钱》诗皆拿捏得当，因而读来妙趣横生、情味盎然。尤其是袁枚能站在天下苍生的角度去"谈钱"，立意高远、思想新颖、敢想敢言，不妄自诩为"下笔标新"（《答程鱼门》）。

（秦岭梅）

●舒位（1765—1815），字立人，号铁云。直隶大兴（今属北京）人。乾隆五十三年（1788）举人。曾游贵州军幕。有《瓶水斋诗集》。

◇杨花诗

歌残杨柳武昌城，扑面飞花管送迎。
三月水流春太老，六朝人去雪无声。
较量妄命谁当薄，吹落邻家尔许轻。
我住天涯最飘荡，看渠如此不胜情。

此诗题咏杨花，其实引起作诗的感兴只在"我住天涯最飘荡"一句。当时是乾隆五十七年（1792），作者侨居湖州，怎么能说是"天涯"呢？原来舒位是直隶大兴人，"江南虽好是他乡"，故有天南地北异乡之感。

在前人众多的杨花诗中，有一首别具风情的作品，那就是唐代武昌妓续韦蟾的七绝，本篇开篇就从这故事咏起，所以说"歌残杨柳武昌城"。后一句则摘出武昌妓"杨花扑面飞"一意，绾合刘禹锡"长安陌上无穷树，唯有垂杨管别离"（《杨柳枝词》），写出"扑面飞花管送迎"，可谓善于熔铸，依汉唐折柳送别习俗，杨柳也可以说是管得别离之事的。然而，"他家本是无情物，一任南飞又北飞"。（薛涛）杨花柳絮本身就给人以身世飘零之感，它真个也能"管送迎"吗？由此看来，"扑面飞花——管送迎"一句，包含的意味是微妙的；这专管送迎的杨花呀，怕是自身难保呢。

诗人又信手拈来前人故事，"三月水流"出朱应辰"三月江头飞送春"（《杨花》）；"六朝人去"的人，指东晋的谢道韫，她曾有过"未若柳絮因风起"的咏雪名句。本是柳絮自老，堕地无声，诗人偏说是"春太老""雪无声"，妙在借代。本是暮春，挽入"雪"字，便妙。"三月水流"、"六朝人去"，还暗暗映带前文"送迎"字面，有行云流水、脉络自然之感。

因为杨花柳絮有轻薄而易为飘零的特性，故古人往往用拟薄命女郎，如苏轼《水龙吟·次韵章质夫杨花词》"萦损柔肠，困酣娇眼，欲开还闭。梦随风万里，寻郎去处，又还被莺呼起"，就拟为思妇形象。而乐府旧题《妾薄命》，也多写思妇之情。诗人即化用"妾薄命"字面，将杨花和薄命女性对比，意言杨花更苦："较量妾命谁当薄，吹落邻家尔许（如此）轻！"上句语有出处，而下句纯属白描。一个即景伤怀的抒情主人公形象呼之欲出。末二句"我住天涯最飘荡，看渠如此不胜情"是说像"我"这样天涯漂泊的游子，本来自以为处境最为凄苦了，殊不知看到你这样子，怜惜之心也油然而生，几不自持了。

诗由咏杨花而渐渐并入身世之感，最后物我合一。这种写法也见于高士谈《杨花》诗"我比杨花更飘荡，杨花只是一春忙"，但辞气仍有细微区别。高诗将杨花与"我"的身世比较，言"我"更苦，这就将诗的本位转移到诗人抒情上来。本篇也将杨花与"我"的身世比较，言物我同情。咏物而以杨花为本位，尤为得体。

（周啸天）

●顾陈垿（生卒年不详），清诗人，字玉停，号宾阳。江南太仓（今属江苏）人，康熙甲午（1714）举人，官行人。著述颇丰。

◇砚

端溪谁割紫云腴，万古文心向此摅。
小点墨池成巨浪，就中飞出北溟鱼。

古人往往借咏物诗来抒发个人怀抱。此篇即以文房四宝之一的砚为题，抒发了壮志豪情。砚以端州所产为名贵，世称端砚。李贺《杨生青花紫石砚歌》形容采石作砚的情形道："端州石工巧如神，踏天磨刀割紫云。"本篇首句即从这里化得，着一"腴"字，则见砚石质地厚润细腻，色泽光洁可喜。

诗人浮想联翩，由小小砚台联想到"万古文心"，发人深省。"盖文章，经国之大业，不朽之盛事"（曹丕《典论·论文》），古人就将文章的地位提到与事功同等的高度。"摅"是抒发，班固《西都赋》："摅怀旧之蓄念，发思古之幽情。""万古文心向此摅"句中，包含着对砚台的虔敬之意。潜台词是：砚啊，你是多么平凡，而又多么伟大！

诗人再发奇想，小小墨池掀起巨浪，从中飞出巨大的鲲鹏，直冲云天。李白诗云："少年上人号怀素，草书天下称独步。墨池飞出北溟鱼，笔锋杀尽中山兔。"（《草书歌行》）《庄子》文曰："北溟有鱼，其名为鲲。鲲之大，不知其几千里也；化而为鸟，其名为鹏。鹏之背，不知其几千里也；怒而飞，其翼若垂天之云。"（《逍遥游》）从狭义上讲，这是化用李白"墨池飞出北溟鱼"，夸砚台的主人书法超凡入圣。

然而，联及上文的"万古文心"，三、四句的涵义，又不仅仅着眼于书法了。"万古文心"，说白了就是传世的名著，一切的名著、名篇都是积累智慧的长明灯，自有其不朽价值。所以，巴尔扎克自命为法国社会的书记员，说拿破仑用剑办到的，他用笔也能办到，终于在世界文学史上垒起一座金字塔。

当诗人用形象思维的语言，写出"小点墨池成巨浪，就中飞出北溟鱼"，就给读者以发挥的自由。读着这样的诗句，会联想到古今中外的伟大著作家和他们用笔创下的丰功伟绩而肃然起敬，同时期望自己有一天也能创造奇迹。"小点墨池成巨浪，就中飞出北溟鱼"，足长千古文人志气！

（周啸天）

●周之琦（1782—1862），字稚圭，河南祥符（今开封）人。嘉庆十三年（1808）进士，改庶吉士。散馆，授编修。累官广西巡抚。有《金梁梦月词》等。

◇好事近·纸鸢

片羽又青云，摇扬半天春色。莫羡儿童牵引，怕东风无力。　　微茫纤缐系虚空，远影定谁识？偏是绿杨烟外，有流莺窥得。

纸鸢，本是图案或形状为鸟的风筝，后成为风筝的代称。风筝常使人振奋、激动、欣喜，象征着自由、飞翔、高举；然而也令人惆怅、迷茫、忧郁，意味着前途未卜，没有方向，找不到归宿。风筝之所托，一切皆随诗人心境之变化而变化。周之琦这首《好事近》情感极为曲折，寄托极为深婉。

下笔处意境开阔、清空，描写风筝在天空中翱翔、飞舞的舒展、悠扬之态。像一片轻盈的羽毛，好风借力，直上青云，装点出半天春色，为美丽的春天注入了无限活力与勃勃生机。此刻的风筝该是多么的悠然自得、自由快活！然而，作者笔锋陡转，从心底发出一声深深的慨叹："莫羡儿童牵引，怕东风无力。""怕"字凸现出内心的忧虑。风筝总是被执掌在孩子们的手中，似乎备受关照，没有他人的牵引，就无法飞上天空。其实，风筝最需要的是浩荡的东风，只要有劲风吹送，就能扶摇升空，高入云霄。

上片悄然而生的忧郁情绪一直延伸到下片，且愈演愈烈。风筝是自由之子、天空中的精灵，渴望高飞远骛，风行万里，了无牵绊。然而，也正因为风筝志向高远，风筝才变得孤独。身处苍茫的天空、浩瀚的宇宙，一切心事付与"虚空"。然而，无论风筝飞得再高再远，以至于孤寂远去的身影已经无人能够看得见了，但终究还是被一根微茫而纤细的小绳索牵系着，甚至时时被孩童逗弄，无法摆脱羁绊和束缚。设问"定谁识"，深刻地揭示出内心的失落和无奈。结拍意境最是凄清、怅惘，也是对设问的解答。"绿杨烟外"足见风筝飞得太远，不知飞到了哪儿的荒郊野外，烟云密布、绿柳成荫，一片荒凉冷寂。而正是这种地方黄莺儿才见到了风筝，只有它懂得风筝内心的凄苦、忧伤和恐惧。风筝以流莺为知己，何其苦涩而寂寥？此为曲笔，唯世间无人了解风筝，才更显周之琦与风筝之心心相印。风筝真正的知音，毫无疑问，便是作者本人。

其实，周之琦咏纸鸢，还有一层更深的意义，只是不愿意或缺乏勇气挑明，供读者推理和想象。试想，如果风筝一旦挣脱了纤缏的牵引又会怎样呢？风筝彻底自由了，但风筝也必将毁灭，粉身碎骨！这首纸鸢词，暗中表达了清代知识分子内心的痛苦和矛盾，他们向往精神自由、个性解放，想冲破一切束缚，却又怕高处不胜寒；怕木秀于林，疾风吹折之；恐才高遭嫉，为世人所不容。这种忧谗畏讥、岌岌可危的恐惧心理，怀才不遇、壮志难酬的压抑感，在大兴文字狱的清代知识分子中具有相当的代表性。

（秦岭梅）

●王鹏运（1849—1904），字佑遐，一字幼霞，自号半塘老人。广西临桂（今桂林）人，原籍浙江山阴（今绍兴）。同治九年（1870）举人。光绪十九年（1893），授江西道监察御史，后为礼科给事中，同情康梁变法。光绪二十八年，离京南下。客死苏州。

◇齐天乐·鸦

城南城北云如墨，纷纷飐空凌乱。落日呼群，惊风坠翼，极目平林恨满。萧条岁晚。是几度朝昏，玉颜轻换？露泣宫槐，夜寒相与诉幽怨。　　新巢安否漫省，绕枝栖未定，珍重霜霰。坏堞军声，长天月色，谁识归飞羽倦？江湖梦远。记噪影樯竿，舵楼风转。意绪何堪，白头搔更短。

乌鸦通常被视为不祥鸟。然而，在古诗词中，乌鸦所寄寓、象征的意义和内涵则极为丰富。由于它出没于荒郊野外，且常与夕阳暮色并提，或以写衰败荒凉，如"于今腐草无萤火，终古垂杨有暮鸦"（李商隐《隋宫》）；或以状内心的孤寂与愁怨，如"晚日寒鸦一片愁"（辛弃疾《鹧鸪天》）、"月落乌啼霜满天，江枫渔火对愁眠"（张继《枫桥夜泊》）。又因乌鸦常栖于村落古树，有时候会勾起游子迁客的思归之情，如"斜阳外，寒鸦万点，流水绕孤村"（秦观《满庭芳》）、"枯藤老树昏鸦，小桥流水人家"（马致远《天净沙·秋思》）。总之，乌鸦传达的是一种落寞凄凉、悲戚幽怨的情绪。此《齐天乐》作于王鹏运晚年，置清王朝风雨飘摇、社稷垂危之际。1900年，八国联军攻占京、津等地，西太后带着光绪及他的后妃仓皇出逃，置民于水火之中，次年又签订丧权辱国的《辛丑条约》。此篇即是通过对乌鸦遭际、境遇的描写，折射整个中华民族在这场浩劫中所饱尝的苦难与悲痛，为封建王朝的没落、腐朽奏响挽歌。同时，也表达了对帝国主义侵略的强烈愤慨与控诉，以及知识分子身逢乱世、凄怆怅惘的情绪。

一开始，作者就营造出一种"黑云压城城欲摧"（李贺《雁门太守行》）的景象，气氛紧张而压抑。像墨一样的黑云，预示着灾难即将降临，形势迫在眉睫。飐，颤动、摇动。飐空凌乱，形容乌鸦面对猝不及防的灾难，惊恐万状，在天空中颤巍巍地抖动着翅膀，毫无目的地四散飞窜。这是对北京城陷落后，百姓苦于逃命，拥挤奔逃惨状的形象描述。紧张局势暂时过去之后，人们相与呼唤，寻找自己失散的亲人，情景惨切，故以乌鸦"落日呼群"加以再现。乌鸦巢穴倾覆，犹人失去家园，只能四处漂泊，重新寻找栖居之所。然而一阵狂风袭来，羽翼受伤了，乌鸦不得不止于平林，垂着翅膀极目眺望。但见残阳如血，山川萧瑟，一片冷寂肃杀。顿时，按捺不住的愁怨和幽愤涌上心头。一朝一夕为一日，几度朝夕，言时间很短。"玉颜轻改"，化用唐诗："玉颜不及寒鸦色，犹带昭阳日影来。"（王昌龄《长信秋词》）以容颜上的骤变折射忧愁所造成的巨大精神创伤。夜深人静、寒露侵骨时候，乌鸦们栖息在深宫里的老槐树上，相互诉说着满腹幽怨。古代皇宫多种槐树，故以"三槐"比"三公"（《周礼·秋官》）。如今皇宫古槐已是乌鸦们的天下，暗喻帝国主义强盗一手造成的灾难，不仅使百姓遭殃，王公贵族也同样在劫难逃。宫室倾颓，满目苍凉，大清朝的根基已经动摇了。奈何江河日下，危在旦夕。

下片继续写乱离之苦。"绕枝栖未定"出自"月明星稀，乌鹊南飞。绕树三匝，何枝可依？"（曹操《短歌行》）在这霜霰满天、危机四伏的乱世里，生死难卜，到哪里去捡得新枝，安筑新巢呢？只有互道一声："好好珍重吧！"言辞何其苦涩！堞，古代城墙。皓月当空，洒下万里清辉，远远听得从毁坏的城墙上传来了几声清凉的号角，不禁悲从心来。可是，又有谁了解乌鸦渴望回归故土的痛苦和疲惫呢？如果说，此前是托乌鸦以抒怀，那么"江湖梦远"之后，便是直抒胸臆了。范仲淹《岳阳楼记》云："处江湖之远，则忧其君。"言自己虽身不在朝廷，却时刻不忘国家前途和命运，心存忧患，王鹏运意味相同。洪迈《夷坚志》载，李之永泊舟散花洲，"有神鸦飞立樯竿，久之东去，即遇顺风"。这只神鸦为李之永带来了好兆头。此指作者满怀期盼，渴望能迎来舵楼风转、重振国威的那一天。如此深沉的家国之痛，实在让人难以承受。"白头搔更短"引杜甫《春望》诗原句："白头搔更短，浑欲不胜簪。"一位白发萧索的老人凸现眼前，这是诗人自己的形象。伫立于星空之下，忧思百结，情感真挚曲折。"搔"是排解愁闷的下意识举动。愁怀让头发更白，更短，更稀疏。如此结尾，形象鲜明，直接抒发了诗人强烈的忧患意识和爱国情怀。

王鹏运抓住乌鸦象征悲凉、衰败的特质，直面现实人生，抒写国破家亡、漂泊流离之沉痛。风格凄婉，幽思沉郁，主旨高远，拓展了咏鸦题材的内涵、意蕴和境界，是对古代诗词的一种贡献。

（秦岭梅）